KLAUS WOWEREIT

KLAUS WOWEREIT

Sexy, aber nicht mehr so arm: mein Berlin

Edel Books
Ein Verlag der Edel Germany GmbH

Redaktion: Enrik Lauer, Regine Müller

Lektorat: Dorit Aurich, Berlin

Projektkoordination: Dr. Marten Brandt
Layout: Datagrafix GSP GmbH
Umschlagfotos: Steven Haberland, www.stevenhaberland.com
Umschlaggestaltung: Groothuis. Gesellschaft der Ideen und Passionen mbH | www.groothuis.de
Lithografie: Frische Grafik

Druck und Bindung: optimal media GmbH, Glienholzweg 7, 17207 Röbel/ Müritz

Printed in Germany

ISBN 978-3-8419-0510-9

Wenn es etwas gibt, das ich mir wünsche, dann ist das ein gesamtdeutsches Bewusstsein dafür, dass Berlin die Hauptstadt aller ist, nicht bloß die Hauptstadt der Berlinerinnen und Berliner. Eine weltoffene, dynamische, sich ihrer bewegten Geschichte bewusste Hauptstadt, wirtschaftlich, politisch und kulturell der Zukunft zugewandt.

INHALT

VORWORT

Großstädte, Metropolen, Weltstädte: Für viele sind das die einzigen Orte, an denen es sich leben lässt. Orte, an denen sich Menschen aus allen sozialen Schichten, aus allen Regionen eines Landes und aus aller Herren Länder auf engstem Raum begegnen – und wo sie sich zugleich prima aus dem Weg gehen können, wenn sie das möchten.

„Stadtluft macht frei", sagt man, seit es Städte gibt. Sicher, heute muss niemand mehr in die Stadt ziehen, um der Leibeigenschaft zu entkommen. Zumindest in Westeuropa ist der Unterschied von Stadt und Land – obwohl es da durchaus viele Regionen mit spürbarem Wohlstandsgefälle gibt – auch nicht mehr automatisch mit dem Unterschied von arm und reich gleichzusetzen. Wenngleich man nicht leugnen kann, dass sich manche ländlichen Regionen als „Verlierer" von Urbanisierung, Globalisierung, Digitalisierung oder einer anderen „-ierung" fühlen. Es gibt leider Regionen, die mit Arbeitsplatzmangel, Abwanderung und „Überalterung" ihrer Bevölkerung, infolgedessen mit Ausdünnung ihrer sozialen Infrastruktur zu kämpfen haben. Ich sage nur „Landärzte".

Dass Stadtluft frei macht, dass Städte den Menschen mehr Chancen bieten, mehr Freiräume eröffnen und vor allem über größere Attraktionen verfügen, wird niemand ernstlich bestreiten. Sonst wäre ja auch schwer zu erklären, warum die Städter bei uns seit 1950 eine Zweidrittel-Mehrheit bilden. Weltweit leben heute 54 Prozent der Menschen in Städten, in Deutschland liegt der „Urbanisierungsgrad" bei 75 Prozent.

Der Wachstumstrend gerade der Großstädte ab 100.000 Einwohnern ist stabil. Seit der Jahrtausendwende sind allein die 26 deutschen Städte mit mehr als 250.000 Einwohnern im Schnitt um über 8 Prozent gewachsen. In Berlin leben derzeit 307.000 Menschen mehr als im Jahr 2000. Prozentual gesehen liegt die Hauptstadt auf Platz zehn der Zuzugs-Bundesliga. Warum ich die so nenne? Weil, wenn Städte wachsen, dann wachsen sie fast immer durch Zuzug.

Daneben boomt der Tourismus, eine „Erfindung" des 18. Jahrhunderts, in den traditionsreichen Metropolen. Großstädte sind Besuchermagnete – auch für die Chancen und Risiken dieses Langfristtrends liefert Berlin jede Menge Blaupausen.

Dass Menschen in die Stadt kommen, aber nicht immer in der Stadt leben wollen, dass viele Menschen „nur" in Städten arbeiten, und dass noch sehr viel mehr Menschen da „nur" einkaufen, flanieren, ausgehen oder etwas besichtigen wollen, weist auf einen weiteren Punkt: auf das gerade in Deutschland nicht immer einfache Zusammenspiel von Städten und ihrem Umland. Und auf die auch nicht bloß folkloristischen Rivalitäten zwischen amtlichen und heimlichen Hauptstädten.

Schließlich die Gruppe derjenigen, für die die Großstadt vor allem ein in Stahl und Beton gegossener Alptraum ist. Gedränge, Schmutz, Lärm und Verkehrschaos rund um die Uhr. Dunkle Ecken, in denen sich unkontrolliert allerlei dubiose Subkulturen breitmachen. Multikulti-Chaos, No-go-Areas, Drogen, Prostitution, Gewalt und Verbrechen. Und über allem natürlich korrupte Regenten und völlig unfähige Verwaltungen. All diese Mythen verstellen den nüchternen und realistischen Blick. Ja, Stadtleben macht Arbeit, bietet dafür aber auch sehr viel.

Berlin ist heute zweifellos eine der attraktivsten Metropolen der Welt. In Berlin zeigen sich die Reize, die Herausforderungen und die Chancen der Großstadt wie in einem Brennglas. Hier haben die großen Entwicklungen moderner Städte häufig später eingesetzt, sich dafür aber umso rasanter vollzogen. Eine dreizehneinhalbjährige Amtszeit als Regierender Bürgermeister kommt beim Tempo Berlins fast einer Epoche gleich. Wer über die Zukunft europäischer Städte reden will, der kann über Berlin nicht schweigen. Was immer Sie von meiner Stadt, was immer Sie von mir und meiner nun auch schon wieder dreieinhalb Jahre zurückliegenden Amtsführung halten: Bisken wat kann ich schon sagen über Berlin. Weshalb in diesem Buch meine Stadt die Hauptrolle spielt, nicht das ehemalige Stadtoberhaupt.

KAPITEL 1

EINE BILANZ NACH DREIZEHNEINHALB JAHREN ALS REGIERENDER

Regierender Bürgermeister von Berlin zu sein, das ist ein wunderbarer Beruf. Man trifft auf Kollegen aus aller Welt, die ein reiches Repertoire an Eindrücken, Einsichten und Perspektiven mitbringen. Großstädte rund um den Globus haben ja oft sehr ähnliche Probleme, sind mit ähnlichen sozialen oder planerischen Herausforderungen konfrontiert, und ihre Verwaltungen arbeiten nicht selten mit denselben Stadtplanern, Architektenbüros, international agierenden Baufirmen oder IT-Dienstleistern zusammen. Dieser produktive Erfahrungsaustausch erzielt Effekte, die mich auch nach vielen Amtsjahren stets erstaunt haben.

Als Repräsentant einer Stadt lernt man Menschen, die in ihren Heimatländern führende Politiker sind, oft ein wenig persönlicher kennen, als das etwa einer Bundeskanzlerin oder einem Bundesminister möglich wäre. Die haben nicht nur noch engere Terminpläne. Diplomatische Gepflogenheiten und die politische Agenda von Regierungskonsultationen lassen auch wenig Platz für lockere Plaudereien. Anders gesagt: In Fragen der „großen“ Politik bestimmen sehr häufig große Stäbe Inhalt und Tonalität von Gesprächen. Beim „Regierenden“ darf man sich auch mal ganz privat für die Stadt, für ihre Menschen oder für ihre Sehenswürdigkeiten interessieren.

Viel wichtiger ist Folgendes: Ich treffe in der *eigenen* Stadt auf eine ungeheure Vielfalt von Menschen und werde mit einer Bandbreite an Lebenslagen konfrontiert, wie sie mir im Alltag sonst kaum begegnen würden. Uns Politikern wird ja oft vorgeworfen, wir hätten keine Ahnung vom Leben, von den Sorgen und Nöten der normalen Bürger. Wir würden uns wenig für ihre Meinungen interessieren – außer in Form von Meinungsumfragen. Richtig ist daran: Bei Betriebsbesichtigungen, bei der Einweihung einer Seniorenbegegnungsstätte oder beim Jubiläum einer Schule kann ich nicht mit jedem eine halbe Stunde reden. Da geht es mir aber nicht anders als Ihnen. Bei wie vielen Einladungen mussten Sie nicht am Ende des Abends erschrocken feststellen, dass Sie einen Großteil Ihrer Gäste nur begrüßt und verabschiedet haben? Fünf bis zehn Minuten der streng getakteten Zeit des Stadtoberhaupts dürfen darüber hinaus noch das Management oder die Schulleitung beanspruchen.

Tatsächlich hört ein Politiker unterm Strich Geschichten, Meinungen und auch Sorgen von sehr viel mehr Menschen als der Durchschnitt. Schon weil viele Menschen ein sehr starkes Bedürfnis haben, uns Politikern ihre Geschichten, Meinungen und Sorgen mitzuteilen. Vor allem aber, weil Politiker die Geschichten, Meinungen und Sorgen der Bürger tatsächlich interessieren und umtreiben. Würden wir nämlich der Welt, den Menschen und ihren Alltagsproblemen am liebsten aus dem Weg gehen, dann wären wir Landschaftsmaler geworden. Oder würden unsere Talente in Amtsstuben ohne Publikumsverkehr entfalten.

POLITIK UND POLITISCHE KOMMUNIKATION

Die Bürger erwarten ja auch zu Recht, dass wir Politiker ihnen zuhören. Wobei man sich manchmal wünscht, andere wären nicht ganz so felsenfest davon überzeugt, dass man ihre Meinungen oder Sorgen gerade zum allerersten Mal im Leben hört. Ebenso wie ich die Meinungsstärke vieler Bürger noch mehr schätzen würde, wenn sie auch mir zugestünden, dass meine Position zu einem Thema nicht gleich beim ersten flockigen Einwand ins Wanken gerät. Gleichwohl ist es wichtig, dass man als Politiker Volkes Stimme öfter live und nicht nur durch den Filter von Meinungsumfragen hört. Solche Stimmen müssen auch nicht besonders differenziert ausfallen. Zumindest entstehen dadurch neue Fragen, anhand derer man seine eigene Meinung überprüfen oder mit denen man seinen Fachleuten auf die Nerven gehen kann.

Im Laufe eines Jahres kommen allein bei den öffentlichen Terminen, die man bei Verbänden oder Firmen, in sozialen Einrichtungen oder Schulen, auf Baustellen oder Volksfesten absolviert, schnell ein paar hundert Leute zusammen, mit denen man ins Gespräch kommt. Anders als die Kanzlerin oder einen Bundesminister konnten und können Sie mich in Berlin durchaus auch auf der Straße anquatschen. Und genau wie Sie ging und gehe ich selbst zum Bäcker oder zum Fleischer – wo die Gespräche sich auch nicht bloß um Brötchen, Wurst und Wetter drehen. Außerdem bekommt ein Bürgermeister im Rathaus einen Haufen Post. Jeder wird verstehen, dass ich nicht jeden Brief selber lesen konnte. Aber jeder Brief *wird* (und wurde) gelesen – und in aller Regel auch von einem Mitarbeiter der Senatskanzlei beantwortet. Als Chef findet man ein „best of" in seiner Korrespondenzmappe. Und es wird einem auch nicht verschwiegen, wenn der Postbote zu einem bestimmten Thema plötzlich säckeweise Zuschriften anschleppt.

Trotzdem, Politiker ordnen auch die Berichte und Meinungen von „ganz normalen Menschen“ in den Zusammenhang ein. Warum sollten wir – was wir selbstverständlich tun – einem Lobbyisten der Pharmaindustrie ausschließlich eigennützige Interessen unterstellen, Herrn Müller oder Frau Meier aber stets nur für edle Fürsprecher des Gemeinwohls halten? Die Meinung eines Bürgers ist die Meinung *eines* Bürgers. Und wenn er gegenüber einem Politiker eigene Sorgen, Probleme, Wünsche oder Ideen formuliert, dann spricht er, wie jeder Mensch, halt auch erst mal nur für sich selbst.

Es gibt übrigens einen TV-Klassiker, der seit 1971 Volkes Stimme ein Forum gibt: „Jetzt red i“ im Bayerischen Fernsehen. Die Sendung ist beliebt, wenngleich mit Einschaltquoten meist unter 10 Prozent. Diese televisionäre Bürgersprechstunde beugt sich einer Grundregel des Diskutierens, die lautet: Man kann über alles reden, aber nicht länger als 90 Minuten. „Jetzt red i“ dauert nur 45 Minuten, so lang wie eine Schulstunde, die nach Meinung vieler Pädagogen die Aufmerksamkeitsspanne von Schülern schon strapaziert. Für mich belegt dieser „Jetzt-rede-ich-Quotient“: Länger als eine Dreiviertelstunde mögen Bürger nicht nur ihren Politikern, sondern auch sich selbst nicht wirklich zuhören.

Was Wunder also, dass wir Politiker versuchen, möglichst alles in zwei, drei knackigen Sätzen zu formulieren. Dass wir griffige „kleine“, aktuelle und eher schnell lösbare Themen nach außen gegenüber schwierigen, komplexen und „großen“ Zukunftsthemen bevorzugen. Dass auch die Medien lieber auf verdauliche Storys, auf einen „Skandal“ hier und eine „Enthüllung“ dort setzen – und dann schnell das Thema wechseln.

Tatsächlich liegt im Politmarketing oft in der Kürze die Würze. Weshalb wir vor Mikrofonen und in Pressekonferenzen versuchen, möglichst eingängige „Botschaften“ zu formulieren, bei denen man schlecht was wegschneiden kann. So entsteht vermutlich der Eindruck, wir würden die meiste Zeit nur ausgestanzte Formeln und polierte Worthülsen zum Besten geben. Ich rate in diesem Punkt zu entspannter Gelassenheit. Ja, Werbung nervt. Aber ohne Werbeslogans funktioniert auch die Wirtschaft schon seit fast hundert Jahren nicht mehr. Nur: Wer bei den „Tagesthemen“ oder beim „heute journal“, erst recht bei Phoenix angeödet wegzappt, der darf sich hinterher nicht beschweren, wenn er, etwa bei Wahlen, zum für ihn falschen Produkt greift.

Alles Weitere muss man, wie überall, auch in der Politik schriftlich haben. Beim Hören gehen 80 Prozent zum einen Ohr rein und zum anderen gleich wieder raus. Beim Lesen besteht eine Chance, dass auch von einem längeren Gedanken mehr als die Hälfte haften bleibt. Aber wer liest politische Artikel, Traktate oder gar ganze Bücher? Äußert man sich als Politiker in einer der großen überregionalen Tageszeitungen, im *SPIEGEL*, im *Focus* oder in der *ZEIT*, dann sind immerhin auch Nebensätze erlaubt. Je nachdem, ob man auf die relativ exakt messbaren Auflagen oder auf die etwas wackeliger ermittelten „Reichweiten“ schaut, darf man auf ein sechs- bis knapp siebenstelliges Publikum hoffen. In Berlin erreicht man mit *Tagesspiegel, Berliner Zeitung* oder *Berliner Morgenpost* jeweils so um die 200.000 bis 350.000 Leser – immerhin. Das ist – über den Daumen gepeilt – jeder Vierte der knapp 2,5 Millionen Berliner Wahlberechtigten. Ein weiteres Viertel informiert sich – diplomatisch formuliert: knapp und plakativ – via *B.Z.* oder *Berliner Kurier* über die politische Entwicklung in der Hauptstadt.

Es ist also gar nicht so einfach, in die demokratische Öffentlichkeit vorzudringen.

Ein (in dem Fall konservatives) Periodikum wie *Cicero* bringt es nur noch auf eine Auflage von knapp 80.000 Exemplaren. Spätestens bei Artikeln im *Parlament* oder im *Vorwärts*, bei Aufsätzen im *Merkur* oder in der *Neuen Gesellschaft/Frankfurter Hefte* sind dann die Connaisseure und Profis unter sich. Deren Auflagen sind bestenfalls fünf-, meist nur vierstellig. Und man möchte lieber nicht wissen, wie groß der Anteil jener Hefte ist, die nie ein Mensch von innen sieht. Ebenso wie bei Parteiprogrammen das Delta zwischen Druckauflage und tatsächlicher Leserzahl beachtlich sein dürfte.

Ja, und dann informieren sich heute auch immer mehr Bürger im Internet. Erst mal ist das eine wunderbare Sache: dass heute praktisch jeder alles lesen und auch seine Ansichten zu jedem beliebigen Thema verbreiten kann, ohne dass es da – wie bei den „alten Medien“ – noch nennenswerte Hürden gäbe. Dennoch scheint mir, dass dabei leider auch ein paar ganz nützliche Eigenheiten öffentlich-rechtlicher wie privatwirtschaftlicher Medienangebote unter die Räder kommen, etwa die traditionelle Trennung von Nachricht, Reportage, Analyse und Kommentar. Gerade in den Online-Medien droht diese zu kollabieren.

Gute Journalisten haben vor allem zwei Sachen sehr gründlich gelernt: recherchieren und formulieren. Und sie investieren, wie jeder gute Handwerker, in beides viel Zeit und Arbeit. Sie fragen also nicht nur irgendjemanden, ob er auch gehört hat, dass da und dort dieses oder jenes passiert sein soll. Sondern sie zapfen für jede Information mindestens zwei, besser drei voneinander unabhängige Quellen an. Sie pinnen nicht einfach ab, was irgendwer angeblich irgendwo geschrieben, kommentiert oder gesagt hat. Sondern befragen denjenigen selbst und studieren die fraglichen Dokumente.

Die meiste Zeit verbringen wir Politiker aber gar nicht damit, uns zu äußern, auch wenn das der Teil unserer Arbeit ist, den die Menschen mit Abstand am stärksten wahrnehmen. In Wahrheit hören wir viel mehr zu. Wahr ist allerdings auch: Am meisten müssen wir uns in Sitzungen gegenseitig zuhören. Wobei Parlamentsreden wiederum gern „zum Fenster raus" gehalten werden, vor allem von Spitzenpolitikern. Heißt: Die Redner wenden sich eher an die Bürger als an die Kollegen, und sie schielen dabei wieder auf Kernaussagen, die als Zwanzig-Sekunden-Schnipsel für die Nachrichten taugen. Das eigentliche „Produkt" Politik entsteht größtenteils in internen Sitzungen.

Dass alle wichtigen Entscheidungen „hinter verschlossenen Türen" fallen, ist dabei nur noch eine Legende aus alter Zeit. Nein, ich rede jetzt nicht von den „geheimen" Beratungen auf Bilderberg-Konferenzen oder in anderen Zirkeln der New World Order. Da war ich leider nie eingeladen. Weshalb ich schlicht nicht weiß, was die wahrhaft Mächtigen des Planeten alles planen. Ich kenne mich mit demokratisch legitimierten Beratungs- und Entscheidungsstrukturen aus. Und da ist es doch eher so, dass heute alles transparent ist und alles berichtet wird.

Die Entscheidungsprozesse sind in demokratischen Systemen wie dem unseren zwar so komplex wie die vielen tausend Fragen, die es Tag für Tag zu beantworten gilt. Weshalb viele Menschen daran beteiligt sind. Wirklich viele Menschen! Und weshalb die Prozesse oft auch ziemlich langsam ablaufen. Aber eines sind sie so sicher wie das Amen in der Kirche: transparent. Man muss halt in die Dokumentationen schauen, was nicht jeder kann oder will. Muss aber auch nicht sein. Denn irgendwer schaut überall rein – und macht sofort Lärm, wenn er was Verdächtiges findet.

Sie kennen das aus dem privaten Bereich: Bevor Sie schwierige Entscheidungen treffen, reden Sie (hoffentlich) mit Ihrer Familie oder mit Freunden. Und fertigen gewiss weniger Protokolle an als Politiker und Staatsbeamte. Weil es halt immer gut ist, Meinungen, Kritik, Ermunterung oder wenigstens Trost von anderen zu bekommen. Ich finde, das muss auch in der Politik möglich sein. Vertrauliche Gespräche, Sitzungen, aus denen nichts herausdringt, Beratungen oder Brainstormings, bei denen auch mal eine weniger gute Idee in den Raum geworfen oder eine etwas zackigere Polemik vom Stapel gelassen werden kann, das gibt's jedoch im politischen Geschäft heute kaum noch. „Hinter verschlossenen Türen" kannst du im Grunde gar nichts mehr besprechen. Weil auch hinter den dicksten Türen einer mit WhatsApp, Facebook oder Instagram auf dem Handy sitzt. So kannst du oft schon vor Ende einer Sitzung im Netz lesen, was du da angeblich eben gesagt haben sollst oder wer eine „interne Niederlage" kassiert hat.

Ob Politik dadurch „transparenter" wird, dass alle zwei Minuten einer was postet, kann man bezweifeln. Vor allem aber ist es ein Irrglaube, Politik würde durch dieses Dauerrauschen besser. Das Gegenteil ist richtig. Es braucht schlicht Räume, in denen man auch geschützt miteinander diskutieren kann. Wo nicht jedes spontane Wort und jede unreine Idee sofort kolportiert werden. Wo Ideenskizzen nicht nur an die Öffentlichkeit gebracht werden, um ihre Urheber zum Abschuss freizugeben. Wo man über das eine oder andere Argument auch mal eine Viertelstunde nachdenken darf. Und wo es erlaubt ist, eine Meinung aufgrund einleuchtender Gegenargumente wieder zu verwerfen – ohne dass gleich die Schlagzeile aufblinkt, XY sei mal wieder „umgefallen".

Ich habe so etwas bis rauf ins Präsidium der SPD erlebt. Da sitzen keine zwanzig Leute zusammen. Der Inner Circle, würde jeder meinen. Doch selbst da konntest du nicht offen reden. Denn kaum hattest du was gesagt, was andere jetzt vielleicht gerade nicht so toll fanden, stand das auch schon bei *Spiegel online* oder sonst irgendwo. Sodass Kommentatoren und Kritiker schon die Messer gewetzt hatten, wenn du aus dem Raum kamst. Wenn nicht sofort geplaudert wird, dann halt ein, zwei Tage später. Seltsamerweise glauben viele Kolleginnen und Kollegen, sie könnten persönliche Vorteile daraus ziehen, die Medien mit Vertraulichkeiten anzufüttern. Dabei sollte doch eigentlich jedem klar sein, dass er nur der oder die Nächste für die Rolle des Hanswurst ist. Und was ist das Ergebnis der ganzen Übung? Dass man sich zur Lösung schwieriger Probleme, bei denen eigentlich der Rat von *mehr* Menschen wichtig wäre, erst recht ins stille Kämmerlein zurückzieht.

Das ist nicht nur ein Problem unter Politikern. Es betrifft längst auch Fachleute, wissenschaftliche Experten, Interessenvertreter aller Couleur oder Künstler und Intellektuelle, deren oft originelle Einschätzungen man sich auch ab und an mal anhören möchte. Alle haben inzwischen ihr eigenes Schaulaufen auf dem Jahrmarkt der Eitelkeiten. Selbst auf der Beamtenebene musst du heute mit Klatschbasen rechnen. Früher, um nur ein Beispiel zu nehmen, wussten die meisten nicht, was der Sachverständigenrat zur Beurteilung der gesamtwirtschaftlichen Entwicklung überhaupt ist. Geschweige denn, wer da drin sitzt. Heute ist deren Jahresgutachten noch nicht ausgedruckt, da hat das wirtschaftspolitische Kommentariat alles schon abgefeiert, bevor du auch nur die Einleitung gelesen hast.

Ich weiß, dass das wohl eher ein kühner Traum ist: Aber etwas Verlangsamung und etwas weniger Mitteilungsdrang würde dem politischen Tagesgeschäft vermutlich guttun. Weil da inzwischen selbst die Profis kaum noch mithalten können, geschweige denn die Bürgerinnen und Bürger.

POSTENGESCHACHER UND POLITISCHE ARBEIT

Vorurteil Nummer eins, mit dem ich aufräumen möchte, ist also, dass Politiker ständig reden. Vorurteil Nummer zwei: Angeblich wollen wir, während wir vor der Kamera immer vom „Vorrang der Sachfragen" sprechen, in Wahrheit nur einen Posten ergattern. Auch wenn ich seit Jahren keinen „Posten" mehr anstrebe – ich finde es immer noch reichlich wohlfeil, wenn sich über so etwas erregt wird. Warum wird in einer Demokratie gewählt? Damit die Bürgerinnen und Bürger entlang politischer Grundhaltungen (von denen es zum Glück verschiedene gibt) und mehr oder minder konkreter Programme oder Projektvorschläge (bei denen es zumindest nicht schadet, wenn man sie vorher gelesen hat) eine Tendenzentscheidung für die nächsten Jahre treffen können. Da soll's langgehen!

Und dafür muss dann auch jemand sorgen. Nämlich Parlamente, die Gesetze machen, und Verwaltungen, die diese Gesetze in die Praxis umsetzen. Warum aber sollten sich Parlamente, Regierungen und Verwaltungen von anderen sozialen Organisationen unterscheiden? Auch da gibt es Menschen, die sich um die Details kümmern, und solche, die mehr das Ganze im Blick haben. Das Tolle in der Politik: Hier werden die Vorturner von allen Bürgern gewählt – zumindest indirekt. Und lediglich auf Zeit. Kehrseite der Medaille: Für jeden „Posten" muss es jemanden geben, der ihn haben will. Und der die anderen das rechtzeitig wissen lässt. Wer sich über die Karriereambitionen von Politikern (und vermutlich ähnlich oft über die von Arbeitskollegen) erregt, der ist in der Demokratie herzlich eingeladen, selbst einmal den Hut in den Ring zu werfen.

Damit es funktioniert, ist es im Vorfeld von Wahlen sehr wohl erforderlich, dass alle über „Inhalte" reden. Und nachdem die Wähler entschieden haben? Keine Sorge, auch da gibt es jeden Tag viele inhaltliche Fragen, über die geredet werden muss. Bisweilen grundsätzliche, meist recht detaillierte, häufig auch äußerst verzwickte Inhalte. Weswegen es zwar artig ist, dass auch *nach* den ersten Hochrechnungen alle nur „Inhalte umsetzen", „die Probleme der Menschen lösen" und um Himmels willen keinen „Posten" haben wollen. Was aber nichts daran ändert, dass die Arbeit verteilt werden muss, wenn die Wähler prinzipiell geklärt haben, wohin die Reise geht.

Wer diesen in Unternehmen oder Kaninchenzüchtervereinen normalen Vorgang „Postengeschacher" nennt, mag sich damit besser fühlen. Aber der glaubt nach meinem Eindruck nicht wirklich an den Sinn von Wahlen. Regierungen lassen sich nun mal nur aus Menschen bilden, nicht aus Strategiepapieren.

Ist dann ein besagter politischer Posten mit jemandem besetzt, besteht dieser Job hauptsächlich aus vier Tätigkeiten: zuhören, reden, lesen, schreiben. Letzteres bedeutet umso mehr „unterschreiben", je höher das Amt ist, welches man oder frau bekleidet. Zur Strafe für die Entlastung bei der Produktion von Texten muss man dafür an der Spitze umso mehr Texte lesen. Und zwar ganz überwiegend Texte, die leider weder durch Hochspannung noch durch ihre literarischen Qualitäten bestechen.

Warum lesen Sie zum Beispiel keine molekularbiologischen Fachaufsätze? Klar, weil Sie – wie ich – keine Ahnung von Molekularbiologie haben. Und weil Sie das Fachgebiet wohl auch nicht interessiert. Dennoch ist ebenso klar: Für einen Molekularbiologen – ein höchst sinnvoller Beruf – ist das echte Arbeit, kein Feierabendvergnügen. Und warum lesen Sie keine Verwaltungsverordnungen? Keine Haushaltsentwürfe? Oder wenigstens sozialpolitische Thesenpapiere? Eben.

Jetzt mögen Sie Politik im Gegensatz zu Molekularbiologie für keinen sinnvollen Beruf halten. Aber einen Haushalt zu *lesen* ist schon Arbeit. Das aktuelle Budget des Landes Berlin für die Jahre 2018/2019 füllt elf Bände. Jeder Band hat so zwischen 200 und 500 Seiten. Neben enorm vielen Zahlen enthält ein Haushaltsplan packende Passagen wie: „Die Ausgaben des Titels 66356 sind mit den Ausgaben aller anderen Titel des Kapitels 1295 gegenseitig deckungsfähig. Sie sind auch gegenseitig deckungsfähig mit den Ausgaben bei Kapitel 1240, Titel 54010, 54021, (…); gegenüber Ausgaben anderer Kapitel des Einzelplans 12 sind sie nur deckungsberechtigt." Es geht da um „Zinszuschüsse für die Modernisierung und Instandsetzung von Wohngebäuden". Immerhin fast 12 Millionen Euro. Ich glaube nicht, dass es viele Menschen in Berlin gibt, die zwecks Entscheidung über diese Summe eine Volksabstimmung abhalten möchten.

Das Volumen des gesamten Berliner Haushalts liegt bei 28,6 Milliarden Euro für 2018 und bei 29,3 Milliarden für 2019. Diese Summe setzt sich aus abertausenden Positionen wie der soeben zitierten zusammen. Sie zusammenzustellen erfordert die Arbeit Hunderter qualifizierter Mitarbeiter in der Finanzverwaltung. Sie im Einzelnen zu überblicken, erfordert die Arbeit vieler qualifizierter Fachpolitiker. Sie alle in ihrem Zusammenhang und ihren Folgen für die Entwicklung einer

Stadt zu verstehen, erfordert – unter anderem – die Arbeit von Fraktionsspitzen, Staatssekretären, Senatoren, Bezirksbürgermeistern – und von einem Regierenden Bürgermeister. Als solcher habe ich zwar nie alle elf Bände komplett studiert. Aber ich wusste stets, wie die Politik bei welchen Ausgaben an welchen Rädchen drehen kann und drehen sollte. Und das halte ich, mit Verlaub, für echte und sinnvolle Arbeit.

Außerdem: Die Idee einer Volksabstimmung über Zinszuschüsse für die Modernisierung von Wohngebäuden mag zwar lächerlich klingen. Immerhin wäre sie – vertieftes Interesse der Bürger an dieser Detailfrage vorausgesetzt – mit etwas Aufwand wohl durchführbar. Aber eine Volksabstimmung über den gesamten Landeshaushalt? Diesen im Abgeordnetenhaus mit seinen derzeit 160 Mitgliedern zu beraten, dauert schon drei volle Monate! Obwohl sich nicht alle Abgeordneten in den Ausschuss- und Plenarsitzungen zu Wort melden. Was im Umkehrschluss nur bedeuten kann: Bei den Haushaltsberatungen aller 2,5 Millionen wahlberechtigten Berliner könnte sich außer den hartnäckigsten Vertretern von Einzelinteressen tatsächlich *niemand* vernünftig Gehör verschaffen. Fast niemand wüsste, worum es geht, weder im Einzelnen noch im Ganzen. Und wenn es solche sachkundigen Bürger doch gäbe? Tja, dann wären die wohl – tut mir leid – Politiker.

Nun gilt das Budgetrecht in allen Demokratien nicht umsonst als das „Königsrecht“ der Parlamente. Weshalb es für mich zugleich der beste Beweis ist, dass in bestimmten Einzelfragen Volksabstimmungen sinnvoll sein mögen, dass es aber im Ganzen keine Alternative zur repräsentativen parlamentarischen Demokratie gibt. Ich stelle schließlich selbst auch keinen Joghurt her und repariere mein Auto nicht selbst, sondern delegiere das an qualifizierte Experten.

BERLINER ENTSCHEIDUNGS(UM)WEGE

Oft entscheidet sich erst im Schlussspurt, was man in der Politik konkret bewegen kann. Hier sind, nach allem Zuhören und Abwägen, dann tatsächlich die klaren Ansagen gefragt. Ja, Politik sollte immer das Ziel haben, Betroffene zu Beteiligten zu machen. Aber es ist unmöglich, jeden konkret Betroffenen ständig an allem zu beteiligen. Ja, man kann – und muss – über alles diskutieren. Aber nach spätestens 90 Minuten hört auch in Sitzungen oder Versammlungen niemand mehr zu. Dann muss man halt abstimmen. Oder irgendjemand muss entscheiden.

In der Demokratie brauchen Entscheidungen Zeit, sie erfordern bei allen Beteiligten Geduld, Rücksicht und vor allem die Fähigkeit zum Kompromiss. Und so gut wie nie machen sie am Ende alle glücklich. Trotzdem muss regelmäßig alles Mögliche entschieden werden. Große Richtungsentscheidungen nennt man in der Demokratie „Wahlen". Man kann darüber diskutieren, ob auch Entscheidungen in großen und wichtigen Sachfragen direkt vom Souverän getroffen werden sollten. Wer für Volksabstimmungen plädiert, muss sich freilich gefallen lassen, dass die Wähler zuvor auch darüber entscheiden, wann über was in welcher Form abgestimmt wird. Es macht nämlich bereits einen sehr erheblichen Unterschied, ob eine mehr oder weniger große Gruppe von Bürgern bloß „Wir sind das Volk!" ruft. Oder ob eine solche Gruppe tatsächlich einen relevanten Teil der Bürgerschaft repräsentiert. Noch mehr macht es einen Unterschied, ob Bürgergruppen bereit sind zu akzeptieren, dass in einer Demokratie letztlich *niemand* für „das Volk" sprechen kann, sondern jede noch so große Gruppe partikulare Interessen vertritt, die mit den Interessen anderer in vernünftiger Weise abgewogen werden müssen.

In der Verfassung des Landes Berlin gibt es da zunächst die Volksinitiative: Wenn mindestens 20.000 in Berlin gemeldete, mindestens 16 Jahre alte Bürger – unabhängig von ihrer Staatsbürgerschaft – solch eine Massenpetition unterschreiben, dann ist das Abgeordnetenhaus verpflichtet, die Initiative in öffentlicher Sitzung zu beraten. Einzige Voraussetzung: Es muss für die fragliche politische Entscheidung tatsächlich zuständig sein, und es muss sich um eine Angelegenheit handeln, die Berlin betrifft. Die Vertrauenspersonen der Volksinitiative haben zudem das Recht, in den zuständigen parlamentarischen Ausschüssen angehört zu werden. Ob und gegebenenfalls wie das Landesparlament am Ende entscheidet, darin sind die Abgeordneten dann aber frei. Also: Weniger als 1 Prozent aller Wahlberechtigten – eine Anzahl, die selbst kleine Interessengruppen zusammenbringen sollten – können eine parlamentarische Beratung ihres Anliegens erzwingen und damit einem Thema eine gewisse öffentliche Aufmerksamkeit verschaffen. Mehr aber auch nicht. Und das finde ich richtig.

Bei Volksbegehren und Volksentscheid sind die Hürden aus guten Gründen höher und das Verfahren komplizierter. Zum einen braucht man zum Start des ganzen Unternehmens wieder 20.000, in einigen Fällen (z. B. für Verfassungsänderungen) 50.000 Unterschriften. Vor allem aber müssen sich die Initiatoren eines Volksbegehrens von Anfang an einer sehr unangenehmen Nebenwirkung politischer Projekte stellen: Sie kosten meistens Geld. Steuergeld. Ergo unser aller Geld. Weshalb schon vor Einleitung eines Volksbegehrens beim Innensenator ein Antrag auf Kostenschätzung gestellt werden muss. Erst wenn diese vorliegt, kann mit der Unterschriftensammlung begonnen werden. Danach wird geprüft, ob wirklich genügend Wahlberechtigte (ein Mal!) unterschrieben haben und ob die Initiative mit geltendem „höherrangigen“ Recht vereinbar ist. Dann hat das Abgeordnetenhaus vier Monate Zeit, sich nach Stellungnahme des Senats zu überlegen, ob es sich die Initiative zu eigen macht oder ob es sie ablehnt. Erst in letzterem Fall startet das eigentliche Volksbegehren. Bei dem nunmehr 7 Prozent der Wahlberechtigten (derzeit gut 170.000 Menschen) unterschreiben müssen. Ich persönlich finde diese Hürde eher niedrig. Aber schließlich entscheiden Bürger bei einem Volksbegehren nur, ob sie alle zusammen etwas entscheiden wollen oder nicht. Wenn die Einwohnerzahl einer Großstadt wie Hamm oder Saarbrücken etwas wichtig findet, dann ist das wohl Grund genug, alle Berliner mit dem Thema zu beschäftigen.

Das geschieht dann im Volksentscheid. Dort benötigt eine Initiative erstens die Zustimmung der Mehrheit all jener, die am Entscheid teilgenommen haben. Und zugleich die Stimmen von mindestens einem Viertel *aller* Stimmberechtigten, derzeit also von rund 613.000 Berlinerinnen und Berlinern. Nun kann man lange diskutieren, ob es angemessen ist, dass ein Viertel aller Bürger Gesetze durchpauken oder verändern kann, die am Ende ja meist mehr oder weniger alle betreffen. Aber das ist, wie es ist.

Darum dies auch nicht nur der Vollständigkeit halber: In bestimmten Fällen sieht die Landesverfassung auch noch Volksabstimmungen vor. Eine solche gab es etwa 1996 über die Fusion Berlins mit Brandenburg. Oder 2006, als die das Thema Volksbegehren und Volksentscheid betreffenden Artikel 62 und 63 der Landesverfassung geändert wurden. Und da hatte eine (in diesem Fall erforderliche) deutliche Mehrheit *aller* Wahlberechtigten für genau dieses Quorum gestimmt.

Grundsätzlich sehe ich bei Volksbegehren und Volksentscheiden immer die Gefahr, dass sie zu reinen Plebisziten lautstarker

Minderheiten werden. Oder Menschen Sachen fordern, die alle toll finden – bis die Rechnung kommt. Wer zum Beispiel würde nicht für kleinere Schulklassen stimmen? Oder für die sofortige Totalsanierung aller Straßen? Auch wenn viele das gern so sehen: Die Aufgabe „der Politik" ist nicht das Verteilen von „Geschenken". Es ist nicht einmal Aufgabe von Parlamenten und Regierungen, den – wie schon gesagt: inexistenten – Willen „des Volkes" oder auch nur parteipolitischer Mehrheiten zu vollstrecken. Die eigentliche Aufgabe von Politik ist erstens die Abwägung unterschiedlicher, nicht selten widerstreitender Interessen bei einem Thema. Und zweitens der stets kritische Blick auf die Gesamtverantwortung.

Simpel gesagt geht es uns Politikern da nicht sehr viel anders als Ihnen. Klar wäre es am schönsten, wenn Sie im selben Jahr Ihre Wohnung komplett renovieren, ein neues Auto anschaffen und dreimal in Urlaub fahren könnten. Leider sind die wenigsten so liquide. Wer die Verantwortung für die Bewirtschaftung öffentlicher Mittel trägt, muss beim Geldausgeben erst recht Prioritäten setzen. In Berlin, das heute zwar keine dramatische, aber immer noch eine eher angespannte Haushaltslage hat, können das bisweilen auch harte Prioritäten sein.

Und dann gibt es beim fröhlichen Abstimmen auch noch ein paar formale Bedingungen. So müssen Gesetze etwa bestimmten Formen genügen. Es müssen eindeutige, präzise formulierte, rechtlich korrekt umsetzbare und mit einem Preisschild versehene Alternativen zur Abstimmung vorgelegt werden. Weshalb da eben auch Juristen und Verwaltungsfachleute mitentscheiden müssen. Und über bestimmte Dinge – Grundrechte, Grundprinzipien des Rechtsstaates – kann niemals abgestimmt werden. Kurz und gut: Volksbegehren und Volksabstimmungen ja – aber nicht über alles. Und wenn, dann mit genügend hohen Hürden.

Am Ende des Tages bleiben immer noch genug Entscheidungen übrig, die gewählte Politiker – Parlamentarier und Amtsträger – alleine treffen müssen. Das Tolle an der Demokratie: Auch das funktioniert. Selbst hartnäckigste Lobbyisten, aufmüpfige Fraktionen, schrullige Hinterbänkler, mächtige Senatoren oder selbstbewusste Spitzenbeamte erwarten irgendwann eine klare Ansage vom Oberhäuptling. Wer bereit ist, nach einer langen Nacht am Lagerfeuer zu entscheiden, dem werden die Indianer meist folgen. Sprich, der kann in der Politik Entscheidendes bewegen.

In unserer heutigen Mediengesellschaft läuft sehr viel über Personalisierung. Wer gute und überzeugende Ideen formuliert, der kann mit ihnen auch durchdringen. Umso mehr, je eingängiger er oder sie diese Ideen verpackt. Ab und an gibt ein Schuss Provokation oder eine Prise Nonchalance den Argumenten die richtige Würze. Vorausgesetzt, Worte und Gesten sind nicht bloß Show, sondern passen zur Sache. Und vor allem vorausgesetzt, die Menschen erkennen nicht nur mein Talent für die Produktion eingängiger „Forderungen“, sondern eine klare Haltung, aus der heraus ich mich für bestimmte Dinge einsetze. Da ist es in der Politik nicht anders als im wirklichen Leben: Menschen mit Ecken und Kanten sind häufig beliebt. Aber nur so lange, wie diese Ecken und Kanten deren Authentizität, Glaubwürdigkeit und Verlässlichkeit unterstreichen. Wenn man sich an den Kanten bloß noch blaue Flecken holt, ist es mit der Popularität schnell vorbei.

So wie demokratische Kontrolle übrigens entgegen allen Unkenrufen eine sehr effektive Form von Erfolgskontrolle ist. So lange ich als Politiker nicht nur innerhalb der Politik mit meinen Ideen und Initiativen durchdringe, sondern diese Initiativen auch in den Augen der Bürger spürbare Erfolge zeitigen, wird politische Führung akzeptiert. Bleiben die Erfolge aus, ist man ziemlich schnell raus aus dem Geschäft. Klar, irgendwer hat immer was zu meckern. Aber echte Reklamationswellen führen in der Demokratie fast immer stracks in die Wahlniederlage. Wenn nicht, dann ist die Lautstärke der Beschwerden vermutlich größer als ihre Anzahl. Im umgekehrten Fall ist die Niederlage aber schon im Verlauf der zweiten Halbzeit absehbar. Weshalb man in der Politik wie im Fußball ganz schnell von den eigenen Leuten vom Platz genommen wird.

Auch ein Regierender Bürgermeister kann übrigens nichts allein par ordre de Mufti auf den Weg bringen. Hier ein kurzes Telefonat, da eine kleine schriftliche Dienstanweisung und alles läuft nach Plan? So funktioniert Politik nicht. Zu jeder klaren Ansage gehört daher das – meist mehrfache – Nachhaken.

Beispiel: Auch ich bin ja ein Bürger, der sich hin und wieder über Sachen in seinem unmittelbaren Umfeld aufregt. So hatten vor einigen Jahren Besitzer einer Immobilie bei uns im Kiez ein Baugerüst mit einem dieser Monster-Werbeplakate dekoriert. Dahinter passierte – nichts. Stichwort „Refinanzierung von Sanierungskosten“. Nun hatten wir 2005 mit unserer rot-roten Koalition ein „Bauvereinfachungsgesetz“ beschlossen, das derlei einträgliche Verschönerungen von Gerüsten ohne Genehmigung erlaubte. Um dann zu beobachten, wie private und öffentliche Bauträger in kürzester Zeit die halbe Stadt mit Werbung zupflasterten. 2009 hatten wir darum die Regelung wieder verschärft. So erzählte ich meinem Bezirksbürgermeister am Rande einer Konferenz von besagtem Ding. Kleiner Dienstweg? Fehlanzeige. Ein Vierteljahr später fragte ich höflich nach – und merkte, wie langsam die Mühlen der Verwaltung mahlen können. Wie schnell selbst eindeutige Entscheidungen verwässern, wenn Einzelinteressen einflussreiche Fürsprecher haben. Und wie beliebt das Spiel „Das haben wir doch immer schon so gemacht“ in Bürokratien oft ist. Saniert hat der Bauträger das Gebäude übrigens nie. Er hat nur irgendwann mit dem Gerüst auch die Werbung wieder abgebaut. Eines dieser kleinen Ärgernisse der Stadtpolitik, die sich nur durch den Lauf der Zeit in Luft auflösen.

Gerade in Berlin gibt es sehr viele zuständige Behörden und Verwaltungsebenen. Jeder weiß, dass Berlin mit seinen derzeit rund 3,7 Millionen Einwohnern die mit Abstand größte Metropole Deutschlands ist. Und die meisten wissen wohl auch, dass sich der Stadtstaat Berlin in mehrere Bezirke unterteilt. Was sich weniger Menschen klarmachen: Sechs der zwölf Bezirke Berlins haben über 300.000 Einwohner. Als eigenständige Kommunen würden sie allesamt unter den Top 25 der deutschen Großstädte rangieren. Pankow mit seinen über 400.000 Einwohnern ist größer als Bochum (die Nummer 16), Mitte größer als Wuppertal, Charlottenburg-Wilmersdorf hat ebenso viele Einwohner wie Bielefeld. Und selbst das „kleine“ Spandau würde mit seinen 238.000 Einwohnern derzeit Magdeburg (235.000) von Platz 32 der Stadtliga verdrängen.

Die elf Großstädte des Ruhrgebiets kommen zusammen auf gut 3,2 Millionen Einwohner. Jedem ist klar, dass sich Bochum, Bottrop, Dortmund, Duisburg, Essen, Gelsenkirchen, Hagen, Hamm, Herne, Mülheim an der Ruhr und Oberhausen wohl kaum aus einem einzigen Rathaus regieren ließen. Tja, und deshalb haben wir in Berlin eben nicht nur das Rote Rathaus, den Amtssitz des Regierenden Bürgermeisters, sondern zwölf Rathäuser mit Bezirksregierungen – darunter das dank Kennedy weltberühmte Schöneberger Rathaus, bis zur

Wende Sitz des West-Berliner Senats. Dazu zwei Dutzend weitere Rathäuser in den historisch gewachsenen Stadtteilen Berlins. Und zu jedem der zwölf Bezirksämter gehören, wie in jeder gescheit organisierten Stadt, all jene Behörden, auf deren Leistungen die Bürger Anspruch haben. Von den Bürgerämtern über die Kultur-, Schul-, Jugend-, Sozial- und Gesundheitsämter bis hin zur Verwaltung von Straßen und Grünflächen oder Veterinär- und Lebensmittelaufsicht – alles schön mal zwölf.

Daher werden die Tische in Berlin nicht nur schnell ziemlich groß, wenn man alle Zuständigen an einem von ihnen versammelt. An diesen Tischen sitzen, der Größe ihrer Kommunen angemessen, auch sehr selbstbewusste Bezirksbürgermeister und -meisterinnen, Bezirksstadträte und andere Vertreter der Bezirksverwaltungen. Weshalb ein Regierender Bürgermeister, Senatorinnen und Senatoren oder Beamte der Senatsverwaltung sehr oft eine Extraportion Überzeugungskraft brauchen. Weshalb gut Ding in Berlin oft etwas mehr Weile haben will. Und weshalb ein eher ungeduldiger Mensch wie ich gelegentlich auch mal auf den Tisch hauen musste, wenn es gar zu bunt wurde. Oder sagen wir so: Normalerweise habe ich eine recht durchlässige Schmerzgrenze. Wenn ich dann ab und zu laut werde, kriegen alle einen Schreck, weil sie das nicht gewohnt sind. Die Wirkung solcher Ansagen entsteht quasi aus dem Kontrast.

Nicht gerade kleine politische Blockadepotenziale hat Berlin kurz nach der Jahrtausendwende leider selbst produziert. Mit der Bezirksgebietsreform, die am 1. Januar 2001 in Kraft trat, sank die Zahl der Berliner Bezirke nicht nur von 23 auf zwölf. Zugleich wurde das bis dahin geltende Durchgriffsrecht des Senats gegenüber Entscheidungen der Bezirksämter und ihrer Fachbehörden abgeschafft. Nach mehr als eineinhalb Dekaden ist erkennbar, dass das keine kluge Entscheidung war. Weshalb ich für eine abermalige Reform unserer Landesverfassung plädiere – die eben auch eine Stadtverfassung ist.

Dabei sollte erstens das besagte Durchgriffsrecht des Senats wiederhergestellt werden. Allein schon beim Thema Straßenbau würde sich dann sehr schnell zeigen, dass in einer weitgehend geschlossenen Großstadt wie Berlin manches besser liefe, wenn es eben doch zentral gesteuert würde.

Teil zwei der Novelle sollte eine Reform der Bezirksämter sein. Stichwort „politisches Bezirksamt". Bislang ist es so: Bezirksbürgermeister und -bürgermeisterinnen werden von den Bezirksverordneten mit politisch gebildeten Mehrheiten gewählt. Wenn die stärkste politische Kraft keine absolute Mehrheit erreicht hat, ist sie in einem Bezirk dabei entweder auf „Koalitionspartner" angewiesen, oder anderen Parteien gelingt es, eine Mehrheit zu bilden. Man spricht dann bloß nicht von einer „Koalition", sondern von einer „Zählgemeinschaft". Die vier Bezirksstadträte werden proportional zum Wahlergebnis besetzt. Mit dem Resultat, dass es in den Bezirksämtern fast immer eine Art Allparteien-Regierung nach Schweizer Muster gibt – einschließlich aller möglichen Blockaden. Und in den Bezirksverordnetenversammlungen keine Opposition. 2009 hat sich die Berliner SPD mit knapper – und für viele Beobachter überraschender – Mehrheit gegen das „politische Bezirksamt" ausgesprochen. So wie es auch in den meisten anderen Parteien Befürworter wie Gegner einer solchen Änderung gibt. Ich selbst war früher eher Befürworter einer politischen Richtlinienkompetenz für die Bezirksbürgermeister. Mittlerweile plädiere auch ich eindeutig für das politische Bezirksamt. 2017 ist die FDP bei diesem ewig köchelnden Thema vorgeprescht. Stört mich nicht. Machen!

Manchmal machen Metropolen wie Berlin aber ohnehin einfach, was sie wollen. Besser gesagt, die Menschen folgen ihren eigenen, oft kühnen Plänen. Genau darum sind sie nach Berlin gekommen. Weil hier keiner als Erstes sagt: „Vergiss es, das geht nicht." So hat der Senat nicht einen Fünf-Jahres-Plan zur Ansiedlung von Start-Ups im Bereich Internet und Social Media aufgelegt, dank dem dann Jahr für Jahr tolle Firmen gegründet wurden. Viele dieser Senkrechtstarter wollten anfangs ganz bewusst keine Hilfe seitens der Politik. Und zwar aufgrund einer nicht völlig grundlosen Befürchtung: dass die Bedenkenträger dem Beistand auf dem Fuße folgen. Stattdessen folgte hier einfach eins aus dem anderen. Bis am Ende die Betreiber junger Unternehmen alles vor Ort vorfanden, was sie zur Entfaltung ihrer Kreativität brauchen: querdenkende Freiberufler, Szenecafés und -clubs, hippe Klamottenläden und Barbiere, Coworking Spaces. Wer da Hase und wer Igel war? Egal!

WIE „ROT" IST BERLIN?

Dass Berlin per se eine „rote Stadt" sei, ist ein Mythos. Die Nazis hatten ihn in den 1920er-Jahren erfunden, um die ideologischen Risse und persönlichen Rivalitäten innerhalb ihrer eigenen Partei zu kaschieren. Am äußersten rechten Rand des politischen Spektrums – und daran hat sich bis heute wenig geändert – zieht man ja besonders viel Energie aus der Mobilisierung gegen scheinbar übermächtige „Feinde". Wahr ist: Es gab in der Weimarer Republik den von Ernst Busch näselnd besungenen „Roten Wedding", in dem die KPD eine ihrer stärksten Bastionen hatte. Spandau und Neukölln waren damals SPD-Hochburgen. Aber nicht minder satte Mehrheiten holten in den 20er-Jahren die rechtskonservativen Deutschnationalen in Stadtbezirken wie Steglitz oder Zehlendorf. Sieht man von der postrevolutionären Wahl 1919 ab, bei der SPD und USPD zusammen fast zwei Drittel der Stimmen gewannen, so ging die Sozialdemokratie zwar in der Weimarer Republik aus allen Berliner Wahlen als stärkste politische Kraft hervor (1921 mit knapp 40, 1925 mit 32,6 und 1929 mit 28,4 Prozent). Aber eine echte Vormachtstellung besaß sie im Berlin der Zwischenkriegszeit nicht.

Weit eher zur sozialdemokratischen Legendenbildung taugen die Berliner Wahlergebnisse der ersten Nachkriegsjahrzehnte. Ernst Reuter holte für die SPD 1948 sagenhafte 64,5 Prozent – bis heute der größte Landtagswahlerfolg einer Partei in der Bundesrepublik. Auch bei den Abgeordnetenhauswahlen 1958, 1967 und 1971 gewann die SPD absolute Mehrheiten in Berlin, 1963 unter Willy Brandt gar mit 61,9 Prozent. Doch zwischen 1975 und 2001 war die CDU durchgängig stärkste politische Kraft in West-Berlin. Und zwischen 1991 und 2001 war im wiedervereinigten Berlin keine andere Senatsbildung als auf Basis einer Großen Koalition von CDU und SPD möglich. Die starke Linke im Ostteil kam als Koalitionspartner im Nachwendejahrzehnt nicht infrage, die starke Position der Grünen allein im Westteil wiederum reichte nicht für eine rot-grüne Koalition.

Zudem ließ die besondere Situation Berlins nach der Wende eine Zusammenarbeit der großen Volksparteien als vernünftig erscheinen. Nicht nur der Westen der ehemals geteilten Stadt musste ja binnen weniger Jahre vom bundesrepublikanischen Subventionsfläschchen entwöhnt werden. Auch der Osten Berlins hatte über Nacht all jene strukturellen, wirtschaftlichen und finanzpolitischen Privilegien verloren, die mit dem Status als „Hauptstadt der DDR“ verbunden waren. Hauptstadt des wiedervereinigten Deutschland zu sein, die Infrastruktur der Stadt zu sanieren und wieder zu verbinden, das allein hielten viele Verantwortliche der Zeit für einen genügend starken Wirtschaftsmotor. Und Großbaustellen wie der Potsdamer Platz, das neue Regierungsviertel rund um Reichstag und Kanzleramt, der neue Hauptbahnhof oder die exklusiven neuen Shoppingcenter an der Friedrichstraße schienen das zu bestätigen.

Rückblickend darf man sagen: Da sind durchaus ein paar Luftblasen geplatzt. Vor allem jedoch wurde die Langwierigkeit des Umbaus der zwei ökonomischen Inseln namens Berlin zu *einer* Metropole stark unterschätzt. Die entscheidenden Zeichen der Zeit hat die Berliner Politik damals ebenso verkannt wie die Bundespolitik. Berlin wurde nicht aus dem Stand zur „Boomtown" – da waren die meisten Prognosen schlicht falsch.

Für mich belegt unter anderem dies ein ewiges Dilemma von Politik: Langfristig kann sie viele Entwicklungen anstoßen. Oder blockieren. Doch die innere Logik des demokratischen Politikbetriebes begünstigt leider kurzfristigen Aktionismus. Zumal in einem föderalen Staat, in dem praktisch immer irgendwo gewählt wird. Das Dumme an der Sache: Kurzfristig ist Politik am ehesten im Bereich technokratischer Feinsteuerung erfolgreich. Das ist zweifellos sehr wichtig. Aber weder löst das in der Gesellschaft Begeisterungsstürme aus, noch stellt es Weichen in Richtung Zukunft.

Bis heute ist die politische Landschaft in Berlin speziell. Die Linkspartei ist im Osten der Stadt stark, während sie in den Westbezirken keine große Rolle spielt. Dafür haben die Grünen ihre Hochburgen in Mitte und Friedrichshain-Kreuzberg sowie in Teilen von Tempelhof-Schöneberg und Charlottenburg. Die CDU dominiert in den bürgerlichen Kiezen im Westteil der

Stadt, ist im Osten aber nach wie vor schwach. Die SPD ist die einzige Berlin-Partei. Sprich die Partei, die im Osten wie im Westen der Stadt ähnlich starke Wahlergebnisse erzielt, und bei der seit der Wende etwa gleich viele Abgeordnete aus den beiden Teilen der Stadt im Parlament sitzen. Schließlich ist mit der AfD – wie lange, das wird sich wie bei den Piraten noch weisen müssen – seit 2016 eine Partei im Abgeordnetenhaus vertreten, über die ich an dieser Stelle nur so viel sagen will, dass sie eine rot-rot-grüne Regierungsmehrheit in Berlin zumindest nicht blockieren kann. Sozial- und Christdemokraten auch noch in der Hauptstadt unseres Landes wieder zu einem Dauerbündnis zu zwingen, das wäre vermutlich der Tropfen, der das Fass des politischen Stillstands für die Bürger zum Überlaufen brächte.

Die Großen Koalitionen nach der Wende hatten die Aufgabe, die beiden Hälften der Stadt wieder zusammenzuführen. Über vier Jahrzehnte war Berlin politisch geteilt, 28 Jahre durch die Mauer brutal zerschnitten. Die Wunden im Stadtbild zu heilen, die Verwaltungen zusammenzuführen, Berlin mit seinen vielen teilungsbedingten strukturellen Problemen wirtschaftlich langsam, aber sicher wieder auf eigene Beine zu stellen, den Menschen das Gefühl zu geben, Bürger *einer* Stadt zu sein – das alles ist damals weitgehend gelungen, allen Problemen und Hindernissen zum Trotz. Eberhard Diepgen hat als Regierender den Konflikt mit der Bundesregierung unter seinem Parteifreund Helmut Kohl, der die meisten Berlin-Subventionen am liebsten schon im Oktober 1990 zu Grabe getragen hätte, nicht gescheut. So hat er etwa die Angleichung der Bezüge im Öffentlichen Dienst durchgesetzt, wohl wissend, dass amtlich sanktionierte Einkommensunterschiede innerhalb einer Stadt keinem Menschen vermittelbar gewesen wären. Die übrigen neuen Bundesländer haben diesen Schritt damals nicht vollzogen.

Berlin wurde sogar aus der Tarifgemeinschaft der Länder ausgeschlossen. Und die Kosten für die Stadt, die sich das bei „objektiver" Betrachtung der Haushaltslage natürlich nicht leisten konnte, waren ebenso beträchtlich wie der bundespolitische Flurschaden.

Bis heute gehört es zum Standardrepertoire des west- und vor allem süddeutschen Berlin-Bashings, dass die Stadt andere bezahlen lasse – was so längst nicht mehr stimmt. Dabei ist es ein Missverständnis, wenn man die „Kosten der Einheit" immer nur in Form von Beton hochrechnet. Was, bitte schön, soll „die Politik" machen, wenn die meisten Dinge des Lebens für die Menschen in Aachen und Zwickau, erst recht in Spandau und Hellersdorf dasselbe kosten?

RÜCKBLENDE: EINE ERSCHÖPFTE GROKO IMPLODIERT

Am 2. Dezember 1990 hatte die erste Wahl zu einem Gesamtberliner Abgeordnetenhaus seit 1946 stattgefunden. Bei dieser wurde der vorherige rot-grüne Senat unter Walter Momper, für den es bei der letzten West-Berliner Wahl im Januar 1989 eine deutliche Mehrheit gegeben hatte (SPD: 37,3 Prozent, Grüne/AL: 11,8 Prozent), vom Wähler geradezu abgestraft. Die SPD musste vor allem im Westen der Stadt herbe Verluste von fast 8 Prozentpunkten hinnehmen, während die CDU dort 49 Prozent der Stimmen holte. Im Osten lag meine Partei dafür mit 32,1 Prozent vor der CDU (25 Prozent) und der damaligen PDS (23,6 Prozent). Am 2. Dezember 1990 wurde zwar gemeinsam (und parallel zur Bundestagswahl) gewählt, die Fünf-Prozent-Hürde jedoch galt, wie im Bund, für West und Ost getrennt. Die

Alternative Liste erzielte im Westen der Stadt trotz Verlusten 8,2 Prozent, Bündnis 90/Die Grünen im Osten 11,4 Prozent. Beide zogen daher ins Abgeordnetenhaus ein und bildeten dort eine gemeinsame Fraktion. Die F.D.P. (damals noch in Versalien mit drei Punkten) gewann Stimmen hinzu, die zuvor für eine Legislaturperiode im West-Berliner Parlament vertretenen Republikaner scheiterten wieder deutlich an der Fünf-Prozent-Hürde.

Im neuen Abgeordnetenhaus hatten SPD und Grüne/AL nur noch 99 Sitze, CDU und F.D.P. zusammen 119. Als Nachfolgepartei der SED kam die PDS mit ihren 23 Abgeordneten damals unter keinen Umständen für eine Koalition mit Regierungsbeteiligung, ebenso wenig für die Duldung eines rotgrünen Minderheitssenates infrage. Somit gab es zur Bildung einer Großen Koalition (unter Eberhard Diepgen) schon rein rechnerisch keine echte Alternative.

Daran änderten die abermaligen Verluste der SPD bei den Wahlen 1995 (23,6 Prozent) und 1999 (22,4 Prozent) im Prinzip nichts. Stets gab es gefühlte „linke" Mehrheiten in der Stadt. Aber ohne PDS beziehungsweise Linkspartei erwuchs aus ihnen in den 1990er-Jahren keine vertretbare, geschweige denn eine vernünftige politische Option.

Über das Thema „Berliner Bankenskandal" könnte man ein eigenes Buch schreiben. Dieses böte sicher nicht das kürzeste Lehrstück zum Thema der Verquickung öffentlicher und privater Finanzinteressen. Im Zentrum standen die landeseigene Bankgesellschaft Berlin und ihre Tochter Berlin Hyp. Anfang 1994 hatte die Große Koalition unter dem Dach der Bankgesellschaft Berlin die öffentlich-rechtliche Landesbank Berlin, die bis dato private, aber mehrheitlich in Landesbesitz befindliche Berliner Bank und die Hypothekenbank Berlin Hyp zusammengefasst.

Hintergrund: In den 1990er-Jahren drehten alle deutschen Landesbanken national wie international das ganz große Rad. Und zwar vor allem im Immobiliengeschäft und bei der Finanzierung politisch opportun erscheinender Unternehmensfusionen. So mag es aus damaliger Sicht verständlich gewesen sein, dass Berlin als boomende Hauptstadt ebenfalls eine schlagkräftige Landesbank mit überregionalen bis internationalen Ambitionen schaffen wollte. Zumal es auch noch die Gelegenheit bot, die verschnarchten bis verkrusteten alten West-Berliner Strukturen aufzubrechen und neue „Player" in die Stadt zu locken.

Der heiße Kern dieser Versuchung war wohl folgender: Eine öffentlich-rechtliche Landesbank konnte – dank Staatshaftung – auf einmal ihre vergleichsweise günstigen Kreditkonditionen an die juristisch privaten Institute Berliner Bank und Berlin Hyp durchreichen. Und die konnten dadurch – wohlgemerkt: völlig legal! – weit höhere Risiken bei großen Immobilienprojekten eingehen, als es privaten Geldgebern möglich gewesen wäre. Etwa indem man geschlossene Immobilienfonds auflegte und mit Rendite- und Risikogarantien über 25 oder 30 Jahre versah.

Der erste Warnschuss im November 1996 verhallte. Damals förderte die interne Revision einen Wertberichtigungsbedarf von über einer Milliarde Euro zu Tage. Schon da erschwerte politischer Filz die Kontrolle. Nun gibt es ja Bereiche, in denen das wirtschaftliche Handeln von Staat, Politik und Verwaltung nicht nur sinnvoll, sondern sogar alternativlos ist. Etwa bei der Verkehrsinfrastruktur. Oder, wie wir nicht nur in Berlin unter Schmerzen gelernt haben, in der Energie- und Wasserversorgung. Ob der Büro- oder Wohnungsbau, ob erst recht das Bankwesen selbst auch solche Fälle sind, darf man bezweifeln.

In Berlin jedenfalls war der Fraktionsvorsitzende der CDU, Klaus Landowsky, Vorstand einer Hypothekenbank in öffentlich-rechtlicher Hand. Eine durchaus heftige Verquickung von großem politischem Einfluss mit großen finanzwirtschaftlichen Entscheidungsspielräumen. Besagter Fraktionsvorsitzender hat seine Rolle auch immer so verstanden. Konsequenz: Nicht zuletzt Berlins öffentliche Bauprojekte durften sich des Wohlwollens der Berlin Hyp stets gewiss sein. Wenn aber die rechte öffentliche Hand einen Bau plant und bezahlt und sich gleichzeitig bei der linken öffentlichen Hand das Geld dafür pumpen kann, dann wirkt das zwar zunächst sehr komfortabel. Doch früher oder später trägt eine landeseigene Bank, die von einem Spitzenpolitiker eben dieses Bundeslandes geleitet wird, allzu große Spendierhosen. Im Falle der Berlin Hyp häuften sich daher die Projekte, die nicht – wie üblich – zu 50 oder 60 Prozent kreditfinanziert waren, sondern zu beinahe 100 Prozent. Ballen sich solche Risiken, muss die Bank immer größere Räder drehen. Sie muss ihre Finanzierungen immer komplexer verschachteln. Sie muss ihren eigenen Kreditgebern immer heißere Zinsen versprechen. Und sie muss, so denken die Verantwortlichen dann zumindest, ebenfalls all jene Lücken des Finanz- und Steuerwesens ausnutzen dürfen, die den privaten Geldverleihern auch zur Verfügung stehen. Eh man sich versieht, hat dann auch die Hypothekenbank des Landes Berlin Briefkästen in Steueroasen.

So lange sich das internationale Spekulationskarussell lustig dreht, ist alles in Butter. Und Berlins Landesbanker waren eben auch nicht die einzigen, die dachten, dass ihr Institut direkt an der Wall Street läge. Obwohl die in Wahrheit nur weit genug weg war, um das dortige Hohngelächter über die Unsummen von „stupid German money" zu überhören.

Es war eine unheimliche Allianz, die sich da widerspiegelte. Den Aufsichtsgremien fehlte vielleicht nicht die Möglichkeit, in jedem Fall aber die Kraft, das Hochrisiko-Karussell zu stoppen. Wo die Öffentlichkeit persönliche Vorteilnahme oder gar kriminelle Machenschaften wittert, etabliert sich mit der Zeit „nur" so eine Art Weckguck-Kartell: Hier will man es sich mit jemand Einflussreichem nicht verscherzen, dort gibt es persönliche Rücksichten, da braucht dieser vielleicht noch jemandes Unterstützung bei einem anderen Vorhaben. Zumal nicht nur einflussreiche Politiker in diesen Gremien saßen, sondern auch hoch geachtete Wirtschaftsvertreter wie Manfred Bodin, Chef der Norddeutschen Landesbank (NordLB), von 1994 bis 2010 Minderheitsgesellschafter der Berlin Hyp, Ex-Bahnchef Heinz Dürr oder honorige Manager von Deutscher Bank, Siemens und Thyssen-Krupp. Nicht zu vergessen die Vertreter der Gewerkschaftsseite, die, Ämterhäufung sei Dank, auch viele Insider-Informationen hatten. Fazit: Da ist sehr viel schiefgelaufen, und man hat die Schieflagen nicht erkannt. Als sie sich gegen Ende des Jahres 2000 nicht mehr verbergen ließen, ging der Streit los, wer schuld war. Und wer für die 2 Milliarden Euro große Deckungslücke in den Bilanzen sowie für – damals so noch gar nicht absehbare – Immobilienrisiken von rund 20 Milliarden würde geradestehen müssen.

Anfang 2001 tauchten in der Presse erste Berichte über Scheingeschäfte und nebulöse Bilanzkosmetik bei der Berlin Hyp auf. Dann kam auch noch heraus, dass Klaus Landowsky für die CDU Spenden von zwei Parteifreunden angenommen hatte, die zugleich Manager einer Immobilienfirma waren, der für ihre Projekte von der Berlin Hyp ein Großkredit in Höhe von 500 Millionen Mark eingeräumt worden war.

Dem Fraktionsvorsitzendem der SPD im Abgeordnetenhaus möge man es bitte nachsehen, dass er damals ziemlich laut geworden ist. Ich habe nicht nur Eberhard Diepgen prophezeit, dass sein Festhalten an Landowsky der letzte Sargnagel für die Große Koalition sein werde. Ich habe auch sehr dezidiert eine juristische Aufarbeitung der ganzen Verstrickungen gefordert.

Ende Dezember 2014 wurde übrigens das letzte Verfahren wegen Untreue, das gegen Klaus Landowsky und vier weitere Angeklagte noch anhängig war, eingestellt. Die ebenso zahlreichen wie langwierigen Verfahren im Gefolge des Bankenskandals als „Verfolgung durch die Justiz" aufgrund „an den Haaren herbeigezogener Verdächtigungen" darzustellen, so wie es die Anwälte bis zum Schluss getan haben, finde ich nach wie vor an den Haaren herbeigezogen. Der Vorwurf, dass Justitias Mühlen furchtbar langsam mahlen, ist gerade bei solch hochkomplexen Materien allzu billig. Aber dass alle Beteiligten juristisch rehabilitiert, sämtliche Verdachtsmomente auf persönliche Vorteilnahme ausgeräumt sind, ist Fakt. Was bleibt, ist ein fader Beigeschmack. Wahr ist allerdings auch: Der Bankenskandal war letztlich nur der Anlass, nicht die Ursache des Endes der damaligen Großen Koalition.

Dass Diepgen Landowsky fast bis zum Schluss nicht fallen ließ, obwohl ihn dieser Schnitt vermutlich bis zum Ende der Legislaturperiode im Amt gehalten hätte, kann ich menschlich sogar nachvollziehen, ja ich finde es beinahe ehrenwert: zwei Weggefährten seit Studienzeiten. Politisch war es dennoch vollkommen falsch.

Für mich als SPD-Fraktionschef war das eine ungemütliche Situation. Als kleinerer Regierungspartner saßen wir nicht bloß räumlich in der Mitte des Abgeordnetenhauses, sondern auch politisch wie emotional zwischen allen Stühlen. Ich habe das geradezu körperlich gespürt. Landowsky und seine durchweg stramm konservativen Kumpels hatten es sich in der Wagenburg ihrer „Rote Socken"-Kampagnen gemütlich gemacht und droschen schon auf die PDS ein, wenn sie die Verlängerung einer Tramlinie in Lichtenberg ins Gespräch brachte. Und die PDS, die fand das im Grunde ganz wunderbar. Denn während sie in den Ostbezirken der Stadt Bezirksbürgermeister stellte, trug sie in Gesamtberlin keine Mitverantwortung – und drosch daher ebenso fröhlich wie folgenlos „gegen rechts“ zurück.

Derweil blockierten sich im Senat CDU und SPD in beinahe allen wichtigen Fragen gegenseitig. Über den grauen Verwaltungsalltag hinaus wurden kaum noch Entscheidungen getroffen. So hing die Große Koalition wie eine Käseglocke über der Stadt.

Für den 6. Juni 2001, einen Mittwoch, war eine Senatsklausur anberaumt. Inzwischen hatte sich herauskristallisiert, dass die drohenden Verluste der Berlin Hyp zu größeren Teilen im Haushalt ihres Eigners würden verklappt werden müssen. Wir hatten deshalb gefordert, dass im laufenden Haushalt mindestens 200 Millionen D-Mark eingespart werden müssten, was die CDU hartnäckig verweigerte. Spätestens seit der Mittagspause drehte sich die Debatte derart im Kreise, dass sich das Krachen im Koalitionsgebälk nicht mehr überhören ließ. Aber ich war nicht sicher, ob jemand den finalen Axthieb wagen würde. Aufseiten der CDU wohl nicht, weil man glaubte, den Schutt des Bankenskandals, wenn überhaupt, nur im Koalitionsalltag halbwegs geräuschlos entsorgen zu können. Zudem waren die Christdemokraten felsenfest davon überzeugt, dass wir Sozialdemokraten keine Alternative hätten. Aufseiten der SPD beließ man es lange beim Zähneknirschen, weil führende Köpfe, etwa Stadtentwicklungssenator und SPD-Landeschef Peter Strieder oder Bildungssenator Klaus Böger, zwar einiges zu verlieren, bei einem Koalitionsbruch aber absehbar kaum etwas zu gewinnen hatten.

Und wenn es zum Knall kommen würde? Erstens wusste ich damals schlicht nicht, ob es vielleicht schon irgendwelche Absprachen hinter den Kulissen gab. Zweitens zeichnete sich bereits seit dem Frühjahr ab, dass ich es sein würde, der im Fall der Fälle die Scherben würde aufkehren müssen. Drittens war es wiederum alles andere als klar, dass Partei und Fraktion einen solchen Schritt mehrheitlich absegnen würden.

Mir war längst klar, dass eine Fortsetzung der Großen Koalition keinen Sinn mehr hatte. Zugleich ging aber auch ich noch davon aus, dass es angesichts der Mehrheitsverhältnisse im Parlament keine Alternative zu ihr gäbe. Es sei denn, man bräche das seinerzeit in Berlin noch in Stahl gegossene Tabu einer wie auch immer gearteten Einbeziehung der PDS in eine Senatsneubildung.

Seit 1998 war die damalige PDS als zweitstärkste Partei in Mecklenburg-Vorpommern zwar Regierungspartner der SPD unter Ministerpräsident Harald Ringstorff. Aber das war „im Osten", wo ihr der Status als Volkspartei allein schon von den Stimmenanteilen her nicht abzusprechen war. Mit den in ihrer DNA westgeprägten Parteien Berlins – einschließlich der SPD – schien so etwas damals nicht zu machen.

Irgendwann gegen Abend des 6. Juni, alle Teilnehmer der Senatsklausur hatten sich mehr oder weniger nur noch in demonstrativem Stirnrunzeln geübt, beantragten wir eine Auszeit. In einer separaten Besprechung wurden wir uns dann relativ schnell einig, dass die GroKo aus unserer Sicht am Ende war.

In solchen Situationen ist Politik dann natürlich auch ein bisschen Theater. Das Ende der GroKo verkündete Peter Strieder schließlich am späten Abend vor der versammelten Presse. Uns war klar, dass dies für die Stadt wie für die SPD in eine echte Zerreißprobe münden könnte. Denn plötzlich lag das bis dato Undenkbare als einzige verbleibende Option auf dem Tisch.

„ICH BIN SCHWUL, UND DAS IST AUCH GUT SO"

Am Donnerstag, den 7. Juni 2001, kamen SPD-Landesvorstand und Fraktion hinter verschlossenen Türen zusammen. Für den 10. Juni wurde ein außerordentlicher Landesparteitag der SPD angesetzt. Für mich denn doch überraschend kurz und schmerzlos verlief sodann die Debatte, dass ich gegen Eberhard Diepgen antreten solle. Für Samstag, den 16. Juni würden wir jene Sondersitzung des Abgeordnetenhauses beantragen, in der Eberhard Diepgen durch ein konstruktives Misstrauensvotum abgewählt und ich mit den Stimmen von Grünen und PDS zum neuen Regierenden Bürgermeister von Berlin gewählt werden sollte.

Ziel danach: die Bildung eines rot-grünen Minderheitssenates, den die PDS tolerieren würde. Allerdings habe ich von Anfang an klargemacht, dass ich für diesen politischen Kurswechsel ein möglichst baldiges Wählervotum will. Die Legislaturperiode hätte regulär noch bis September/Oktober 2004 gedauert. Doch drei Jahre Tolerierung eines Minderheitssenates, das war keine Option für mich, keine Option für die SPD und auch keine Option für die Stadt. Dementsprechend beschlossen wir, für den kommenden September eine Selbstauflösung des Parlaments und Neuwahlen anzustreben.

Wer mich damals persönlich etwas besser kannte, wusste selbstverständlich, dass ich schwul und seit 1993 mit meinem Partner Jörn Kubicki zusammen bin. Auch den meisten Berliner Journalisten war das bekannt.

Ich selbst hatte bis dato weder Interesse daran noch hielt ich es für angebracht, mein Privatleben in die Öffentlichkeit zu tragen. Anders gesagt: Ich fand und finde es klasse, dass es Menschen gibt, die sich öffentlich für die Rechte von Schwulen und Lesben engagieren. Doch ich selbst habe mich nie als so ein Interessenvertreter gesehen. Ich bin als Klaus schwul, nicht als Politiker. In der Politik selbst, aber auch für die Presse galt damals zudem noch die Grundregel, dass alles Private, so es nicht in irgendeinem Sinne justiziabel war, eben privat bleibt. Und schließlich hatte sich bislang auch kein deutscher Politiker öffentlich zu seiner Homosexualität bekannt.

Ich habe dann an besagtem Donnerstag gespürt: Wenn deine Partei dich für das Amt des Regierenden Bürgermeisters nominiert, dann sollten alle wissen, dass es in deinem Privatleben einen Punkt gibt, der einen seinerzeit in der Öffentlichkeit noch hätte angreifbar machen können.

Zeit, mein Outing und dessen Formulierung strategisch zu planen, war nicht. Also habe ich einfach vor Fraktion und Landesvorstand gesagt, dass ich schwul bin. Ich weiß gar nicht mehr genau, welche Formulierung ich in der Situation gewählt habe, jedenfalls nicht das berühmte „Ich bin schwul, und das ist auch gut so". Eher war es was mit „übrigens". Für gefühlte zehn Sekunden hätte man im Saal die sprichwörtliche Stecknadel fallen hören können. Doch dann brandete sofort Beifall auf – und ich wurde einstimmig als Kandidat der SPD für das Amt des Regierenden Bürgermeisters nominiert.

Gleichwohl wurde intern natürlich diskutiert, ob ich das jetzt auch beim Parteitag am folgenden Sonntag sagen solle. Die meisten in der SPD-Spitze rieten mir ab. Die Befürchtung war schlicht, dass die Berliner Boulevardpresse bis zur Wahl pausenlos die Messer wetzen würde. Irgendwas mit „Schwuler koaliert mit Ex-Kommunisten" oder so. Leute, die diese Botschaft rhetorisch geschickt verpacken konnten, gab es ja.

Am Ende rollte der Zug aus einem ganz anderen Bahnhof. Die „Schwusos" in der SPD sind noch am selben Abend in die Szene gegangen. Dort haben sie stolz verkündet: „Hey Leute, unser Neuer ist schwul, und er hat das auch gesagt!" Am Freitag ging die Meldung dann über den Blog *queer.de*. Und am Samstag stand es in der *Frankfurter Rundschau*. Sonntag früh riefen dann die Journalisten an. Einer unserer Pressesprecher meinte besorgt, die Springerpresse wolle auf das Thema einsteigen. Damit stand mein Entschluss fest: Ich sage öffentlich auf dem Parteitag, dass ich schwul bin. Mit *dem* Thema werden sie dich nicht kriegen! Denn das ist schon lange nichts mehr, mit dem man sich verstecken muss.

Das war ein ganz persönlicher Entschluss. Und von dem hätte mich auch keiner mehr abgebracht. Allerdings stand da nichts Entsprechendes im Manuskript meiner Rede. Ich hatte mir nicht mal einen formulierten Satz überlegt. Ebenso gut hätte ich sagen können: „Ja, ich bin schwul, und dafür muss ich mich nicht rechtfertigen." Am Ende kam dabei spontan das berühmte Statement raus. Viele haben sich nachher an dem „auch" hochgezogen, einem typischen Füllwort. Ich hätte da die Heterosexuellen ausgrenzen oder die Schwulen privilegieren wollen. Und was da nicht noch alles für Quatsch hineininterpretiert wurde. Auf einem unserer damaligen Wahlplakate („Berlin. SPD … und das ist gut so.") ist das „auch" nicht mal angekommen. Heute gibt's vom Poster übers T-Shirt bis zum Kaffeebecher alles. Der Spruch ist mit Dutzenden anderer Themen kombiniert worden. Sogar militante Heterosexuelle haben mich schon beklaut. Seit ich diesen Satz gesagt habe, ist das Thema in der Öffentlichkeit jedenfalls durch. Gut so.

Eine völlig unbeabsichtigte Nebenfolge meines Bekenntnisses war übrigens die internationale Bekanntheit, die es mir quasi über Nacht eintrug. Normalerweise ist es ja eher so, dass bei Auslandsbesuchen des Regierenden Bürgermeisters von Berlin anfangs nur die Leute vom Protokoll dessen Namen kennen – und den dann auch öfter mal den Gastgebern zuraunen müssen. Ich war immer sofort für alle „Mr. Wowereit". Und ich habe nie auch nur im Ansatz so etwas wie Schwulenfeindlichkeit gespürt. Sicher, Politiker auf der ganzen Welt werden da einschlägig gebrieft. Und sie sind professionell genug, um zu wissen, dass die sexuelle Orientierung zumindest im Westen Privatsache ist – kein Thema für freundliche, launige oder offen ablehnende Reaktionen. Doch ich habe auch bei Begegnungen, wo man das nicht unbedingt erwarten würde, große Herzlichkeit gespürt. Es ist ja kein Geheimnis, dass Homosexualität für viele Menschen in Afrika oder im arabischen Raum noch so was wie Satanswerk ist. Trotzdem war das bei Empfängen für Botschafter oder Minister nie ein Problem. Ich hatte den König von Saudi-Arabien als Gast zum Mittagessen im Roten Rathaus. In diesem Land müssen Schwule die Todesstrafe fürchten. Dass der König das auch als Privatmann für angebracht hält, mag schon sein. Aber ebenso selbstverständlich blendet er das aus, gibt mir freundlich die Hand und macht diplomatisches Business as usual. So wie ich es umgekehrt in meinem Amt nicht als meine Aufgabe betrachtet habe, etwa die Saudis öffentlich für die Situation der Schwulen in ihrem Staat zu kritisieren. Ich war sogar *in* Saudi-Arabien und wurde dort unter anderem vom Präsidenten der erzkonservativen islamischen Universität von Riad empfangen. Der ist mit mir Händchen haltend über den Campus flaniert und alle haben gegrinst.

ROT-ROT: DER POLITISCHE TABUBRUCH

Hierzulande war der eigentliche Tabubruch denn auch nicht der schwule Spitzenkandidat der SPD, sondern dass sich ein Zusammengehen mit der Linkspartei, damals noch PDS, herauskristallisierte.

Zu der Zeit war die PDS für viele die „SED-Nachfolgepartei". Keine Frage: Viele ihrer Mitglieder – damals eine große, mit den Jahren eine immer kleinere Zahl – waren schon Mitglieder der SED gewesen, nicht wenige auch Funktionsträger des Regimes. Bis heute gibt es bei den Linken Mitglieder mit sentimentalem Hang zum „real existierenden Sozialismus". Und es gibt dort nach wie vor programmatische Positionen, die für Sozialdemokraten unverdaulich sind. Um vom Lafontaine-Phantomschmerz der SPD zu schweigen. Aber es gibt in der Linkspartei auch viele vernünftige, pragmatische Leute. Und Positionen, die man zwar nicht teilen muss, über die man aber vernünftig miteinander diskutieren könnte.

Je mehr Zeit seit der Wende vergangen ist, umso stärker beschleicht mich der Eindruck, dass es nicht der weiseste Entschluss der SPD war, sich nie ernsthaft um eine Integration von Menschen aus dieser Partei bemüht zu haben. Ich spreche um Himmels willen nicht von einem „Vereinigungsparteitag" 2.0! Nur: Christdemokraten und Liberale haben „ihre" ehemaligen Blockparteien nach 1990 völlig geräuschlos aufgesogen. Da hätte die Sozialdemokratie doch immerhin versuchen können, jenen Mitgliedern der PDS ein Angebot zu machen, die glaubwürdig mit der Zeit von Mauer, Diktatur und Stasi-Schnüffelei gebrochen haben. Im Effekt hat sich die SPD als einzige demokratische Partei in Deutschland nach 1945 quasi zweimal gespalten. Besser gesagt: Sie hat ihre potenzielle Wählerbasis auf drei Parteien – SPD, Grüne, Linke – verteilen müssen. Sodass die Frage erlaubt sein muss, ob es nicht klüger gewesen wäre, ein breites Spektrum sozialdemokratischer, ökologischer, linksliberaler und sozialistischer Positionen unter dem Dach *einer* debattierfreudigen Partei zusammenzubringen. Leider sind die Zeiten gerade wenig günstig, um aus solchen Einsichten praktische Schlüsse zu ziehen.

Anfang September 2001 löste sich das Abgeordnetenhaus von Berlin selbst auf. Wegen der entsetzlichen Anschläge in den USA am 11. September wurde die Wahl auf den 21. Oktober verschoben. Das Wahlziel der SPD: Erstens wollten wir in Berlin wieder stärkste Partei werden. Zweitens strebten wir eine rot-grüne Koalition an, auch wenn wir wussten, dass das nicht einfach werden würde. Drittens: Für den Fall, dass es nicht reichte, würden wir mit weiteren potenziellen Partnern reden. Dabei war für uns eine Zusammenarbeit mit der PDS „nicht wünschenswert, aber auch nicht auszuschließen".

Die SPD wurde mit 29,7 Prozent und einem Plus von 7,3 Prozentpunkten dann tatsächlich erstmals seit 1975 wieder stärkste Partei in Berlin. In den Westbezirken konnten wir durch die Bank ein Drittel der Wähler für uns gewinnen, im Ostteil der Stadt ein knappes Viertel. Relativ schwach schnitten wir nur in Lichtenberg (21,8 Prozent) und Marzahn-Hellersdorf (20,1 Prozent) ab. Dort holte die PDS dafür satte absolute Mehrheiten. Die F.D.P. kehrte mit 9,9 Prozent nach sechs Jahren wieder ins Abgeordnetenhaus zurück – und landete noch knapp vor den Grünen, die 9,1 Prozent der Stimmen gewannen.

Bei keiner Berliner Wahl hat sich seitdem das schon erwähnte spezielle Parteiengefüge unserer Stadt deutlicher ausgeprägt. Einerseits die reinen „Westparteien" CDU, FDP und Grüne. Andererseits die PDS als reine „Ostpartei", die im Ostteil wirklich 47,6 Prozent der Stimmen bekam, in den Westbezirken aber nur 6,9 Prozent. Und drittens die Berlin-Partei, die SPD.

Im neuen Abgeordnetenhaus bildete die SPD mit 44 Mandaten klar die stärkste Fraktion. Die CDU stellte 35 Abgeordnete, die PDS 33, die F.D.P. 15 und die Grünen 14. Somit war exakt das eingetreten, was wir befürchtet hatten: Die von der SPD präferierte rot-grüne Mehrheit gab es nicht.

Auch wenn viele Sozialdemokraten auf eine alleinige Koalition mit der PDS nicht scharf waren und auch wenn es im Dezember noch einige „Knackpunkte", vor allem in der Frage des dringend nötigen harten Sparkurses, auszuräumen galt: Mitte Januar 2002 konnte der rot-grüne Übergangssenat durch eine von SPD und PDS getragene Landesregierung abgelöst werden.

Vor allem Gregor Gysi, aber auch vernünftige und selbstkritische Köpfe wie der spätere – sehr erfolgreiche – Wirtschaftssenator Harald Wolf oder Kultursenator Thomas Flierl schafften es, ihre Partei nach außen zu öffnen und ein bisschen bunter zu gestalten. Nicht minder gab es eine Vertrauensbasis mit den allermeisten Vertretern der PDS im Abgeordnetenhaus. Ohne dieses Vertrauen hätte die Koalition im Alltag nicht so gut funktionieren können, wie sie es dann über fast zehn Jahre getan hat. Nach der Abgeordnetenhaus-Wahl im September 2006, deren Ergebnis sowohl eine rot-rote als auch eine rot-grüne Koalition möglich gemacht hätte, entschied sich die SPD daher mit großer Mehrheit und mit guten Gründen für eine Fortführung von Rot-Rot.

Fürs innere Befinden vieler Berliner war dieses anfangs eher aus der Not geborene Projekt fast ein Kulturschock. Und auch in meiner eigenen Partei war es keineswegs unumstritten. Das fing schon mit der Abwahl Eberhard Diepgens 2001 an. Da hatte es etliche SPD-Abgeordnete aus Ost-Berlin gegeben, die wir erst mal vom Konstruktiven Misstrauensvotum überzeugen mussten. „Wir sind doch nicht auf die Straße gegangen und haben Revolution gemacht, damit jetzt die Altkommunisten wieder in der Regierung sitzen.“ Ich hatte (und habe bis heute) großes Verständnis für diese Haltung. Aber mit festen Prinzipien alleine lässt sich keine realistische Politik machen. Die PDS hatte sich eindeutig und für uns glaubwürdig von der Vergangenheit ihres „Geburtslandes“ DDR distanziert. Sie war bereit, mit uns gemeinsam eine ebenso pragmatische wie zukunftsorientierte Politik für Berlin zu machen. Und die Koalition war dann tatsächlich ein großer Schritt in Richtung Zusammenwachsen der beiden ehemals getrennten Stadthälften. Ein Umstand, der 2001/2002 noch viel mehr spürbar war als heute. Dass wir die PDS nicht zu Schmuddelkindern der Nation erklärt, sondern sie in die Verantwortung genommen haben, hat die innere Einheit Berlins vorangebracht.

Deshalb war es für mich auch zu verschmerzen, dass mein lieber Kanzler, der weiland strikt für die „Ampel“ votiert hatte, sich *not amused* zeigte. Eine Zeit lang war Gerhard Schröder dermaßen sauer auf unsere Koalitionsentscheidung, dass er nicht mehr mit mir gesprochen hat. Es hat ein bisschen gedauert, bis er seinen Frieden mit Rot-Rot in Berlin gemacht hat. Am Ende waren er und Gregor Gysi dickste Freunde.

„BERLIN IST ARM, ABER SEXY“

Das ist wohl mein zweitberühmtestes Zitat. Ich glaube, ich habe es das erste Mal kurz nach meiner Wahl in einer Rede vor Wirtschaftsvertretern in London verwendet. So ähnlich habe ich es dann im November 2003 noch mal in einem Interview mit *Focus Money* gesagt – von wo aus der Spruch seine Rundreise durch den deutschen Blätterwald antrat. Die Schelte folgte auf dem Fuße. Ich fände Armut anscheinend sexy, hieß es vonseiten der Opposition – absichtlich missverstanden.

Dass in Berlin die Durchschnittseinkommen im Bundesvergleich niedrig sind, ist eine Tatsache. Aber erstens eine, an der ein Senat kurzfristig nur wenig ändern kann. Zweitens wurde das durch vergleichsweise moderate Lebenshaltungskosten, vor allem bei den Mieten, lange abgemildert. Aber selbst wenn die Berliner Mieten seit einigen Jahren spürbar anziehen: Neben Stadtvierteln mit Frankfurter oder Düsseldorfer Preisen gibt es immer noch solche mit Quadratmeterpreisen unter 7, teilweise auch unter 6 Euro. Ebenso richtig ist, dass in Berlin zu viele Menschen auf Transferleistungen angewiesen sind. 2015 bezogen 11,8 Prozent aller Einwohner Arbeitslosengeld II, während es im Bundesschnitt nur 7,5 Prozent waren. Ja, liebe CSU: In München sind es nur 4,4 Prozent. Aber München ist eben nicht nur wohlhabend, sondern auch ein extrem teures Pflaster. Studien haben gezeigt: Wer weniger als 10 Euro die Stunde verdient, findet *im gesamten Stadtgebiet* Münchens keine bezahlbare Wohnung. Kein Wunder, dass in der Landeshauptstadt kaum Geringverdiener und Transferempfänger wohnen.

Insgesamt bezieht jeder fünfte Berliner staatliche Transferleistungen – darunter ein hoher Anteil von „Aufstockern", deren Minilöhne zum Leben nicht reichen. Aber auch diese Misere ist – sieht man eine Sekunde vom Skandal ab, dass Unternehmen derart miese Löhne zahlen dürfen – ein Symptom der historisch bedingten ökonomischen Strukturdefizite Berlins. Ebenso wie in Berlin ein Drittel (im Bundesdurchschnitt: ein Fünftel) aller Haushalte solche von Alleinerziehenden sind – auch die sind überdurchschnittlich häufig auf Transferleistungen angewiesen. Solcherlei Befunde ließen sich noch weit differenzierter analysieren. Ebenso gut lassen sie sich auf die denkbar einfachste Formel bringen: dass Berlin „arm“ ist.

Gleichwohl strömen jedes Jahr weit mehr Menschen in die Stadt, als Menschen Berlin verlassen. Und das tun sie sicher nicht, weil ihnen die Karriere in München, Stuttgart oder Frankfurt zu langweilig geworden ist. Weil Barcelona, Kopenhagen oder Tel Aviv verschnarchte Kaffs wären. Oder, weil sie in Berlin nicht automatisch die Hälfte ihres Einkommens an den Vermieter weiterleiten müssen. Tatsache ist: Wirtschaftlicher Wohlstand allein macht eine Stadt nicht attraktiv. Und schon gar nicht „sexy“.

Wenn ich das damals ganz bewusst so salopp formuliert habe, dann um deutlich zu machen, dass Menschen nicht nur aufgrund vernünftiger Kosten-Nutzen-Abwägungen nach Berlin ziehen. Sondern weil sie schlicht und einfach Lust darauf haben, in einer quirligen Stadt zu leben, in der es, unter vielem anderen, auch Kneipen mit „Frühstück ab 21 Uhr“ gibt. Was ja nur geht, weil die Stadt den verschiedenen Lebensrhythmen Raum gibt. Als Mitglied der ältesten Arbeiterpartei Europas habe ich grundsätzlich starke Sympathien für Frühaufsteher wie mich selbst. Aber als Berliner musste ich eben auch lernen, dass Menschen später am Tag ebenfalls sehr viele sinnvolle Dinge vollbringen können.

Städte, vor allem Großstädte, leben davon, dass sie Raum für die unterschiedlichsten Lebensentwürfe bieten – auch solche, die andere Menschen so nicht wählen würden, ja vielleicht sogar ablehnen. Die meisten dieser Nischen bieten Freiräume für Vielfalt und Kreativität, sind Labore wirtschaftlicher, gesellschaftlicher und kultureller Zukunftsentwicklungen. Menschen, die sich abseits eingetretener Pfade ausprobieren wollen, ziehen genau darum so gerne in Städte wie Berlin. Man könnte ganz simpel sagen: Hier findet jeder Topf, selbst ein zeitweise verbeulter, seinen passenden Deckel.

Noch etwas zeichnet Berlin aus: Diese Stadt hat es immer wieder geschafft mit einem unheimlichen Überlebenswillen allen Widrigkeiten der Zeitläufte zu trotzen. Es gibt hier eine sehr spezielle Mischung von Menschen und Erfahrungen: alte Berliner, die noch den Krieg und die Nazidiktatur überlebt haben; die Teilung, Mauerbau und Blockkonfrontation kennen; andere, die die Erfahrungen erst des Überlistens, dann des geduldigen und friedlichen Niederringens der SED-Diktatur einbringen können. Waschechte Berliner sind nicht unbedingt Fatalisten. Aber es eignet ihnen etwas, das ich als „humorige Gefasstheit" bezeichnen würde. Die unaufgeregte Lässigkeit trifft auch auf all jene zu, die heute aus den verschiedensten Ecken der Welt mit neuen Ideen, Inspirationen, Träumen und Plänen nach Berlin kommen. Das ist wohl wirklich eine einmalige Situation, die man so auf der Welt nicht noch mal findet. Und die wirklich sexy ist.

Im ersten Nachwende-Jahrzehnt hatte der Charme Berlins auch etwas mit den Wunden im Stadtbild zu tun. Beziehungsweise mit jenen Freiräumen und Experimentierflächen, von denen es in Ruinen und auf Brachen nun mal mehr gibt als in malerischen Gassen mit alten Fachwerkhäusern. Was im West-Berlin der 1970er Kreuzberg war, das war in den 1990ern Mitte, Friedrichshain oder der Prenzlauer Berg.

Eine der letzten Bastionen dieser Blüte im Verfall war bis 2012 das „Tacheles", ein alternatives Künstlerhaus in den Resten einer ehemaligen Einkaufspassage an der Oranienburger Straße. Heute planen Investoren auf diesem Areal Wohn- und

Geschäftshäuser mit einer Gesamtfläche von 85.000 Quadratmetern. Nun gibt es Leute, die solche Refugien der sehr speziellen Berliner Morbidität gerne erhalten würden. Ich gehöre nicht zu ihnen. Die Entwicklung einer Stadt kann man nicht einfrieren. Wer das versucht, endet bestenfalls in einer Art alternativem Spießertum, aus dem dann auch nichts Neues, Ungewöhnliches, gar Gewagtes mehr entsteht. Vor allem aber nimmt er der Stadt die Luft zum Atmen. Auch alles Alte war mal ein Neubau. Und wenn eine Ruine irgendwann eine Ruine ist, muss halt jemand etwas Neues aufbauen. Was immer auch bedeutet: Es sollte wirtschaftlich wenigstens annähernd so sinnvoll sein wie sozial, kulturell und städtebaulich. Berlin hat zum Glück – noch! – Platz genug für beides: für Investoren, die immer eine Mall oder 100 Luxus-Lofts zu viel bauen, bis sie merken, dass die entsprechenden Märkte übersättigt sind. Und Platz für Künstler und Lebenskünstler, die Hinterhöfe beleben, wo sie entweder arrivieren – oder die sie irgendwann für den nächsten Trend räumen.

Arm hin, sexy her – auch diese etwas schräge Formulierung hat uns im Ergebnis sehr viele Türen geöffnet. Versuchen Sie mal, als Provinzpolitiker mit einem reflektierten Grundsatzreferat zur Regionalentwicklung international Aufmerksamkeit zu erregen. Oder mit einem der handelsüblichen Statements über „Wachstum und Wohlstand", die „weltoffene Metropole" oder eine „dynamische Bürgergesellschaft" bekannt zu werden. Das wird nicht funktionieren. Dank „poor but sexy" hatten wir bei Reisen nie Schwierigkeiten, Gesprächstermine zu bekommen. Nicht nur bei Amtskollegen oder bei zuständigen Ministern, sondern auch bis hinauf zum Staatspräsidenten. Natürlich wussten alle: Berlin, das ist die Hauptstadt eines der führenden Industrieländer. Da muss man hin, da könnte man investieren, da sollte man also auch wissen, wer in diesem Berlin regiert. Aber alle wollten eben auch mal den angeblich so lustigen Regierenden Bürgermeister kennenlernen.

Es gab mal eine Ausgabe des *Time Magazine*, für deren Cover die fünf wichtigsten Hauptstadt-Bürgermeister Europas zu einem Gruppenfoto montiert wurden. Einige mussten danach grübeln, warum auf ihm ausgerechnet der Regierende Bürgermeister von Berlin in der Mitte stand. Okay, mir hat das natürlich schon ein bisschen geschmeichelt. Doch vor allem habe ich darin ein schönes Kompliment für Berlin gesehen. Ich war dreizehneinhalb Jahre der oberste Repräsentant der Stadt. Und ich glaube, ich habe das ganz gut hinbekommen. Aber ich verdanke meine relative Popularität zu einem großen Teil eben auch meiner großartigen Stadt.

DER „PARTYMEISTER"

Für das Etikett „Partymeister" kann ich überhaupt nichts. Zu Beginn meiner Amtszeit wurde es von Teilen der konservativen Berliner Presse in die Welt gesetzt, um mich zu desavouieren. Da ich aus dem vermeintlich heißen Enthüllungsballon Homosexualität selbst die Luft rausgelassen hatte, musste man sich wohl an irgendwas anderem sein Mütchen kühlen. Dabei bin ich ja das absolute Gegenteil eines schrägen Vogels. Schon vom äußeren Auftritt her bin ich, glaube ich, ein ganz normaler, eher bürgerlicher Typ. Da spielen Jungs wie meine Londoner Ex-Kollegen Ken Livingston oder Boris Johnson in einer ganz anderen Liga. Ich trete nicht als Kabarettist auf, wie mein geschätzter Münchner Ex-Kollege Christian Ude. Mit dem Glanz eines Börsenmilliardärs wie dem des New Yorker Ex Michael Bloomberg kann ich mich erst recht nicht messen. Eigentlich tauge ich nicht für Celebrity-News, Glamour und Skandal. So blieb am Ende nur dieses berüchtigte Foto, auf dem ich in der einen Hand einen roten Damenschuh und in der anderen eine Flasche Champagner halte.

Die Fama vom „Party-Bürgermeister“ beruht auf einer Reihe von – teils auch bewusst geschürten – Missverständnissen. Die meisten von ihnen würde ich gar nicht geraderücken, da ich sie ziemlich unerheblich finde. Ansonsten tue ich es nur, weil das größte dieser Missverständnisse auf einer im Kern *politischen* Fehleinschätzung beruht.

Fangen wir mit dem Schampus-Schuh an. Das war im November 2001 bei der Bambi-Verleihung, da war ich gerade mal fünf Monate im Amt. Es ging auf zwei Uhr zu (bei Preisverleihungen wie dem Bambi zieht sich der offizielle Teil ordentlich hin). Eine mir unbekannte Dame, die bereits etwas in Laune war, reichte mir einen ihrer roten Pumps und schlug vor, ich solle besagter osteuropäischer Trinksitte frönen. Leider hielt ich – mea culpa! – gerade tatsächlich eine Flasche Champagner in der Hand – von dem allerdings kein einziges Tröpfchen floss. Weder in den Schuh noch in meine Kehle. Es entstand jenes launige Foto für die *B.Z.* und *Die Welt*, das man bis heute mit als erstes findet, wenn man im Internet nach „Bambi 2001“ sucht.

Natürlich gefällt Boulevard-Fotografen so etwas. Aber es kristallisierte sich damals auch gerade heraus, dass wir wohl demnächst zusammen mit der PDS regieren würden. Da kam Teilen der Berliner Presse ein kleines Wowi-Skandälchen gerade recht. Leser bunter Blätter denken bei „Promis“ ja gleich an Champagner, Kaviar und Austern. Und wer ein Sektglas in der Hand hält, macht automatisch Party. Sollten Sie zu den Menschen gehören, die jeden Sektempfang für eine Orgie halten, lade ich Sie herzlich ein, wöchentlich mindestens einmal an so einem Begängnis teilzunehmen. Dann wissen Sie, dass ein Glas Sekt Pflicht und Mineralwasser die wahre Kür ist. Und dass die drei bis sieben Ansprachen meist auch nicht der Kracher sind.

Nach dieser Erfahrung würde ich heute ähnliche Angebote für lustige Schnappschüsse ausschlagen. Mit besagtem Foto werden sie wahrscheinlich noch meinen Nachruf in der *B.Z.* dekorieren. Das Klischee des „Partymeisters" jedenfalls war geboren – und das werde ich wohl auch nie mehr los. Es gibt Schlimmeres. Und sollte meine winzige Fußnote in den Geschichtsbüchern nicht ohne das Wort „Party" auskommen, dann ist das eben so.

Das zweite Missverständnis bei der ganzen Chose ist: Ich habe in meiner Amtszeit als Regierender Bürgermeister zu über 90 Prozent die gleichen Veranstaltungen besucht wie mein Amtsvorgänger Eberhard Diepgen. Bei ihm jedoch waren heitere Fotografien aus zwei Gründen nur schwer zu bekommen. Erstens ging er sehr oft nach zehn Minuten Pflichtpräsenz beim „geselligen Beisammensein" wieder. Und wenn er mal länger blieb, kam man nicht zwingend auf die Idee, dass ihm Smalltalk plus obligatorisches Gläschen Sekt große Freude bereiteten. Da gibt es in der Tat einen gewissen Kontrast zwischen uns. Ich rede einfach gerne mit Menschen aus allen Schichten der Gesellschaft und aus allen Gewerken. Ich rede nicht nur gerne über Politik, sondern über alles Mögliche. Und ich habe nichts gegen Klatsch, heiteres Geplauder, Ironie, Witzeleien und Spöttereien, so lange sie nicht grob verletzend sind.

Im Übrigen sind Smalltalk und Händeschütteln simpel Teile der Dienstleistung namens Bürgermeister. In der Tat auch wegen der Fotos. Nein, nicht, weil der Bürgermeister das heißeste Motiv für die *Bunte* wäre. Sondern weil die anderen

Menschen auf diesen Fotos oft großen Wert darauf legen, in der *Berliner Wirtschaft* (oder im Blatt ihres jeweiligen Verbandes) abgebildet zu sein. Wem vor allem wichtig ist, jeden Abend zeitig nach Hause zu kommen, der ist für den Beruf des Politikers darum nur bedingt geeignet.

Das allermeiste, was ein Regierender den ganzen Tag (und so manchen langen Abend) treibt, ist ja vollkommen unfotogen. Akten bearbeiten zum Beispiel. Telefonate. Konferenzen. Mehrtägige Klausurtagungen. Genau darum gibt es fast gar keine Fotos von Politikern am Arbeitsplatz. Drei Viertel unserer öffentlichen Auftritte haben zudem einen begrenzten Unterhaltungswert. Veranstaltungseröffnungen aller Art, Messerundgänge, Jahrestagungen von Verbänden und Vereinen zum Beispiel. Wohlgemerkt: Ich kritisiere das nicht. Auch der Wert von Familienfeiern bemisst sich ja nicht nur nach dem Spaßfaktor. Aber wenn ich mich amüsieren will, dann denke ich nicht als Erstes an offizielle Empfänge.

Kommen wir zum eigentlich ärgerlichen Missverständnis: der Kritik an Politikern auf Roten Teppichen. Wie schnell wird gemeckert, wenn auch Politiker mal in ein Blitzlichtgewitter, etwa bei der Berlinale, geraten. Dafür habe ich überhaupt kein Verständnis.

Berlin hat zum Glück sehr viele Events mit hohem Glamour-Faktor. Sie sind Ausdruck des großen künstlerischen und kulturellen Potenzials, das sich in dieser Stadt und um diese Stadt entfaltet. All das macht nicht nur die Reichen und Schönen, sondern hauptsächlich unser aller Leben reicher und schöner. Kunst bringt uns zum Lachen und zum Weinen. Und sie bringt uns zum Nachdenken über die Welt und das Leben. Ich maße mir kein Urteil an, ob das besser mit dem *Fliegenden Holländer* oder mit *Fack ju Göhte* gelingt. Ich habe es nur immer als

Teil meiner Aufgabe gesehen, Künstlern, die nach Berlin kommen, um ihre Arbeiten zu präsentieren (und auch zu feiern), meine Reverenz zu erweisen.

Der erste Repräsentant dieser Stadt muss den Kreativen, muss Künstlern, Theaterschaffenden, Filmleuten, Architekten oder Popstars das Gefühl geben, dass sie in dieser Stadt willkommen sind. Dass die Politik ihnen jederzeit – im wörtlichen wie im übertragenen Sinne – den Roten Teppich ausrollt. Das aber dokumentiere ich nicht mit Abwesenheit, sondern indem ich da überall hingehe. Und ich winke dann auch nicht in die Kamera, damit alle den Wowi toll finden, sondern um Berlin als Kulturmetropole zu verkaufen. Heißt: „Party“ ist da schlicht und einfach Politik. Ganz von alleine kommt das „sexy“ nämlich nicht.

In Großstädten wie New York, London, Paris oder Berlin leben sehr viele unterschiedliche Menschen, zum Teil auch wirklich schräge Typen. Das macht ja gerade den Reiz solcher Metropolen aus. Dass in solchen Städten ein Bloomberg, ein Johnson und meinetwegen ein Wowereit, dass also Leute, die habituell oder verbal auch mal aus der Reihe tanzen, eine größere Chance in der Politik haben, als das in Kleinstädten der Fall wäre, das mag wohl sein. Doch niemand kann behaupten, dass ich während meiner Amtszeit überwiegend durch Extravaganzen aufgefallen wäre. Wenn ich mit dem einen oder anderen flapsigen Spruch, mit diesem oder jenem Bildmotiv jenseits des staatstragenden Handschlags vorm Brandenburger Tor für Berlin Reklame gemacht habe, dann war auch das gut so.

All das ändert nichts daran, dass das meiste, was ich für Berlin getan und erreicht habe, Arbeit war, die neun von zehn Menschen todlangweilig fänden. Denn eine Kernkompetenz guter

Politiker ist: Sie finden es *nicht* langweilig, ganze Tage und halbe Nächte lang enorm dicke Akten zu lesen und zu bearbeiten. Ich bin sogar pedantisch. Ich kannte in den Sitzungen immer die wesentlichen Fakten und Zahlen, war mit den wichtigsten Argumenten pro und contra vertraut und hatte mir eine wenigstens für mich stichhaltige Begründung meiner Position zurechtgelegt. Ich habe auch nie im Leben eine Rede gehalten, ohne sie vorher gegenzulesen und gegebenenfalls heftig zu redigieren. Ich habe nie Politiker empfangen ohne zu wissen, wo das Land liegt, in dem sie regieren. Und wenn ich auf einer Filmpremiere war, dann habe ich mir – so ich Werk und Wirken der Beteiligten nicht kannte – vorher einen oder zwei ihrer früheren Filme angesehen. Wenigstens habe ich mir von meinem Partner Jörn erklären lassen, was von der Sache zu halten sei.

Bei all dem bin ich ganz der dröge Jurist. Ein Blick ins Gesetz fördert die Rechtskenntnis. Und alles Wichtige zum Fall sollte in den Akten zu finden sein. Außerdem war ich lange im Bereich der Haushaltspolitik tätig. Daher sind auch Zahlen für mich keine Zumutung. Seit ich Stadtrat in Tempelhof war, waren sie für mich Grundlage jeder politischen Professionalität. Aus einem ganz einfachen Grund: Die Leute, die einem sagen wollen, was alles nicht geht, haben *immer* einen Wust von Zahlen parat. Nur wenn ich die mindestens genauso gut kenne, sehe ich, ob die Zahlen überhaupt Belege für ihre Einwände sind. Wenn ich die Fakten zu einem Fall nicht kenne, dann habe ich keinen Blick für mögliche Optionen. Und wenn ich etwas nicht weiß, dann muss ich mich halt schlaumachen. Kurz: Man kann nur Entscheidungen treffen, wenn man Ahnung von der Sache hat, sonst ist das willkürlich.

Dass der Arbeitstag eines Politikers zur gleichen Uhrzeit beginnt wie der eines normalen Arbeitnehmers und deutlich später als dieser endet, störte mich nicht. Denn ich bin das Gegenteil eines Morgenmuffels. Wenn der Wecker klingelt, bin ich sofort munter. Umgekehrt bin ich ein „Nettoschläfer". Heißt: Ich kann abends sofort einschlafen, dazu brauche ich kein Buch, keine Glotze und kein Glas Rotwein. Und nach sechs oder sieben Stunden bin ich ausgeschlafen. Während meiner Amtszeit folgten dann an sechs von sieben Tagen – abzüglich drei bis vier Wochen Urlaub mit Alarmbereitschaft – Termine, Termine, Termine. Bisweilen auch gerne im Stundentakt. Fast immer sechs bis zehn pro Tag. Und zwischendrin muss man ja auch noch das eine oder andere Papier lesen, um sich auf den nächsten Termin vorzubereiten.

In Hessen müssen sie für den Ministerpräsidenten ein bis zwei Stunden Fahrzeit pro Termin einplanen. In Berlin ist, wenn man nicht in die Außenbezirke muss, fast alles in 15 Minuten erreichbar. Weshalb die Termine eben auch viel enger geplant werden. Die Zahl der Wünsche nach Präsenz des Regierenden ist nur durch eins begrenzt: den Umstand, dass der Tag 24 Stunden hat. Und die Aufgabe des Terminreferenten ist es, den Chef immer in Bewegung zu halten. Seine Arbeit ist erledigt, wenn die letzte Lücke im Kalender gefüllt ist.

Sie mögen lachen, aber ab und an muss man seinen Mitarbeitern schon klarmachen, dass auch ein Politiker einmal am Tag was zu essen braucht und auch mal einen Abstecher zum Stillen Örtchen machen muss. Ansonsten wirst du durchgetaktet ohne Ende. Alle regelmäßigen Termine bis zum 31. Dezember stehen bereits am 1. Januar im Kalender. Die verbliebenen Lücken füllen sich unheimlich schnell. Und bei allen Anfragen, die man aus Zeitgründen absagen muss, hat man ein schlechtes Gewissen. Am Ende fühlt sich vielleicht jemand versetzt. Oder man hat etwas nicht erreicht, was man gerade dadurch hätte erreichen können, dass man diese Hand schüttelt, jenem sein Ohr leiht oder einem Dritten eins abkaut. Aber irgendwann müssen halt auch Politiker mal Büroschluss im Kopf machen.

Wie oft haben mich Freunde und Bekannte gefragt, wann wir uns denn mal wieder treffen könnten – zum Frühstück, zum Mittagessen oder zum Dinner. Da musste ich dann immer sagen: „Ist mir völlig egal, ich kann weder morgens, mittags noch abends." Kurz: Privatleben und Politik – schwierig. Solange man ein so zeitraubendes Amt bekleidet, versucht man so gut wie möglich, alte Freundschaften zu pflegen. Bei Geburtstagen oder ähnlichen Anlässen bin ich dann meist später dazugestoßen und früher wieder weg gewesen. Und auch sein Familienleben muss ein Politiker leider zu großen Teilen via Terminkalender organisieren bzw. organisieren lassen. Da haben wir, was für unsere Beliebtheit wahrscheinlich auch nicht gerade förderlich ist, mehr Ähnlichkeit mit Topmanagern als mit normalen Arbeitnehmern.

KAPITEL 2

BERLINER WIRTSCHAFT: START-UPS STATT INDUSTRIE

Wie alle großen und weniger großen Städte war auch Berlin am Beginn seiner Geschichte ein Marktflecken. Besser gesagt: zwei Marktflecken links und rechts der Spree, Cölln und Berlin.

Dass Berlin nah am Wasser gebaut ist, sieht und merkt man bis heute. Nicht allein an den Flüssen Spree und Havel, an Müggelsee, Wannsee und Tegeler See, sondern auch an den Auswirkungen seiner Lage im Urstromtal der Weichseleiszeit vor 18.000 Jahren. Diese Senke verläuft zusammen mit der Spree von Köpenick bis Spandau quer durch die Stadt. Und sie treibt bei jeder größeren und vielen kleineren Baustellen die Kosten und die Bauzeit in die Höhe. Bereits mit wenigen Spatenstichen gräbt man nämlich meistens eine sprudelnde Quelle. Weshalb zu jedem Hoch- und Tiefbau die für Berlin typischen, überirdisch verlegten Abflussrohre gehören. Und weshalb Berlin sechs seiner neun Wasserwerke nicht betreibt, um seine Bürger mit (überdurchschnittlich gutem) Trinkwasser zu versorgen, sondern um zu verhindern, dass ihre Keller volllaufen.

Bedeutendere Markt- und Handelsstädte als Berlin-Cölln gab es im Mittelalter und in der frühen Neuzeit haufenweise.

Dass die Händler des Mittelalters überhaupt in Berlin Halt machten, verdankte es denn auch weniger seiner Lage am Wasser als der an einer Kreuzung alter Fernhandelswege zwischen Ost und West sowie Nord und Süd, die von Frankfurt/ Oder nach Magdeburg, von Schlesien nach Hamburg sowie von Stettin nach Leipzig führten. Hier, genauer: über den im letzten Drittel des 13. Jahrhunderts angelegten Mühlendamm, kam man an einer ebenso schmalen wie flachen Stelle trockenen Fußes über die Spree. An der Furt wurde zunächst eine Brücke errichtet, später ein Stauwehr, das sechs Korn-, Walk- und Schneidemühlen antrieb.

Da viele Schiffer hier ohnehin ihre Waren umladen mussten, erhielt Berlin früh das Stapelrecht. Das heißt: Durchziehende Kaufleute musste ihre Waren für einen bestimmten Zeitraum auf dem städtischen Stapelplatz anbieten oder am Hafen „umschlagen". Von dieser zeitraubenden Pflicht konnten sie sich nur durch Entrichtung einer Gebühr befreien. Das Stapelgeld füllte den Stadtsäckel und förderte das ansässige Gewerbe.

Dennoch wuchs die Bevölkerung Berlins bis etwa 1700 nur im Schneckentempo, bis zur Mitte des 19. Jahrhunderts dann zwar viel dynamischer, aber erst mit Beginn der Industrialisierung rasant. Das ist für Berlin ziemlich typisch, im positiven wie manchmal leider auch im negativen Sinne: Lange passiert hier gar nix, fast immer fangen wir später an als die anderen, aber einmal angestoßen, verlaufen historische Entwicklungen dann fast im Zeitraffer.

Bei ihrer Entstehung war die Doppelstadt nach heutigen Maßstäben ein Kaff mit rund 2000 Bewohnern. Als Residenzstadt der brandenburgischen Kurfürsten hatte Berlin Mitte des 15. Jahrhunderts etwa 8000, zu Beginn des 18. Jahrhunderts, nunmehr Kapitale des Königs *in* Preußen, um die 20.000 Einwohner. Pestepidemien, zwei Großbrände, Raubritter und der Dreißigjährige Krieg hatten die Stadt in den Jahrhunderten davor immer wieder zurückgeworfen. Seit 1747 aber war Berlin mit über 100.000 Einwohnern eine Großstadt, Ende des 18. Jahrhunderts mit 170.000 Einwohnern die Nummer sechs unter Europas Metropolen. Allein in den „Gründerjahren“ 1871 bis 1873 wuchs die Einwohnerzahl Berlins um 400.000. 1877 wurde die Millionenmarke geknackt, und mit der Bildung der Einheitsgemeinde Groß-Berlin im Jahre 1920 wurde die Stadt (hinter Los Angeles, unserer heutigen Partnerstadt) zur flächenmäßig zweitgrößten, der Einwohnerzahl nach hinter London und New York zur drittgrößten Stadt der Erde.

In die Liga der globalen Megalopolen von heute mit ihren mehr als 20 oder 30 Millionen Bewohnern wird Berlin, wie die meisten gewachsenen Großstädte Europas oder Nordamerikas, nie aufsteigen. Für deren Chancen wie Probleme werden daher – auf sehr verschiedene Weise – Städte bzw. Metropolregionen wie Tokio, Shanghai, Delhi, Sao Paulo oder Kairo die Blaupausen liefern müssen. Ob das Boot Berlin in mittlerer Zukunft mit vier, viereinhalb oder fünf Millionen Menschen „voll“ sein wird, ob sein aufstrebender „Speckgürtel“ im Süden und Südwesten eher gemächlich oder rasant wachsen wird, das wird sich zeigen.

Weder seine Größe noch seine wirtschaftliche Bedeutung hebt Berlin heute aus der Familie der europäischen Millionenstädte heraus. Was Berlin zum Labor des Lebensraums Großstadt macht, ist seine Dynamik. Die hat (und hatte immer) zweifelsohne auch ihre Schattenseiten. Aber auch wenn manche das allzu gerne so darstellen: Die Mehrzahl der Experimente im „Labor Berlin“ ging – und geht! – keineswegs in die Hose.

Was Menschen hier ausprobieren, zeigt meiner Meinung nach geradezu prototypisch, an welchen Schrauben kommunale, regionale und gesamtstaatliche Akteure drehen können, um den Lebensraum Stadt positiv zu entwickeln. Wo sie nicht sehr viel mehr als Problemverwalter sein können. Und wo sie die Menschen einfach machen lassen sollten.

Historisch gesehen war noch etwas für Berlin typisch: Bis zum Beginn der Industrialisierung hing die wirtschaftliche Entwicklung der Stadt nahezu vollständig an ihrem Status als Residenz und nicht zuletzt an der Armee. Wenn überhaupt, dann sollte man das Klischee des „preußischen Militarismus" als sozioökonomische Kurzformel lesen. Jeder fünfte Preuße des friderizianischen Zeitalters war Soldat. Und mithin war auch das preußische Berlin, so Karl Schefflers Diagnose von 1910 *(Berlin, ein Stadtschicksal)*, die längste Zeit keine Bürger-, sondern eine Beamtenstadt. Und vor allem eine „repräsentative Garnisonsstadt". So sank während des Siebenjährigen Krieges (1756 bis 1762) die Einwohnerzahl Berlins um über 25.000, schlicht weil die Kasernen gar nicht oder nur minimal besetzt waren. Auch was sich hier an Gewerbe ansiedelte, belieferte oft mehr den Staat und die Armee als den Markt.

DAS „MANCHESTER DER MARK"

Zur Industriemetropole wurde Berlin ab Mitte des 19. Jahrhunderts. Unternehmenslegenden, in denen Garagenbutzen binnen weniger Jahre zu Großkonzernen aufsteigen, hat nicht erst das Silicon Valley geschrieben. Auch im Berlin der Gründerzeit entwickelte sich die Industrie mit Hochdruck aus Handwerk und Kleingewerbe.

Das allein unterschied Berlin freilich nicht so sehr von anderen Industriestädten. Der Hauptunterschied war: Die industrielle und kulturelle Boomtown war auch damals eine Insel im Ackerland. Anders als die von Bergbau und Schwerindustrie geprägten Industrieregionen Europas, etwa das Ruhrgebiet, Oberschlesien, Lothringen oder das englische „Black Country" rund um Birmingham, anders auch als die Agglomeration rund um die Hafenstadt Liverpool und die Textilmetropole Manchester, lag Berlin inmitten einer dünn besiedelten, landwirtschaftlich geprägten und vergleichsweise kargen und armen Region. Sieht man von Magdeburg, das im 19. Jahrhundert zu einem Zentrum des Maschinenbaus wurde, in Ansätzen von Salzgitter sowie von der Textilstadt Cottbus ab, so gab es zwischen Ostseeküste und sächsischer Industrieregion, zwischen Weser und Oder praktisch nie Industrie. Selbst die Landwirtschaft war in der Berlin umgebenden Mittelmark, der „Streusandbüchse des Heiligen Römischen Reiches", großteils wenig produktiv.

Objektiv wären das alles eher Hemmnisse für den Aufstieg zur führenden deutschen Industriestadt gewesen. Aber vielleicht haben sich Alt- und vor allem Neubürger damals ja eben deswegen umso beherzter in dieses Projekt gestürzt. Binnen einer Generation haben sie aus Hinterhofwerkstätten Weltkonzerne, aus Umlanddörfern Stadtteile geschaffen. Nicht umsonst enden viele Berliner Kieze auf „Dorf" und „Hof", auf „Feld", „Wald" oder „See".

Das Pharmaunternehmen Schering etwa, 1864 gegründet, in der Zwischenkriegszeit ein internationaler Mischkonzern für Bergbau, Chemie und Pharmazie, nach 1945 ein zwar stark geschrumpfter, aber innovativer Arzneimittelhersteller, war 1851 als „Grüne Apotheke" im Wedding gestartet. 2006 von Bayer übernommen, beschäftigt die Firma, deren Name inzwischen aus dem Firmenregister verschwunden ist, in Berlin aktuell immer noch rund 5000 Menschen.

Der Name AEG (Werbeslogan der 1960er- und 1970er-Jahre: „Aus Erfahrung gut“) existiert heute nur noch als Marke für Haushaltsgeräte, die der schwedische Konzern Electrolux überwiegend in Italien, Polen und Ungarn fertigen lässt. 1865 hatte der Maschinenbauingenieur Emil Rathenau eine kleine Fabrik für Dampfmaschinen gegründet, die acht Jahre später in der „Gründerzeitkrise“ pleiteging. 1882 erwarb er von Thomas Edison die deutschen Nutzungsrechte an dessen Glühlampen-Patent. Daraus ging im Folgejahr die „Deutsche Edison-Gesellschaft für angewandte Elektricität“ hervor, die 1887 mit Beteiligung der Deutschen Bank und des Wettbewerbers Siemens in die Allgemeine Elektricitäts-Gesellschaft (AEG) umgewandelt wurde und die bis 1928 mit 80.000 Beschäftigten zu einem der größten Konzerne der Welt heranwuchs. Nach dem Zweiten Weltkrieg wurden, wie bei so vielen Berliner Firmen, die Konzernzentrale und ein Großteil der Produktion nach Westdeutschland verlagert. Der Vollständigkeit halber: In den 1970er-Jahren geriet AEG-Telefunken zunehmend in die Krise, 1985 wurde der Konzern von Daimler-Benz übernommen und in der folgenden Dekade komplett filetiert.

Zurück blieben in Berlin Industriedenkmäler. Etwa das ehemalige AEG-Glühlampenwerk in Moabit, seit 2005 Sitz des Jobcenters Mitte, mehrere Fabrikgebäude im Stadtteil Gesundbrunnen oder das ehemalige Telefunken-Hochhaus am Ernst-Reuter-Platz, das bereits seit Beginn der 1970er-Jahre von der TU Berlin genutzt wird.

Die AEG liefert auch ein gutes Bespiel dafür, wie einst ganze Berliner Vororte am Tropf eines einzigen Arbeitgebers hingen.

Als der Konzern 1897 das Kabelwerk Oberspree (KWO) errichtete, hatte Oberschöneweide ganze 500 Einwohner. Drei Jahre später waren es 19.000, 1928 schon 26.000. Im Krieg wurden große Teile des Werks zerstört, bis 1989 gehörte das KWO dann als Volkseigener Betrieb zu den größten Industriebetrieben der DDR. In den 1990er-Jahren in britischem Besitz, wurde der Betrieb in Oberschöneweide 1995 geschlossen. Die erhaltenen Verwaltungs- und Produktionsgebäude wurden restauriert, unter Denkmalschutz gestellt und dienen seit 2009 als Campus für große Teile der staatlichen Hochschule für Technik und Wirtschaft.

Damit ist auch das KWO ein gutes Beispiel für Berlin als eines der weltgrößten „Museen" für Industriearchitektur. Als ehemaliger Repräsentant der Stadt darf ich in meinem Buch wohl ab und zu ein bisschen Werbung machen. Besuchen Sie also mal das Berliner Zentrum Industriekultur (www.industriekultur-berlin.de).

Die 1847 gegründete „Telegraphen Bau-Anstalt von Siemens & Halske in Berlin", dem ein ganzer Stadtteil Spandaus, die Siemensstadt, bis heute seinen Namen und einen Großteil seiner Gewerbearchitektur wie seiner Wohnsiedlungen verdankt, war anfangs auch nicht mehr als eine Hinterhofwerkstatt mit zehn Mitarbeitern in der Schöneberger Straße am Landwehrkanal. Für das Berlin der Nachkriegszeit war Siemens dann leider das herausragende Symbol des Verlustes zehntausender industrieller Arbeitsplätze. Heute ist der Konzern mit rund 12.000 Beschäftigten in der Stadt der fünftgrößte Arbeitgeber.

In der Gegend nordöstlich des Oranienburger Tores hatten sich zu Beginn des 19. Jahrhunderts zunächst Eisengießereien, dann Maschinenbauer angesiedelt. Mitte des Jahrhunderts arbeiteten in dem engen Karree zwischen Chausseestraße, der heutigen Torstraße, Gartenstraße und Liesenstraße über 3000 Menschen in 33 metallverarbeitenden Betrieben. Im „Berliner Feuerland" gingen 1837 auch die Werkstätten von August Borsig in Betrieb. 1872 war aus ihnen der führende europäische und weltweit zweitgrößte Lokomotivenhersteller geworden. In der Weltwirtschaftskrise stand das Unternehmen kurz vor dem Aus, 1931 fusionierte man mit AEG.

Die 1898 eingeweihten Borsigwerke in Tegel stehen in Teilen bis heute. Direkt bei der gleichnamigen Station der U6 liegt das Eingangstor, unweit davon der 1925 fertiggestellte Borsigturm, damals Berlins erstes Hochhaus, und die Hallen am Borsigturm, seit 1999 ein Shoppingcenter. Vom Unternehmen selbst ist nach einer wechselvollen Nachkriegsgeschichte ein hoch spezialisierter Apparatebauer übrig geblieben, der zu den internationalen Marktführern im Bereich industrieller Kühlungstechnik gehört und in Berlin, unweit des alten Borsigwerkes, immerhin 500 Leute beschäftigt.

Diese wenigen Beispiele stehen für eine gesamte Entwicklung. In der ersten Hälfte des 20. Jahrhunderts war Berlin die größte Industriestadt Deutschlands und einer der bedeutendsten Industriestandorte Europas. Mitte der 1920er-Jahre waren hier fast 300.000 Firmen ansässig, die mehr als 1,7 Millionen Menschen beschäftigten. Fast 400.000 Menschen arbeiteten Ende der 1920er-Jahre allein in den über 15.000 Berliner Betrieben der Eisen- und Metallindustrie, über 220.000 in Textilindustrie und Bekleidungsgewerbe. Das Baugewerbe gab mehr als 100.000 Leuten Arbeit, 85.000 Berliner beschäftigte das Nahrungs- und Genussmittelgewerbe, rund 25.000 die chemische Industrie.

Die enge Verzahnung städtischer und industrieller Entwicklung war ein Konzept des 19. und frühen 20. Jahrhunderts. So wie in der zweiten Hälfte des 20. Jahrhunderts die Städte zu Motoren der langsam auch schon wieder altmodisch klingenden „Dienstleistungsgesellschaft" wurden.

Heute sind Großstädte vor allem Standorte gewerblicher und staatlicher Verwaltungen, von Handel, Finanzwirtschaft und industrienahen Dienstleistungen, welche von Architektur- und Ingenieurbüros über Werbeagenturen bis hin zu internationalen Unternehmensberatungen reichen. Dazu kommen, mal stärker, mal weniger präsent, Medienhäuser, Interessenvertretungen und Lobbys aller Art. Schließlich all das, was Großstädter, die in diesen urbanen Gewerben ihre Brötchen verdienen, sonst noch brauchen: Handwerk und Gesundheitswesen, Bildungseinrichtungen vom Hort bis zur Hochschule, Gastronomie und Hotellerie sowie Freizeit- und Kulturangebote.

In Talkshows verkünden Ökonomen ja gern, dass keine Volkswirtschaft denkbar sei, in der sich alle gegenseitig die Haare schneiden. Als Sozialdemokrat käme ich auch kaum auf die Idee, Ständchen auf das Ende der Industriegesellschaft zu singen. Wie auch: Schließlich müssen ja nicht nur alle unseren schönen Konsumgüter irgendwo hergestellt werden. Auch in fast allen Dienstleistungen steckt Hardware. Doch so viel sich mit vernünftiger Politik gegen den Hang des Kapitalismus zu ökonomischen und sozialen Schieflagen auch ausrichten ließe – seine säkulare Tendenz, menschliche Arbeit in der Güterproduktion durch Maschinen zu ersetzen (zunächst die körperliche, in zunehmendem Maße aber auch geistige Arbeit), wird sich auch mit noch so herzlichen Lobgesängen auf die Arbeiterschaft kaum stoppen lassen.

Umso mehr muss ich als Ex-Bürgermeister Berlins feststellen: Schon in der Großstadt von heute, erst recht aber in der

Großstadt der Zukunft, verdienen die meisten Leute ihr Geld mit Sachen, die ihre Mitbürger nachfragen, wenn sie *nicht* arbeiten.

Von den knapp 1,4 Millionen sozialversicherungspflichtig Beschäftigten in Berlin üben fast 1,2 Millionen Menschen Dienstleistungsberufe aus, 386.000 im Bereich Handel, Verkehr und Gastgewerbe, gut 460.000 im Bereich öffentlicher und privater, allerdings auch knapp 330.000 im Bereich unternehmensnaher Dienstleistungen. Gleichwohl: All das, was mit Shopping, Genuss, Reisen und Freizeitgestaltung, mit Unterhaltung und kulturellen oder sportiven Aktivitäten zu tun hat, steht für eine so enorme Vielfalt und Buntheit von menschlichen Bedürfnissen und Vergnügungen, von Annehmlichkeiten, Erbaulichkeiten und Sonderlichkeiten, dass „Dienstleistung" dafür längst ein allzu technokratischer Oberbegriff ist.

DAS ENDE DES INDUSTRIESTANDORTS BERLIN

Anders als im Ruhrgebiet war der berühmt-berüchtigte „Strukturwandel" in Berlin eine mehr politisch als ökonomisch grundierte Veranstaltung. Besser gesagt: Schon wieder, wie ganz am Anfang mit Cölln und Berlin, eine Veranstaltung in zwei Teilen. Die Deindustrialisierung West-Berlins kam nach dem Krieg quasi über Nacht. Der Osten der Stadt dagegen behielt große Teile seiner Fabriken, die dann erst nach dem Ende der DDR, wieder ähnlich rasant, demontiert wurden.

Die starke industrielle Basis Berlins vor dem Krieg hat sich auch nach 1990 nie wieder herstellen lassen. Wie auch? Vom allgemeinen Strukturwandel abgesehen: Nach 1945 waren über

300 Firmen nach Westdeutschland abgewandert, darunter Siemens, AEG, Telefunken, Osram und der Bremsenhersteller Knorr. Bis 1950 war daher die Anzahl der Industriearbeitsplätze auf rund 150.000 geschrumpft.

Aber auch vieles, was zur Zeit der Wende noch da war, war ohne Subventionen nicht wettbewerbsfähig. Ein berüchtigtes Beispiel: Da wurden Schweine in Niedersachen geschlachtet und nach West-Berlin gefahren, nur um hier die Schinken und die Köpfe vom Rest des Schweins zu trennen – und die Teile dann zur Weiterverarbeitung wieder nach Westdeutschland zurückzukarren. Oder es wurden an fertige Mäntel bloß noch die Knöpfe angenäht. In Zeiten der Berlinförderung war so ein Unsinn oft ein super Geschäftsmodell. Aber mit deren Auslaufen im Jahr 1993 mussten derlei Pseudo-Industrien über Nacht dichtmachen.

Natürlich war es richtig, die Berlinförderung alter Schule abzuschaffen. Ebenso wie es richtig war, Berlin ganz regulär in den Länderfinanzausgleich zu integrieren. Aber bei all dem hätte es längerer Übergangsfristen bedurft. So abrupt, wie da die Töpfe zertrümmert wurden, musste es zu unnötig harten Brüchen kommen. Dabei hätte man damals ein Vorbild für die Rückführung politisch einst gewollter Finanzspritzen gehabt: die EU. Wenn Förderprogramme auf europäischer Ebene auslaufen, werden die entsprechenden Posten im EU-Haushalt über eine längere Phase heruntergekürzt, die Geldflüsse Schritt für Schritt verringert.

Andererseits: Selbst sinnvolle Produktion war hier oft nur mit Subventionen aufrechtzuerhalten. Ein Beispiel ist die 1865 gegründete Berliner Seilfabrik. Sie belieferte auch nach dem Krieg weiter die weltweit größten Aufzughersteller Otis und Schindler. Ab den 1970er-Jahren freilich konnten exzellente

Stahlseile in Fernost weit günstiger produziert werden. Dank Berlinförderung mussten unsere Kabelwinder diese Konkurrenz zunächst nur bedingt fürchten. Als die dann nach der Wende auslief, drohte auch hier die Pleite. Zu vollen Kosten war Schicht in puncto Wettbewerbsfähigkeit. Allerdings war in diesem Fall genau das der entscheidende Impuls für einen radikalen Kurswechsel. Der vollständige Umstieg auf ein bisheriges Nebengeschäft und ein Management-Buy-Out retteten das Unternehmen. Heute ist die Berliner Seilfabrik einer der Weltmarktführer bei hochwertigen Klettergerüsten für Kinderspielplätze. Wenn die Firma ein Problem hat, dann dieses: Ihre Produkte sind nahezu unverwüstlich.

Zusammen mit den „volkseigenen“ Großbetrieben im Ostteil der Stadt verschwanden nach der Wende im Ergebnis 75 Prozent – in Worten: fünfundsiebzig Prozent! – aller Arbeitsplätze im produzierenden Gewerbe Berlins. 1989 waren noch knapp 380.000 Menschen im industriellen Sektor beschäftigt, fast 175.000 im Westen, gut 205.000 im Osten. Zur Jahrtausendwende waren es noch 100.000. So viele Menschen hatten vor der Weltwirtschaftskrise in Berlin allein auf dem Bau gearbeitet. Auch die Landschaften im Osten – und damit das Berliner Umland – sind schlicht nicht so schnell erblüht, wie das 1989 vollmundig versprochen worden war.

Freunde flotter Polemik dürfen das gerne zu einem „Versagen der Politik“ erklären. Ohne Frage waren die Treuhand und ihr Faible für spontane Schlussverkäufe großer Fertigungsbetriebe nicht die beste wirtschaftspolitische Idee aller Zeiten. Aber die Konservierung einer zu mindestens vier Fünfteln international nicht wettbewerbsfähigen Volkswirtschaft wäre wohl noch weniger nobelpreisverdächtig gewesen. Vor allem aber soll mir mal einer schlüssig erklären, wie ausgerechnet der Senat von Berlin – und da nehme ich den Kollegen Eberhard Diepgen und seine Mannschaft aus vollem Herzen mit in Schutz – auch noch diesen zweiten Absturz der Berliner Industrie hätte verhindern können. Mit einem Wort: Berlin musste durch ein ökonomisches Tal der Tränen. Ein sehr langes und dunkles Tal. Aber die Landschaft dahinter ist nicht nur seit einem Jahrzehnt gut sichtbar, sie wird auch längst erfolgreich beackert.

Die Industriemetropole Berlin des 19. und frühen 20. Jahrhunderts wird garantiert nicht mehr wiedererstehen. Nicht mal eine Grundgesetzänderung könnte DAX-30-Konzerne bewegen, ihre Produktion oder ihre Zentralen hierher zu verlagern. Ebenso wenig wäre das mit üppiger Wirtschaftsförderung klassischer Bauart zu machen. Bekanntlich ziehen Schwaben gerne nach Berlin. Aber sicher nicht alle 37.000 Daimler-Mitarbeiter in Sindelfingen. In Marienfelde fertigt man übrigens im 1902 gegründeten Berliner Werk, dem ältesten Standort von Daimler, Motoren und andere Komponenten, und das ist ja auch was: 2500 Mitarbeiter arbeiten in dieser Hightech-Fabrik für emissionsarme Antriebe. Dafür, dass die meisten aktuellen DAX-Unternehmen keine historischen Bindungen an die Stadt haben, kann sowieso niemand was. Das ist halt so.

Was jedoch weitaus wichtiger ist: Die industrielle Massenproduktion ist ein Modell der Vergangenheit. Wo sie noch sinnvoll ist, etwa bei Textilien, wurde sie längst in Niedriglohnländer verlagert. Wobei man inzwischen schon jedes Jahr überprüfen muss, auf wen dieses wenig schmeichelhafte Prädikat überhaupt noch passt. Osteuropa hat da in den letzten zwanzig Jahren mächtig aufgeholt. China ist selbst auf dem Sprung zur nicht nur statistisch, sondern auch technisch führenden Industrienation. Indien und viele Länder Südostasiens hocken auch nicht mehr nur in den Startlöchern, weder beim Thema Löhne noch beim Thema Know-how. Und so weiter.

Der Megatrend im Industriesektor ist hier ein ganz anderer: Standorte im Ausland haben immer weniger den berüchtigten Zweck der „Kostensenkung“, umso mehr geht es um Kundennähe. Wenn VW oder BMW in China Autos bauen, dann nicht mehr, weil es da billiger ist, sondern weil man chinesische Autos für den chinesischen Markt produziert. Ebenso wie deutsche Spezialmaschinenhersteller näher an den ebenfalls immer spezielleren Bedürfnissen asiatischer Kunden dran sein müssen. Die Zeiten sturer Serienfertigung, begleitet von der Hoffnung, dass die Produkte dann schon Abnehmer finden – *tempi passati*. Heute muss man erst die Kunden fragen und dann genau das produzieren, was sie brauchen.

Kurz und gut: Berlin ist gewiss keine industriefreie Zone. Aber neue Siemensstädte werden hier nie wieder entstehen. Je arbeitsplatzintensiver eine Industrie, desto weniger wird es sie nach Berlin ziehen. Was in dieser Stadt im verarbeitenden Gewerbe funktionieren soll, muss eher klein, wendig und extrem innovativ, folglich forschungsgetrieben sein. Das schafft nur in der Summe viele Arbeitsplätze. Aber wenn *ein* Unternehmen falliert, muss man dafür auch nicht wenig später ganze Viertel abreißen.

VERNÜNFTIGES WACHSTUM

In den letzten Jahren sind per Saldo rund 40.000 bis 50.000 Menschen pro Jahr nach Berlin gezogen. Heute leben gut 3,7 Millionen Menschen in der Stadt, 2030 werden es vermutlich 3,8 Millionen sein. Berlin wächst stetig – aber in einem halbwegs vernünftigen Tempo. Direkt nach der Wende gab es Fantasien, dass wir in wenigen Jahren zu London aufschließen und über 6 Millionen Einwohner haben würden. Was die Stadt freilich nicht nach vorne gebracht, sondern in den Kollaps getrieben hätte.

So folgte auf die Euphorie der Wiedervereinigung (sowie auf den ebenso kräftigen wie kurzen Nachwende-Aufschwung) ein ziemlich langer Kater. Die viel beschworene „Angleichung der Lebensverhältnisse" in Ost und West, sie lässt – bei allen unbezweifelbaren Fortschritten – in Teilen noch bis heute auf sich warten. An Warnungen, dass das alles in diesem Tempo nicht funktionieren werde, hat es denn ja auch damals ebenso wenig gefehlt wie an luftigen Versprechungen. Hinterher ist man sowieso immer schlauer. Aber ob andere das alles so viel besser hinbekommen hätten? Ich weiß es, ehrlich gesagt, nicht.

Vermutlich wird man noch in fünfzig Jahren Seminare zu der Frage abhalten, ob die volkswirtschaftliche Schocktherapie einer Währungsumstellung im Verhältnis 1:1 oder das brutale Niedermähen der DDR-Industrie nicht Jahrhundertfehler waren. Ob es wirklich so eine gute Idee war, einem Land mit 16 Millionen Einwohnern über Nacht Zehntausende von Gesetzen, Verordnungen und Ausführungsverordnungen überzustülpen, statt diese erst auf den Prüfstand nachhaltigen Nutzens zu stellen. Weltpolitisch mag das alles alternativlos gewesen sein. Aber ökonomisch und sozial war es eine Rosskur ohne gleichen. Vielleicht liefern solche Seminare in fünfzig Jahren bessere Blaupausen für die Zusammenlegung wirtschaftlich so extrem verschieden entwickelter Systeme. Im Jahre 1990 gab es jedenfalls keine.

Allerdings hätte auch die Berliner Politik schneller umdenken müssen. So hätten wir viele Projekte stärker auf ihr Potenzial für die Schaffung von Arbeitsplätzen abklopfen müssen, statt auf ihr potenzielles Renommee für die Stadt. Und ganz ehrlich gesagt hatten nicht wenige Berliner Politiker auch die Vorstellung im

Hinterkopf, Deutschland werde den Subventionshahn für seine Hauptstadt im Notfall auch wieder aufdrehen. Diese Mentalität offenbarte sich etwa in einem berühmt-berüchtigten Bonmot des CDU-Granden Klaus Landowsky: „Wenn der erste Obdachlose auf den Treppen des Reichstags liegt, dann wird der Bund uns schon helfen."

Damals wies der Landeshaushalt ein strukturelles Defizit von 5 Milliarden D-Mark auf. Quer durch alle Parteien gab es eine Haltung, dass bei einem derart hohen Schuldenstand sparen nichts bringe. „Das schaffen wir eh nicht, dieses Defizit abzubauen", hieß es. Außerdem bestand die Gefahr, die Krise durch Kürzungen der öffentlichen Ausgaben nur weiter zu verschärfen. Ich habe dann immer argumentiert, 5 Milliarden über den Durst seien antizyklisch genug, mit 6 Milliarden Defizit werde es keinesfalls schneller bergauf gehen. Aber die Blockaden gegen einen harten Sparkurs waren ziemlich stark.

Stark war im Berlin der 90er fraglos auch der „Wind of Change". Die Stadt mutierte zum Experimentierfeld für alles, was gerade so „angesagt" war. Nur: Wenn eine Millionenmetropole eine derartige Rosskur des Strukturwandels durchmachen muss, wenn es in ihr überdies an vielem mangelt, aber gewiss nicht an sozialen Nischen und an städtebaulichen Lücken, Brachen und Ruinen, dann weht dieser Wind halt nicht als Erstes aus der Richtung reifer Industrien, erprobter Hightech-Branchen oder arrivierter Dienstleistungsunternehmen. Dafür schossen in diesen Jahren umso mehr Szeneclubs, Trendläden und ambitionierte Galerien aus dem Boden. Das sind in vom Strukturwandel gezeichneten Großstädten der Welt stets die Vorboten wirtschaftlichen Wiederaufstiegs. Klar, das ist wichtig. Auch die Schlipsträger drängten schließlich damals nicht nur nach Berlin, weil es hier Grundstücke in potenziellen Eins-a-Lagen fast zum Preis von

Ackerland gab. Viele schauten eben auch vorbei, um die Marketingeffekte der damaligen Aufbruchstimmung zu nutzen. Etliche Protzprojekte am Potsdamer Platz, in der Friedrichstraße oder Unter den Linden gaben da im Wortsinne schillernde Beispiele. So wie auch der eine oder andere Tempel des Konsums schneller vor Ort war als jene wohlhabenden Weltreisenden oder Diplomaten, die dort ihr Geld ausgeben konnten. Selbstredend braucht ein globales Top-Reiseziel wie Berlin Luxushotels und Nobelgastronomie. Aber wir hatten von beidem einige Zeit halt mehr als Touristen, die sich solchen Luxus leisten können und wollen. Hier war es nicht die Politik, die übertriebene Erwartungen hegte. Wir hatten echt andere Sorgen. Weit mehr haben die „Investoren" selbst unterschätzt, wie viel Zeit es braucht, damit sich die „Sickereffekte" des Wohlstands in den oberen Stockwerken auch im Erdgeschoss bemerkbar machen.

Berlin als internationales Finanzzentrum? Auch diese Idee hatte kurzfristig ihre Fans. Frankfurt hatte Berlin ja erst nach dem Zweiten Weltkrieg als deutsche Bankenmetropole abgelöst. Doch dass die Türme rund um Gallus- und Taunusanlage nach der Wiedervereinigung ruckizucki in die alte und neue Hauptstadt umgetopft werden könnten, diese Blase brauchte kein Jahr, um zu platzen. Zumal der Berliner Bankensektor in jener Dekade ja mit dem einen oder anderen Imageproblem zu kämpfen hatte ...

Gegenwärtig hat man eher den Eindruck, dass Berlin mit den ausgebliebenen Umzügen deutscher Großbanken und Assekuranzen nicht wirklich was verpasst hat. Inwieweit Konzentrationen der Geldbranche auf wenigen Quadratkilometern eine gute Sache sind, wird demnächst bekanntlich nicht am Main, sondern an der Themse getestet. Ob London ab 2019 auch außerhalb der EU Europas Banken-, Börsen- und Finanzzentrum bleiben kann, muss sich noch weisen. Sollten die scheuen

Rehe des Kapitals sich nach dem Brexit ernstlich erkälten, hat die City ein Riesenproblem. Weit mehr als andere Metropolen der Welt hängt London am Tropf einer Finanz-„Industrie“, deren Mitarbeiter fast die Einzigen sind, die sich Mieten und Restaurantpreise zwischen Notting Hill und Canary Wharf, Hampstead Heath und Battersea leisten können.

Heute ist Berlin zwar nicht das gewichtigste, aber eines der dynamischsten Wirtschaftzentren Deutschlands. Manche Nörgler wollen das nicht zur Kenntnis nehmen. 2015 lag Berlin beim Saldo aus Gewerbeanmeldungen und -abmeldungen auf Rang eins aller deutschen Städte, bei den Unternehmensgründungen auf Platz fünf. Wohlgemerkt: im Städteranking der Initiative Neue Soziale Marktwirtschaft (INSM) – nicht gerade eine sozialdemokratische Denkfabrik. Während die gesamte deutsche Wirtschaft 2016 um 1,9 Prozent wuchs, legte das Bruttoinlandsprodukt in Berlin (ebenso wie in Sachsen) um 2,7 Prozent zu. Auch 2017 wuchs die Berliner Wirtschaft um 3,1 Prozent, damit lag Berlin deutlich über dem durchschnittlichen Wachstum von 2,2 Prozent in Deutschland. Und das Wachstum brachte der Stadt in jenem Jahr 60.000 zusätzliche sozialversicherungspflichtige Arbeitsplätze und damit ein Job-Plus von 4,4 Prozent (Bundesdurchschnitt: 2,6 Prozent).

Unken unter den Ökonomen behaupten gern, die wirtschaftliche Aufholjagd Berlins sei ein Strohfeuer, hauptsächlich getrieben von Immobilienspekulation, Billigtourismus und Billigjobs im Dienstleistungsbereich. In der Tat entstanden dort allein 2017 fast 20.000 neue Stellen. Doch wer jetzt an Callcenter, Bringdienste und Bierschwemmen denkt, der irrt sich gewaltig. Sicher, auch solche McJobs gibt es in dieser Stadt. Aber jeder zweite neue Arbeitsplatz entstand im Bereich der sogenannten wirtschaftsnahen

Dienstleistungen. Knapp 9000 allein in der Digitalwirtschaft, in der mittlerweile rund 85.000 Berliner tätig sind.

Ebenso hat sich die Berliner Industrie über die Jahre wieder stark internationalisiert. Lag ihr Auslandsumsatz im Jahr 2008 mit knapp 2 Milliarden Euro noch unter dem Inlandsumsatz, so übertrafen die Auslands- die Inlandsumsätze bereits in 2013 um 2,6 Milliarden Euro. Übrigens eine Zahl, die ich, wie etliche hier, nicht selbst erfunden, sondern bei der Industrie- und Handelskammer zu Berlin abgeschrieben habe.

Doch wo Vorurteile sich erst mal festgesetzt haben, da haben es die Fakten oft schwer. Lieber schnitzt man sich die dann schon mal so zurecht, dass geübte Berlin-Basher wieder was zu lachen haben. Und auf der Hauptstadt rumzuhacken ist ja nicht nur in Bayern und Baden-Württemberg beliebt. Auch gelehrte Ökonomen erklären uns immer wieder gern zum Kostgänger von Deutschlands Wachstumsregionen.

Ein schönes Beispiel dafür hat 2016 das arbeitgebernahe Institut der Deutschen Wirtschaft in Köln (IWK) vorgelegt. Berlin, so die Forscher, drücke die Wirtschaft der Bundesrepublik (genauer: das BIP pro Kopf) um 0,2 Prozent nach unten – und zwar als einzige unter Europas Hauptstädten! Während Griechenland ohne Athen pro Kopf fast 20, Frankreich ohne Paris 15, das Vereinigte Königreich ohne London 11,2 und selbst Italien ohne Rom 2,1 Prozent weniger erwirtschaften würden.

Nach den zugehörigen Relativierungen musste man leider im Kleingedruckten des Manuskripts suchen. Ein Drittel (!) aller Griechen lebt im Großraum Athen. Sieht man von Thessaloniki und der Hafenstadt Patras ab, so sitzen im Rest des Landes keine Firmen von gesamtwirtschaftlich relevantem Gewicht. Frankreich ist nicht nur traditionell zentralistisch strukturiert, „La France profonde" ist in weiten Teilen ein Agrarland wie

Brandenburg. Weshalb die Île-de-France ein Drittel des französischen BIP erwirtschaftet, obwohl dort nur ein knappes Fünftel aller Franzosen lebt. Warum? Dort haben so ziemlich alle wichtigen Konzerne des Landes ihren Sitz, und die Hauptstadtregion ist auch mit großem Abstand die stärkste Industrieregion des Landes. Paris – Ehre, wem Ehre gebührt – ist zudem mit mehr als 22 Millionen Besuchern im Jahr ein etwas größerer Tourismusmagnet als Berlin mit seinen 13 Millionen Gästen.

Witzig auch der Vergleich mit London: Allein das BIP pro Kopf in der City ist zweieinhalb Mal so hoch wie das von Greater London, mehr als viermal so hoch wie das des restlichen Landes. Und zwar nicht, weil sich rund um Big Ben Britanniens Industrie ballt, sondern weil da allein über 350.000 Menschen in einem Finanzsektor arbeiten, der seit zwei Dekaden zwischen 7 und 9 Prozent zur britischen Bruttowertschöpfung beiträgt. Das schafft auch Frankfurt nicht. Thank God! sage ich da sogar als Agnostiker.

Dass Berlins Beitrag zum deutschen BIP mit 4 Prozent ziemlich genau seinem Einwohneranteil entspricht, dass die Industrie hier unmittelbar nur knappe 10 Prozent zur Bruttowertschöpfung beiträgt, deren Anteil deutschlandweit dagegen bei 22 Prozent liegt, dass in Berlin nur jeder hundertste Betrieb ein Großunternehmen mit mehr als 250 Beschäftigten ist – alles Informationen für Leser mit Lupe. Einzig zum Eingeständnis, dass Deutschlands Wirtschaft ihre Stärke der föderalen Struktur verdankt, während fast alle anderen Länder in der Studie knallharte Zentralstaaten sind, hat es im landesweit lustvoll ausgeschlachteten Pressetext des IWK gereicht.

Ich wiederhole es gern: Berlin ist wirtschaftlich auf einem guten Weg. Mir ist bewusst, dass weder ich allein noch der von mir geführte Senat die Berliner Wirtschaft zwischen 2001 und

2014 im Alleingang in Schwung gebracht haben. Wenn ich hier also mit aller Bescheidenheit auf die wirtschaftspolitischen Erfolge meiner eigenen Amtszeit hinweise, dann nur deshalb, weil die „Bilanz: Dreizehneinhalb Jahre Klaus Wowereit in Zahlen“ nicht von mir, sondern von der IHK stammt. Ja, in Berlin haben nach wie vor zu wenige Menschen einen Job mit Perspektive. Im Bundesschnitt liegt die aktuelle Arbeitslosenquote (Dezember 2017) bei 5,3 Prozent, in Berlin bei 8,4 Prozent. All die Menschen, die man in den 90ern aus der wirtschaftlichen Wertschöpfung der Stadt rausgedrängt hat, lassen sich halt in Zeiten, in denen jeder über fünfzig vielen Personalern als hoffnungsloser Fall gilt, nicht so leicht wieder in den ersten Arbeitsmarkt integrieren. Folge: Die „Sockelarbeitslosigkeit“ ist in Berlin besonders hoch.

Ich muss als Sozialdemokrat wie als Ex-Bürgermeister einer weltoffenen Metropole auch überhaupt nicht verschweigen, dass die höhere Arbeitslosigkeit unter Zuwanderern in Berlin besonders auf die Statistik drückt. Im Bundesdurchschnitt sind zwei Drittel der 15- bis 64-Jährigen mit Migrationshintergrund erwerbstätig, in der Bevölkerung ohne Migrationshintergrund aber drei Viertel. In Berlin jedoch sind in manchen Bevölkerungsgruppen 50 Prozent ohne Arbeit. Die Hintergründe sind hier ebenso komplex wie die Entwicklungen der letzten zwanzig Jahre – weshalb ich auf dieses Thema an einer anderen Stelle eingehe.

Dennoch: Zwischen Mitte 2001 und Ende 2014 ist die Arbeitslosenrate in Berlin um 30,4 Prozent gesunken. Die Anzahl der Einwohner Berlins ist in diesem Zeitraum um rund 1 Prozent, die Anzahl der sozialversicherungspflichtig Beschäftigten aber um 8,6 Prozent gestiegen. Und das Bruttoinlandsprodukt hat sich ebenso dynamisch entwickelt wie in Deutschland insgesamt: In Berlin stieg es in meinen dreizehneinhalb Amtsjahren um 33 Prozent, landesweit um 34,1 Prozent – und das bei einer im Vergleich deutlich schlechteren Ausgangslage in Berlin. Das Pro-Kopf-Einkommen der Berliner stieg um mehr als ein Viertel, die Bruttowertschöpfung der Stadt insgesamt um 32,3 Prozent, die der Industrie (verarbeitendes Gewerbe) um 25,5 Prozent. Die Zahl der Flugpassagiere, der Übernachtungen und der Besucher unserer Stadt verdoppelte, die der Gäste aus dem Ausland verdreifachte sich.

WAS BERLINS WIRTSCHAFT ANTREIBT

Berlin ist also spätestens seit der Wende keine klassische Industriestadt mehr. Sie ist aber auch keine Stadt, in der die einen nur vegane Burger brutzeln, Handy-Apps entwickeln und in Coffeeshops „irgendwas mit Medien" machen, während die anderen die Jobcenter füllen.

Dass 85 Prozent im Dienstleistungssektor tätig sind, ist für eine Großstadt völlig normal. Ebenso wie die Tatsache, dass fast alle großen Einzelhändler des Landes zu den fünfzig größten Arbeitgebern der Stadt gehören.

Von den einhundert größten deutschen Unternehmen sitzen fünf in Berlin. In diesem Punkt müssten wir höchstens den Vergleich mit Hamburg ein bisschen scheuen, wo zwölf Großunternehmen ihre Deutschlandzentrale haben. Dass die nach Umsatz Nummer zwanzig unter Deutschlands Unternehmen, die Deutsche Bahn, mit ihrer hiesigen Zentrale und gut 20.000 Mitarbeitern zugleich Berlins größter Arbeitgeber ist, sollte ebenso wenig verwundern wie die Tatsache, dass die Post und die Telekom, dass die Berliner Verkehrsbetriebe mit rund 14.000 und die Stadtreinigung mit 5500 Mitarbeitern hier in den Top 20 rangieren. Ebenso wie es nachvollziehbar ist, dass eine Großstadt mit 3,7 Millionen Einwohnern einen Bedarf an 83.000 Fachkräften allein in den 200 größten Betrieben des Gesundheitssektors hat.

Darunter sind Klinikgiganten wie die Charité mit 17.000 und die Häuser der Vivantes-Gruppe mit 15.000 Mitarbeitern, die Nummer zwei und drei im Arbeitgeber-Ranking. Aber auch ein wohl nur Herzchirurgen und Herzpatienten bekanntes Unternehmen wie Biotronik, mit 2400 Mitarbeitern ebenfalls einer der fünfzig größten Arbeitgeber der Stadt. 1963 in Berlin gegründet und – apropos Berliner Kiezklischees – ansässig in Neukölln, entwickelte Biotronik in Kooperation mit der Technischen Universität Deutschlands ersten implantierbaren Herzschrittmacher. Das Unternehmen zählt zu den weltweit führenden Anbietern von Produkten und Dienstleistungen zur Elektrotherapie des Herzens und der Gefäße und ist in über hundert Ländern vertreten.

Welch immense Rolle gerade Forschung, Entwicklung und Innovation im Berliner Gesundheitssektor spielen, zeigt eine junge Firma wie Berlin Heart. Mit 200 Mitarbeitern und 20 Millionen Umsatz ist sie fraglos (noch) kein ökonomischer Riese. Aber das 1996 von Medizinern der Charité gegründete Unternehmen ist nicht nur ein Flaggschiff der Berliner Medizintechnik und ein Hoffnungsträger für Patienten, die auf eine Herztransplantation warten. Mit seinen handgefertigten Pumpen, Kanülen und Komponenten zur Unterstützung der Herzfunktionen zählt es in dieser „Nische" zu den europäischen Marktführern.

Ja, Berlins industrieller Sektor ist, gemessen am Bundesdurchschnitt, eher schwach. Gleichwohl konnte ich Menschen bei Gesprächen außerhalb Berlins mit Informationen, was die „Old Economy" in meiner Stadt denn doch noch so alles herstellt, immer recht schnell verblüffen. Dass für Siemens auch in Berlin immer noch viele Menschen arbeiten, hat man wohl schon mal läuten gehört. Dass es fast 12.000 sind schon weniger.

Bei Bayer denken Normalbürger an Leverkusen und Uerdingen, Rheinländer eher noch an Dormagen als an Berlin. Dabei wird die Pharmasparte des Konzerns, die immerhin für ein Drittel des Gesamtumsatzes steht, seit der Übernahme von Schering aus Berlin gesteuert. Von den 5000 Mitarbeitern hier ist fast ein Drittel in Forschung und Entwicklung tätig. Neben Wuppertal ist das Werk im Wedding *der* zentrale Forschungsstandort des Konzerns. Marijn Dekkers, von 2010 bis 2016 Vorstandsvorsitzender der Bayer AG, war zwar nicht der größte Berlin-Fan aller Zeiten, wollte hier anfangs sogar in großem Maßstab Stellen streichen und blockierte mehrmals Mittel für die Modernisierung des Standorts. Doch inzwischen sind alle Rationalisierungspläne vom Tisch, Bayer Pharmaceuticals ist neben der Charité die wichtigste Säule des für Berlin ganz besonders bedeutsamen „Clusters" der Gesundheitswirtschaft.

Momper, Diepgen, Wowereit, Müller – keiner von uns hat in Berlin Riesenwerke von Weltkonzernen angesiedelt. Und auch das nächste Google, Facebook oder irgendein Mega-Knallfrosch der New Economy wird nicht in Berlin gegründet. Entstanden ist etwas ganz anderes: zukunftsfähige Arbeitsplätze. Die aber werden längst nicht mehr von Unternehmen geschaffen, die für ein Viertel oder ein Drittel der Gewerbesteuereinnahmen einer Kommune stehen. Und auf deren Gelände man dann gleich ein eigenes Jobcenter eröffnen darf, wenn die Geschäfte nicht mehr laufen.

Nein, die globalen Konzerne werden nicht allesamt untergehen. Und auch in Zukunft wird der eine oder andere Schlot rauchen und es wird Fabriken geben, in denen Vertreter der Arbeiterklasse schwitzen müssen. Aber die Wirtschaft des 21.

Jahrhunderts wird zu weiten Teilen von kleineren und mittelgroßen Playern getrieben werden, die wenig oder gar nicht mehr schmutzen. Die man deshalb auch nicht mehr in alter Manier räumlich streng von Wohnungen, Handel und Gewerbe trennen muss. Vor allem wird die Wirtschaft von solchen Firmen vorangebracht, die etwas können, was sonst keiner kann. Oder was jedenfalls nur ganz wenige auf der Welt können. Von innovativen Spezialisten, die ihr Geld nicht bei internationalen Großbanken parken oder für „Strategieberatung“ verplempern, sondern in Forschung und Entwicklung investieren. Das Schöne an der Sache: An solchen Unternehmen herrscht in Berlin kein Mangel.

DIE „HIDDEN CHAMPIONS"

Hidden Champions, also heimliche Gewinner, das sind nach der Definition des Wirtschaftswissenschaftlers Hermann Simon, der diesen Unternehmenstyp erstmals 1990 gründlich analysierte, mittelständische Unternehmen, die in ihrer jeweiligen Nische zu den Top Drei auf dem Weltmarkt gehören. Sie sind meist inhabergeführt, und ihr jährlicher Umsatz liegt in aller Regel unter 3 Milliarden Euro. „Heimliche“ Weltmarktführer sind sie deshalb, weil die meisten Menschen weder den Namen der Firma noch deren Produkte kennen. Denn über 80 Prozent dieser Unternehmen sind Industriezulieferer bzw. industrienahe Dienstleister. Seit November 2017 wird das Phänomen übrigens in Berlin intensiv erforscht: an der European School of Management and Technology (ESMT), die am Schlossplatz das weltweit erste Institut für Hidden Champions eröffnet hat.

Rund 1500 „heimliche Gewinner“ gibt es in Deutschland. Nicht nur Dank VW, Daimler, Siemens oder Bayer sind wir

Deutschen „Exportweltmeister", sondern auch dank Unternehmen wie Herrenknecht, Nummer eins bei Tunnelvortriebsmaschinen, des Prothesenherstellers Otto Bock, des Klebstoffspezialisten Delo oder des Verpackungsmaschinenbauers Windmöller & Hölscher. Die meisten Firmen dieses Typs sitzen in Nordrhein-Westfalen und – das versteht sich von selbst – im Ländle. Aber in und um Berlin ballen sich kaum weniger „heimliche" Weltmarktführer als in Hamburg, Frankfurt, Stuttgart oder München. Wenn ich schon wieder ein paar Beispiele nenne, sollte auch jetzt bitte keiner „Schleichwerbung" rufen. Wenn überhaupt, dann ist das „Standort-Marketing". Darf ich!

Deutschland, Autoland. Doch an der Zukunft des im Wortsinne automobilen, nämlich ohne Fahrer fahrenden Autos wird in der Invalidenstraße in Berlin-Mitte getüftelt. Dort entwickelt die 1999 gegründete und seit 2016 von Audi, BMW und Daimler gemeinsam betriebene Firma Here eine Navigations- und Routenplanungs-Software, die auf den Zentimeter genau rechnet. Aus Sicht der Autobranche spielt Here, das in Berlin gut 1000 Mitarbeiter beschäftigt, eine Schlüsselrolle bei der digitalen Revolution der Mobilität.

Eines der großen Zukunftsthemen im Bereich erneuerbare Energien ist die Speicherung nachhaltig gewonnenen Stroms. Die 2005 gegründete Firma Younicos in Berlin-Adlershof ist *der* weltweit führende Anbieter von intelligenten Netz- und Energiespeicherlösungen.

Noch ein Zukunftsthema: Recycling. Die Berliner Stadtreinigung (BSR) hat ein preisgekrönt freches Marketing („We kehr for you") und ist der größte kommunale Entsorger Deutschlands. Wenn es um die Wiederverwertung des wertvollen Rohstoffs „Müll" geht, dann sitzt in diesem Bereich ein weiterer Weltmarktführer in Berlin-Adlershof: LLA Instruments baut seit 23

Jahren sogenannte Hyperspektralkameras, die in Bruchteilen von Sekunden Abfallmaterial bestimmen und analysieren können.

Die „Wissenschaftsstadt" Adlershof zählt insgesamt zu den modernsten Technologieparks in Europa. Rund 12.000 Menschen in über 700 Unternehmen und einem guten Dutzend Forschungsinstituten erwirtschaften hier jährlich dreistellige Millionenumsätze.

Das Thema 3D-Druck ist längst kein luftleerer Hype mehr. Zwar werden Sie und ich unser Geschirr oder unsere Möbel wohl nicht in naher Zukunft zu Hause „ausdrucken" – dafür dürfte der größte in Serie gefertigte 3D-Drucker der Welt mit bis zu 50.000 Euro absehbar ein wenig zu teuer bleiben. Aber Unternehmen, Universitäten, Designer und Architekten aus aller Welt kaufen das Gerät des 2014 gegründeten Kreuzberger Start-ups BigRep, um damit Prototypen zu entwickeln und zu testen.

1908 gründete der Berliner Ingenieur William Gerb seine Gesellschaft für Isolierung gegen Erschütterungen und Geräusche mbH. Und bis heute widmet sich das Unternehmen GERB Schwingungsisolierungen GmbH & Co KG aus Reinickendorf dem Problem unerwünschter Vibrationen bei Industrieanlagen und Gebäuden. Weltmarktführer ist es bei sogenannten Schwingungstilgern. Die braucht man immer dann, wenn irgendwo auf der Welt ein mehrere Hundert Meter hoher Wolkenkratzer in den Himmel wächst oder eine große Brücke gebaut wird. Solche Bauten können an der Spitze bis zu eineinhalb Meter schwanken – was man mit riesigen Spezialpendeln nebst hochkomplexer Steuerungstechnik ausgleichen muss, wenn das Ganze nicht einstürzen soll. Heißt: Ohne Berlin hätte der Wüstenwind Dubais den Burj-Al-Arab wohl schon umgeweht.

Zum Schluss der Hidden-Champions-Tour und weil alle zu Recht Berlin immer als Kulturmetropole preisen:

Weltmarktführer im Musikmarkt ist die Universal Music Group. Unter ebenso großem wie willkommenem Presserummel verlegte das Unternehmen 2002, als unser späterer Kulturstaatssekretär Tim Renner dessen Deutschlandchef war, seine nationale Zentrale von Hamburg an die Spree. Auch um Musik zu *machen* braucht es heute Spitzentechnologie. Die kommt etwa aus einem Hinterhof an der Schlesischen Straße in Kreuzberg, wo Native Instruments unter anderem ein Teil mit dem nonchalanten Namen „Maschine" baut – eines der weltbesten Geräte für computerbasierte Audio-Produktion. Und das kaufen Musiker, DJs und Musikproduzenten in 176 Ländern der Erde.

FORSCHUNGSMETROPOLE

„Was lernt uns das?", fragt der Berliner da. Industrie, auch das wiederhole ich gern dreimal, heißt heute in den seltensten Fällen Großindustrie und Massenfertigung.

Und zum Glück hängt Berlin auch nur noch wenig von Gnadenbeweisen der Großindustrie ab. Seine gesamte Wirtschaftsstruktur, vor allem aber seine Industriestruktur ist eher kleinteilig. Dafür zeichnet sich Berlin durch die bundesweit zweithöchsten Ausgaben für Forschung und Entwicklung aus. 3,65 Prozent des Berliner BIP flossen 2014 in neue Technologien und Produkte. Knapp 3 Prozent waren es im Bundesdurchschnitt, geschlagen wurden wir nur von – logo – Baden-Württemberg mit fast 5 Prozent.

Berlins Unternehmen profitieren hier von zweierlei: erstens von den im Ländervergleich prozentual sogar höchsten Ausgaben der öffentlichen Hand für Forschung und Entwicklung (0,59 Prozent des BIP; Bayern und BaWü: 0,35 Prozent). Und zweitens von einer entsprechend starken akademischen

Forschungslandschaft mit drei Universitäten, einschließlich der Universität der Künste vier Kunsthochschulen, fünf Fachhochschulen und insgesamt 27 privaten universitären, fachhochschulischen und künstlerischen Hochschulen.

Die Hochschulen sind selbst ein enormer Wirtschaftsfaktor für die Stadt. 187.000 Studentinnen und Studenten, ein knappes Fünftel von ihnen aus dem Ausland, studierten 2017 in rund 700 Studiengängen. Alle Berliner Hochschulen zusammen beschäftigen 50.000 Mitarbeiter, 20.000 allein in Forschung und Lehre. Weitere 50.000 Menschen lehren, forschen und arbeiten an den über 70 außeruniversitären Forschungseinrichtungen – von der American Academy bis zur Versuchsanstalt der Hefeindustrie. Die Max-Planck- und die Fraunhofer-Gesellschaft sind in Berlin mit je fünf, die Leibniz-Gesellschaft mit vier Instituten vertreten. Zwecks Anschaulichkeit: Würde man den gesamten akademischen Sektor Berlins zu einer eigenen Stadt erklären, dann hätte die ziemlich genau die Einwohnerzahl von Augsburg.

LICHT UND SCHATTEN DER DIGITALEN ÖKONOMIE

Als aus zwei deutschen Staaten wieder einer, aus dem geteilten Berlin wieder die Hauptstadt des Landes wurde, da war das meiste von dem, was wir heute an Geschäftsmodellen und – sagen wir mal – „Phänomenen" im Internet finden, noch nicht mal erfunden. Der erste halbwegs brauchbare Webbrowser Mosaic erschien im Oktober 1994. Google wurde 1998 gegründet. Vor zwanzig Jahren!

Bei den heute (noch sehr viel kürzeren) Entwicklungs- und Erinnerungszyklen in puncto Technik darf man sich das durchaus in Erinnerung rufen, um die ungeheure Dynamik zu sehen, die in diesen Bereichen nicht nur weiter herrscht, sondern sich künftig noch beschleunigen wird.

Als die Dotcom-Blase 2002 platzte, als die „Volksaktie" der Telekom von 103,– auf 8,42 Euro herunterrauschte und Anleger am Neuen Markt nahezu flächendeckende Verluste von 96 Prozent verdauen mussten, wurde alles mit Internet hierzulande erst mal als reines Blendwerk verdammt. Mit der Nachwirkung, dass nicht wenigen das Riesenreich der Daten bis heute als unheimlich gilt.

In vielen Landkreisen hängen immer noch Plakate an den Schaltkästen, die Highspeed-Verkabelung in nächster Zukunft verheißen. Während tatsächlich derzeit erst 34 Prozent der ländlichen Regionen mit maximal 50 Megabit pro Sekunde ins Netz kommen. Als Befürworter einer eher breiter angelegten öffentlichen Daseinsvorsorge im Bereich Infrastruktur könnte ich jetzt natürlich sagen: Das kommt davon, wenn man die Kabelnetze privatisiert, sie jedenfalls der Kontrolle parlamentarischer Verwendung von Steuermitteln weitgehend entzieht. Und sich dann wundert, wenn die Bürger trotzdem nicht so sehr auf die Telekom, vodafone oder Telefónica (O2) schimpfen, sondern auf eine Politik, die angeblich „das Netz verschlafen" habe.

Nun kann eine Landesregierung weder landeseigene Kabel verlegen und Funkmasten aufstellen noch in diesen Bereichen besonders viel regulieren oder finanziell fördern. Immerhin: Berlin muss sich nicht gerade über das lahmste Netz der Welt beschweren. Die Hauptstadt bietet umfassende (V)DSL- und Kabelnetz-Angebote sowie flächendeckende Versorgung mit dem derzeit aktuellen Mobilfunkstandard LTE. Gewerbliche und professionelle Nutzer finden fast im gesamten Stadtgebiet eine Glasfaseranbindung. Und 650 Hotspots an touristischen

Schwerpunkten oder öffentlichen Gebäuden der Stadt bieten kostenlosen, zeitlich unbegrenzten und unkomplizierten WLAN-Zugang für alle. Der Senat hat das mit – vielleicht knauserig klingenden, aber sehr wirkungsvoll eingesetzten – 240.000 Euro gefördert. Und die Berliner Verkehrsbetriebe haben zusätzlich rund hundert U-Bahnhöfe mit freiem WLAN ausgestattet. Klar: Mehr geht immer. Doch seit man sich für einen reinen WLAN-Zugang nicht mehr in jedem Café eine gefühlte halbe Stunde registrieren muss, können auch kleine und mittlere private Anbieter was für die Netzdichte tun.

In der Hauptsache tut Berlin aber etwas anderes: Die Stadt zeigt, was im Bereich „Net Economy" alles möglich ist. Dass, wie eigentlich überall, probieren über studieren geht. Und dass Versuch und Irrtum Voraussetzungen des Erfolgs sind.

Nun tut man der Digitalwirtschaft sicher nicht allzu großes Unrecht, wenn man feststellt, dass die Ankündigungsdiplomatie im Bereich Internet, Softwareentwicklung und Telekommunikation häufig etwas lauter agiert als in traditionellen Branchen der „Old Economy". Sodass zum Beispiel Worte wie „revolutionär" oder „Quantensprung" dort oft kaum mehr sagen als „schon ganz gut", „nützlich" oder „funktioniert halbwegs". Für Beobachter der Szene empfiehlt sich so gesehen etwas Nachsicht.

Flashback anno 2015: Im Jahr nach meinem Ausscheiden aus dem Amt arbeiteten in Berlin bereits über 275.000 Menschen im sogenannten „Cluster IKT, Medien- und Kreativwirtschaft", davon mehr als 173.000 in sozialversicherungspflichtigen Beschäftigungsverhältnissen. Der Cluster umfasst neben der Informations- und Kommunikationstechnik (IKT) im engeren Sinne sowie der Software-, App- und Computerspiel-Entwicklung auch Rundfunk und Presse, Buch- und Kunstmarkt, Musik- und Filmwirtschaft, Architektur, Design, Werbung und eine ganze Reihe kleinerer Branchen. Zusammengenommen wurden in diesem Sektor damals von 36.000 umsatzsteuerpflichtigen Berliner Unternehmen rund 30 Milliarden Euro umgesetzt. Das Cluster stellte jedes fünfte Berliner Unternehmen und erbrachte einen Umsatzanteil von 16 Prozent. Noch mal zum Vergleich: Das verarbeitende Gewerbe setzte seinerzeit in Berlin mit rund 7000 Betrieben und 104.000 Beschäftigten 22 Milliarden um.

Also: Bereits vor drei Jahren wurde jeder sechste Euro in Berlin mit „irgendwas mit Medien und Internet“ erwirtschaftet. Allein in der Berliner Musikwirtschaft zum Beispiel arbeiten über 14.000 Menschen, die über eine Milliarde Umsatz im Jahr erwirtschaften. Mehr als 10.000 Menschen arbeiten in der Filmwirtschaft, über 23.000 bei Rundfunk und Fernsehen. 37.000 Arbeitsplätze schafft in Berlin die Designwirtschaft.

In die Sphären der fünf größten Arbeitgeber der Stadt (DB, Charité, Vivantes, BVG, Siemens) mit insgesamt rund 80.000 Arbeitsplätzen stößt keine der vielen Tausend Hinterhoffirmen vor, die in Berlin Software oder Spiele entwickeln. Aber zusammengenommen arbeiten da eben doch fast 60.000 Leute, weitere 25.000 in der Informations- und Kommunikationstechnik (IKT) im engeren Sinne. In der IKT-Branche stieg die Wirtschaftsleistung so stark wie in keinem anderen Bereich: Allein im Zeitraum von 2009 bis 2016 wuchs sie in Berlin um durchschnittlich 5,6 Prozent im Jahr. Das sind 3,6 Prozentpunkte mehr als der langjährige durchschnittliche Wertschöpfungszuwachs in Berlin. Inzwischen beträgt der Anteil der Branche an der gesamten Berliner Wertschöpfung 8,5 Prozent – und liegt damit nur noch ganz knapp hinter der Berliner Industrie (8,7 Prozent) und weit vor der Bauwirtschaft (4 Prozent), die in Berlin auch nicht gerade eine lahmende Branche ist.

Im Zeitraum zwischen 2008 und 2016 entstanden in der digitalen Wirtschaft Berlins über 36.000 neue Arbeitsplätze. Das macht ein Branchenplus von 89 Prozent in acht Jahren! Jede achte Berliner Stelle wurde in einem Unternehmen der Digitalwirtschaft geschaffen.

Mit rund 40.000 Neugründungen jährlich ist Berlin die Gründerhauptstadt Deutschlands und neben anderen Städten in Europa eine der Start-up-Metropolen. Berliner Gründer erhalten europaweit das meiste Risikokapital. 500 Neugründungen pro Jahr fallen allein in den Bereich Internet, IT und Datentechnik. Auch hier ist die Nähe zu Wissenschaft und Forschung der entscheidende Faktor: 18.500 Studierende sind derzeit in Berlin in IT- und digitalbezogenen Studiengängen eingeschrieben. Nach München ist Berlin der zweitstärkste akademische IKT-Standort in Deutschland. Zu den Universitäten kommen sieben Fraunhofer-Institute mit IT-Bezug, das Ferdinand-Braun-Institut für Höchstfrequenztechnik, das „T-Labs" der Deutschen Telekom als Institut an der Technischen Universität und das Konrad-Zuse-Zentrum, ferner das Hasso-Plattner-Institut für Softwaresystemtechnik in Potsdam und das Institut für Mikroelektronik in Frankfurt (Oder).

Reden wir auch noch kurz über die Firmen in diesen Branchen. Klein, aber fein ist hier wieder die Regel. Die wird bekanntlich durch Ausnahmen bestätigt. Größte Ausnahme in der Berliner Digitalwirtschaft ist sicherlich Zalando (diesmal garantiert keine Werbung!). Der mit seiner Zentrale in Berlin ansässige Onlinehändler ist mit 5700 Mitarbeitern heute der zehntgrößte Arbeitgeber der Stadt. Der Wettbewerber Amazon und das Callcenter-Unternehmen CCC gehören zu den Top 100. CCC beschäftigt in Berlin sogar etwas mehr Leute als der Discounter

Aldi mit seinen rund 130 Berliner Filialen. Ebay hat in der Hauptstadt über den Daumen genauso viele Mitarbeiter wie IBM oder SAP. Der Lieferdienst Delivery Hero liegt nach Arbeitsplätzen knapp vor der großen Fachverlagsgruppe Cornelsen, vor dem Industriegiganten Bosch und vor dem derzeit so angesagten Modediscounter Primark. Die Hotel- und Reisebuchungsplattform Booking.com rangiert als Arbeitgeber gleichauf mit den Krankenkassen Barmer GEK und DAK, der Online-Möbelhändler home24 hat mehr Mitarbeiter als die Feinkostkette Butter Lindner. Und auch der Internet-Dienstleister Strato gehört noch zu den zweihundert größten Arbeitgebern Berlins. Wie gesagt: keine Werbung, nur zur Verdeutlichung der Größenordnungen.

Kommen wir zu den Schattenseiten des digitalen Scheinwerferglanzes. Nicht nur die Gründer und Manager von Zalando & Co. wollen ihre eigene Art von Arbeitswelt. Auch viele Mitarbeiter, vor allem die heiß beschworenen „High Potentials", können mit historischen Errungenschaften der Arbeiterbewegung wie Gewerkschaften, Betriebsräten, Streikrecht, Flächentarifverträgen oder Kündigungsschutz nicht immer was anfangen. Projektarbeit steckt ihnen oft schon in den Genen. Unbefristete Arbeitsverträge? Wozu denn das? Ich bin der Beste und bestens vernetzt. Ich kann überall arbeiten. Für Software-Entwickler, Projektmanager oder Menschen mit visionären Jobtiteln wie „Chief Imagination Officer" mögen Zeitverträge, Freiberuflichkeit oder gar der völlige Verzicht auf Arbeitsrecht daher verlockend erscheinen.

Aber die Digitalwirtschaft bietet eben nicht nur hochklassige und gut bis exorbitant gut bezahlte Jobs. Abseits der hippen „Coworking Spaces" und Edelbüros mit Sitzecken, Sportstudio und kostenloser Nackenmassage haben die Jobs der Branche ganz schnell Ähnlichkeit mit denen in der Systemgastronomie oder im Discounthandel. Im Logistikbereich arbeiten überwiegend

Teilzeitkräfte an der Schwelle zum gesetzlichen Mindestlohn. Und da sind nicht die Paketboten gemeint, sondern diejenigen, die Päckchen in komplett durchrationalisierten Turbo-Logistikzentren unter Flutlicht konfektionieren. Auch bei den meisten Lieferdiensten sitzen Studenten, Minijobber oder Menschen mit befristeten Verträgen auf den Motorrollern. Wenn sie nicht als Scheinselbständige bei Wind und Wetter zum Kunden sogar radeln.

Oder nehmen Sie eine der lange boomenden Branchen in der Region, die „Consumer Service Center" bzw. Callcenter. In Berlin und Brandenburg zusammengenommen arbeiten derzeit rund 20.000 Menschen in den Bereichen Reklamations- und Beschwerdemanagement, technischer Support, Auftragsabwicklung und Kundenakquise. Ob ihrer schieren Größe können sich diese Unternehmen nicht mehr vor Betriebsräten drücken, und etliche beginnen auch die Vorzüge einer Tarifbindung zu erkennen. Volkswirtschaftlich sehe ich hier nicht die große Zukunft.

Denn das „Internet der Dinge" wird dazu führen, dass Sie erstens viele Dinge selbst bedienen werden. So wie der Geldautomat den Bankbeamten und die Money-App irgendwann wohl den Geldautomaten ersetzt. Dazu, dass sich zweitens viele Dinge von selber melden, wenn sie ein Problem haben – nicht bei Ihnen, sondern bei einer anderen Maschine. Und drittens, dass sich am Ende die Maschinen auch gegenseitig helfen werden. Kurz, ich glaube, dass Callcenter eine Übergangstechnologie sind.

Eine Zeit lang wurde von Berlin und vor allem auch Brandenburg ganz ordentlich mit Geld geworfen, um solche Firmen in die Region zu locken. Das hat sich inzwischen gelegt. Und zwar zugunsten einer weitgehenden Selbstregulierung dieses Marktes. Keiner prügelt sich mehr drum, dass Customer Service Center – am besten noch zuvor heruntersubventionierte – Gewerbeflächen anmieten. Aber wenn ein einschlägiges Unternehmen von sich aus entscheidet, hier 500 oder 1000 Arbeitsplätze zu schaffen – why not?

DER STANDORTFAKTOR HAUPTSTADT

Keine Frage, auch die Umzüge von Parlament, Regierung und etlichen Behörden sowie der Landesvertretungen von Bonn nach Berlin haben der Stadt gutgetan. Wäre 1991 die knappe Entscheidung des Bundestages, Berlin auch zum Regierungssitz zu machen (338 zu 320 Stimmen) andersherum ausgefallen, stände die Hauptstadt heute wirtschaftlich sicher schlechter da. Doch die seit damals zugezogenen Beamten, Regierungsangestellten, Diplomaten und Lobbyisten, sie haben die schicken neuen Malls in Mitte eben auch nicht täglich leer gekauft.

Letztlich ist es gar keine Frage von „Standortpolitik", den Unsinn mit den zwei Regierungssitzen in absehbarer Zeit zu beenden. Es ist vielmehr eine ganz praktische Frage der Organisation von Verwaltung. Die Spitzen und Leitungsstäbe aller Ministerien bewegen sich seit Jahren praktisch nur noch in Berlin. Und denen fällt natürlich immer stärker auf, wie hinderlich es für die tägliche Arbeit ist, wenn Beamte und Mitarbeiter auf der Arbeitsebene fast ebenso lange in Fliegern und Taxis sitzen wie in Büros und Konferenzen.

Bonn hat den Wegzug von Parlament und Regierung – allen damaligen Unkenrufen zum Trotz – exzellent bewältigt. Niemand muss sich Sorgen machen, ob sich auch für die Hardthöhe und ein paar andere Bürokomplexe demnächst solvente Nachmieter finden lassen. Berlin muss insofern gar nicht mehr an irgendwelchen Türen kratzen. Früher oder später wird die Bundesregierung selbst für einen Komplettumzug votieren. Dass wir das in Berlin dann begrüßen, versteht sich. Aber wenn's noch dauert, auch okay.

Ein anderer Punkt: In Berlin sitzen keine großen europäischen Institutionen. Als die vergeben wurden, war die politische Situation hier erstens viel zu unsicher. Und zweitens wäre deren Ansiedlung unter dem Vier-Mächte-Status der Stadt auch gar nicht zulässig gewesen. Als sich das nach 1990 änderte, war der Zug schlicht abgefahren. Im Rahmen der Osterweiterung der EU waren andere Länder dran. Also hatte auch Berlin keine Chance. Dass die Europäische Zentralbank nach Frankfurt ging, verstand sich von selbst, nachdem die Entscheidung gefallen war, sie nicht in London oder Paris anzusiedeln.

Schließlich das ganze Politikumfeld: Verbände, Gewerkschaften, Nichtregierungsorganisationen, Lobbyisten aller Art. Das alles zusammengenommen ist natürlich schon auch ein wirtschaftlicher Faktor für die Stadt, nicht nur eine Frage von Renommee oder ganz arbeitspraktischen Vorzügen. Ein bisschen kann man das mit den Internetfirmen, dem Kultursektor oder der Werbewirtschaft vergleichen. Auch da gibt es keine riesigen Arbeitgeber, aber viele Kleine haben zusammengenommen sehr wohl spürbare Beschäftigungseffekte. Nur dass das im Falle all dessen, was sich so um Regierung und öffentliche Verwaltung herumrankt, eben auch sehr spezielle Arbeitsplätze sind. Vor allem Arbeitsplätze, die weniger neu entstehen, sondern im Zweifelsfall bloß von A nach B umziehen. Und es damit, anders als in der gewerblichen Wirtschaft, schon so etwas wie Nullsummenspiele gibt. Die Stadt erhebt längst keinen Monopolanspruch mehr, und wir seifen da auch niemanden mehr mit finanziellen Zusagen ein. Wenn ein Verband oder eine Institution meint, es macht Sinn, den Sitz nach Berlin zu verlagern: fein. Wenn er lieber in Düsseldorf, Frankfurt oder Ludwigshafen bleiben möchte: auch okay.

Na ja, und dann gibt es halt noch den aus alter Zeit überkommenen Malus, als die Bundeshilfen mehr als die Hälfte des in Berlin bewegten Geldes ausmachten. Das hat sich zwar längst geändert. Aber Spurenelemente der weiland weitverbreiteten Antipathie gegen die Hauptstadt haben sich gehalten. Beim Länderfinanzausgleich wird Berlin dabei schon lange mit der gleichen Einwohnerwertung wie Hamburg oder Bremen behandelt. Was durch den Hauptstadtvertrag nach Berlin fließt, ist überschaubar und bezieht sich hauptsächlich auf Kultur und Sicherheit. Das ist aber ein kleiner Bereich. Ansonsten kriegt Berlin keine finanziellen Extrawürste mehr gebraten.

Eine starke Hauptstadt ist zudem kein Widerspruch zum Föderalismus. Gerade die selbstbewussten Bundesländer nutzen Berlin als Plattform für ihre Aktivitäten. Deshalb sind die Landesvertretungen so wichtig, deshalb halten etwa die Ministerpräsidentinnen und -präsidenten ihre Pressekonferenzen sehr oft in Berlin ab, nicht mehr in ihren Landeshauptstädten. Und für viele Dinge, die über die Nation hinausgehen, sollten alle begreifen, dass man da mit der Hauptstadt bessere Werbung für Deutschland machen kann.

Musterbeispiel ist die Vergabe der Olympischen Spiele. In vielen Ländern der Erde käme niemand auf die Idee, die woanders als in der Hauptstadt zu veranstalten. Hier muss man schon für ein Europameisterschaftsspiel kämpfen. Dass die Nationalmannschaft zum Feiern nicht mehr nach Frankfurt geht, sondern nach Berlin kommt, hat ja auch eine Weile gebraucht. Aber sportliche Großveranstaltungen wie die Olympischen Spiele nach Berlin zu holen, das wird künftig eh nicht mehr an irgendwelchen Spielarten von Regionalstolz scheitern. Sondern am Unwillen der Bürger, korrupten Verbänden wie dem IOC oder der FIFA Milliarden in den Rachen zu werfen.

KAPITEL 3

DIE SOZIALE SEITE: ZWISCHEN METROPOLEN-HYPE UND PROBLEM-KIEZEN

Politisch war das geteilte Berlin vor 1989 ein höchst komplizierter Fall. Das begann, was heute fast nur noch Ältere wissen, schon mit dem Problem, bei welchem Namen man das Kind rufen durfte. Im Alltag, ganz gleich ob in Ost oder West, wohnte man schlicht in „Berlin". Für einige war das „Berlin, Hauptstadt der DDR", amtlich gesprochen. Wer umgangssprachlich „die Hauptstadt" besuchte, war entweder ein Funktionär oder meinte das ironisch. Die bundesdeutsche offizielle Schreibweise war kaum besser. Da hieß der völkerrechtliche Sonderfall (Stichwort „Viermächte-Status"), der im Alltag als westdeutsches Bundesland mit ein paar Besonderheiten durchging: „Berlin (West)". Allerdings erst seit 1982 (!), als der Senat das als amtliche Bezeichnung verordnete. So *redete* aber nun wirklich niemand. Wer von „West-Berlin" sprach (mit minimaler Atempause als Bindestrich-Ersatz), war entweder ein Pedant oder ein besonders großer Fan der Entspannungspolitik, der den Standpunkt des Ostblocks zwar nicht teilte, aber irgendwie akzeptierte. Auch der andere Teil der Stadt hieß übrigens nur im amtlichen West-Schriftverkehr „Berlin (Ost)“. Auch hier gab es eine Empfehlung des Senats von Berlin (West), für den nichtamtlichen Gebrauch „Ost-Berlin“ zu benutzen. Derweil der stramme West-Berliner meist auch dann von der „Ostzone“ sprach, wenn er nur den Ostsektor seiner Stadt meinte.

Wer durch die DDR nach Wie-auch-immer fuhr, für den hieß sein Ziel „Transit Westberlin“. Das allerdings stand nur auf den Hinweisschildern kurz nach Passage des Grenzpostens zur Bundesrepublik, dann erst wieder vor den für DDR-Bürger gesperrten Abzweigen zu den alliierten Kontrollpunkten. Auf den Transitvisa hieß es schlicht „Westberlin“ (ohne Bindestrich). Mit diesem Kunstwort unterstrichen die Offiziellen des Ostblocks (die Führung der DDR), dass der Westteil der Stadt eine Art eigener Staat sei, der mit der „BRD“ schlechterdings nichts zu tun habe. Weshalb dieser in amtlichen Dokumenten denn auch „selbständige politische Einheit Westberlin“ hieß. Um den Bürgern der DDR zu verdeutlichen, dass dieses Inselchen eine Art Antarktis sei, wurde es auf ostdeutschen Straßenkarten meist als weißer Fleck dargestellt. Und damit sich niemand dorthin verfuhr, wiesen alle wichtigeren Verkehrsschilder nach „Berlin, Hauptstadt der DDR“.

Vor dem Mauerfall genoss Berlin (West) besondere Vergünstigungen und bot privilegierte Bedingungen. Der Bundeszuschuss betrug nicht weniger als 50 Prozent des Landeshaushalts. „Geld gibt’s aus dem Gartenschlauch“, so lautete damals die flapsige Formel für die großzügige Regelung. Außerdem gab es die sogenannte Berlinzulage, die umgangssprachlich auch vielsagend „Zitterprämie“ genannt wurde. Das war ein staatlicher Zuschuss für alle in West-Berlin beschäftigten Arbeitnehmer. Diese Zulage wurde als Ausgleich für die angeblich höheren Lebenshaltungskosten gezahlt, die durch längere Transportwege der Waren entstanden, und sollte ein Anreiz sein, nicht aus Berlin abzuwandern. Die Zulage betrug jeweils 8 Prozent des Bruttogehalts und war steuerfrei. Sie wurde erst 1971 durch das Berlinförderungsgesetz eingeführt und lief am 31. Dezember 1994 aus, nachdem sie zwischen 1990 und 1994 in mehreren Stufen reduziert worden war. Etwa 1,4 Milliarden Euro jährlich ließ der Bund sich das kosten. Keine Kleinigkeit.

Nicht nur deshalb ging es in West-Berlin jedem, der einen Arbeitsplatz hatte, zumindest auskömmlich, wenn nicht gut. Und das mit den höheren Lebenshaltungskosten war eigentlich ein Märchen. Denn Berlin war im Verhältnis zu anderen Großstädten in Westdeutschland immer preiswerter, ohne dass die Lebensqualität schlechter war. In den 1980er-Jahren sind viele junge Westdeutsche nach Berlin gezogen, um dort zu studieren. Die Leute kamen nicht zuletzt deswegen her, weil man für kleines Geld riesige Altbauwohnungen mieten konnte, mit knarzendem Parkett und Kohleofen in der Ecke des sogenannten Berliner Zimmers. Es gab keine Sperrstunde, und der Bus fuhr die ganze Nacht.

In den 1980er-Jahren hatte die Mauer von West-Berliner Seite aus gesehen für manche Neu-Berliner sogar einen gewissen Charme. Das klingt jetzt merkwürdig, aber in den letzten Jahren vor dem Fall der Mauer hatte keiner mehr Angst, dass übermorgen die Russen einmarschieren.

In Charlottenburg, Wilmersdorf, Schöneberg, Tempelhof, Steglitz, Zehlendorf oder Neukölln konnte man auch fast so tun, als gäbe es die Mauer gar nicht. Wer „drüben" keine Angehörigen hatte, für den war Ost-Berlin weiter weg als London oder Paris. Und in Tiergarten war die Mauer eben Teil des touristischen Pflichtprogramms. Nur wenn man im Osten Kreuzbergs, im Zustellbezirk Berlin SO 36, in diesem spitzen Winkel im Schatten der Mauer wohnte, dann war sie real.

VON DER WELTSTADT ZUR INSEL UND NOCH NICHT GANZ WIEDER ZURÜCK

In den 1920er-Jahren war die Metropole Berlin ein kultureller Brennpunkt mit weltweiter Ausstrahlung. Es brodelte in der wachsenden Stadt, in der sich die intellektuelle und künstlerische Elite nicht nur Europas, sondern der ganzen Welt traf. Allerdings nur für ein paar aufregende Jahre. Dann kam die Nazi-Herrschaft und der verheerende Zweite Weltkrieg, der aus Berlin eine Trümmerlandschaft machte.

Berlin zerfiel bekanntlich in die vier Besatzungszonen der Siegermächte. Die politische Teilung war eine Folge des „Kalten Kriegs", ihre drohenden Vorboten die Berlin-Blockade durch die Sowjetunion, die Luftbrücke der Alliierten und im September 1948 schließlich die Spaltung der Berliner Stadtverordnetenversammlung. Mit der Bundesrepublik Deutschland und der Deutschen Demokratischen Republik entstanden 1949 zwei deutsche Staaten, die ihren jeweiligen Anspruch auf Berlin geltend machten. 1961 wurde dann die teilende Mauer durch die DDR-Führung errichtet. West-Berlin wurde damit zu einer Insel, getrennt vom Osten der Stadt und umgeben von der DDR. Nach 28 Jahren Insel-Dasein fiel als Folge der Wende in der DDR am 9. November 1989 die Mauer, und durch die Wiedervereinigung Deutschlands am 3. Oktober 1990 endete nach vierzig Jahren die Teilung Berlins.

Berlin hat im 20. Jahrhundert also einen fulminanten Aufstieg und einen Fall ins Bodenlose erlebt, ist ausgeblutet und hat eine lange Phase der Isolation überstanden. Und hat sich schließlich, von allen Grenzen befreit, wieder aufgerappelt. Ja, Berlin ist heute eine boomende, vitale Stadt, die erneut eine internationale Ausstrahlung hat und starke Impulse aussendet.

Ich denke dennoch, dass im Vergleich mit der Glanzzeit des frühen 20. Jahrhunderts in der Summe noch immer so manche Verluste nicht ausgeglichen sind.

Noch heute wiegt etwa der Verlust von wesentlichen Teilen der Bildungs- und Kulturschicht des alten Berlin schwer. Die jüdischen Großbürger, die das intellektuelle und kulturelle Klima der Stadt Anfang des 20. Jahrhunderts geprägt, die zeitgenössische Kunst gesammelt und literarische Salons geführt haben, wurden ins Exil gezwungen, vertrieben und ermordet. Dieses Großbürgertum ist bis heute verschwunden. Es gibt einen sicheren Indikator dafür, wie es um das (groß)bürgerliche Engagement einer Region oder Stadt bestellt ist, nämlich die Zahl der Stiftungen. Und die liegt hier unter dem Durchschnitt anderer Städte, obwohl wir in der letzten Zeit eine Reihe von neuen Stiftungen in die Stadt ziehen konnten.

Dem ersten historischen Bruch durch Verlust einer prägenden Schicht folgte ein zweiter in der ersten Zeit der Teilung, in der viele begabte Menschen die Stadt verließen, weil sie die geteilte Stadt entweder nicht verkrafteten oder ihnen die politische Situation zu unsicher war. Ebenso haben viele Unternehmen Berlin aufgrund der isolierten Lage verlassen, mit ihnen gingen Arbeitsplätze verloren. Auch das spürt die Stadt bis heute.

Als die Mauer fiel, war die Mitte der wiedervereinigten Stadt eine riesige Brache, eine Wüste mitten in der Stadt. Sie stellte in der Zeit der Teilung sowohl für West- als auch für Ost-Berlin eine Randlage dar. Ausnahmen wie die (heute architektonisch überaus souverän wirkenden) Hochhäuser an der Leipziger Straße oder die (bis heute nicht wirklich schönen) Wohnblöcke an der Wilhelmstraße bestätigen nur diese Regel.

Die erste städtebauliche Herausforderung der Wiedervereinigung bestand darin, diese Brachen sinnvoll zu bebauen und die unterbrochenen Verkehrswege wieder zu verbinden – entsprechend den gewachsenen Anforderungen des 21. Jahrhunderts. Die zweite Herausforderung bestand darin, die heruntergekommene Bausubstanz des Ostens zu retten.

Was das betrifft, kann man nur sagen: Die Wiedervereinigung kam gerade noch rechtzeitig. Denn viele der Altbauten in Mitte, im Prenzlauer Berg oder in Friedrichshain hätten noch sehr viel mehr Jahre des eklatanten Sanierungsstaus wohl kaum überstanden. Aus heutiger Sicht und im Anblick der Bausünden, die Teile West-Berlins nach dem Krieg verheert haben, hat es durchaus zum Vorteil gereicht, dass im Osten schlichtweg zu wenig Geld da war, um die alte Bausubstanz zu beseitigen. Die einstürzenden Altbauten blieben häufig einfach stehen. Und nur da, wo Platz vorhanden oder Abriss unumgänglich war, wurde fleißig Platte gebaut. Nicht unbedingt schön, aber auch im Westen wurden zwischen den 1960er- und 1980er-Jahren nicht nur architektonische Perlen errichtet. Wenn man sich heute anschaut, welche Plumpheiten den unteren Ku'damm Richtung Halensee säumen oder welche Monstrositäten damals am Zoo hochgezogen wurden, fragt man sich, wie derart grobe Geschmacklosigkeiten unterlaufen konnten.

Nach der Wende und der Wiedervereinigung herrschte in Berlin eine euphorische Aufbruchsstimmung. Alles schien möglich, eine kurze, schöne Zeit schien die Stadt wie berauscht von sich und ihrer neuen, alten Größe. Aber was man heute fast schon vergessen hat: Der Kater kam rasch und gründlich. Exemplarisch für diese Katerstimmung steht die abgelehnte Olympiabewerbung Berlins, die tatsächlich sehr peinlich war. Gerade einmal neun Stimmen fielen auf Berlin, als das Internationale

Olympische Komitee im September 1993 über Olympia 2000 entschied. Damit waren die Berliner Träume zerplatzt, zum zweiten Mal (nach 1936) die Spiele in die Stadt zu holen. Es schien fast so, als sei die Stadt dieser Aufgabe noch nicht wieder gewachsen. Außerdem war die Berliner Bevölkerung in der Olympia-Frage gespalten, denn die unmittelbare Folge des schwierigen Wiedervereinigungsprozesses war eben jene Katerstimmung, die sich aus den sozialen Verwerfungen wie Wohnungsnot und massenhafter Arbeitslosigkeit speiste.

Die wirtschaftliche Entwicklung verlief tatsächlich damals überhaupt nicht wie geplant. Und obwohl die Olympischen Spiele nicht kamen, wurden die Hallen weiter gebaut. Immerhin verdankt Berlin der ersten gescheiterten Olympiabewerbung heute Arenen wie das Velodrom, die Schwimmhalle an der Landsberger Allee und die Max-Schmeling-Halle. Dass man die Baustellen nicht abgebrochen hat, kann man als trotzig betrachten oder als vernünftig werten, denn sonst ständen dort womöglich heute Bauruinen herum. Es zeigt aber auch, dass damals insgesamt zögerlich reagiert und nicht rechtzeitig umgesteuert wurde, als sich herauskristallisierte, dass das alles nicht so einfach werden würde mit der neuen Größe.

Spätestens 1993 hätte man erkennen können, dass der grenzenlose Optimismus der Wiedervereinigungszeit nicht der Wirklichkeit entsprach. Doch es fehlte offenbar die Kraft dazu. Oder niemand wollte den Menschen die Wahrheit sagen.

Ich erinnere mich, wie Finanzsenatorin Annette Fugmann-Heesing als erste führende Politikerin offen aussprach, dass es so hier nicht mehr weitergehen könne. Mit diesem Vorstoß hat sie erhebliche Widerstände geweckt. Sowohl in den eigenen Reihen, also bei der SPD, wie erst recht bei Diepgen und der CDU. Ganz zu schweigen von Landowsky! Mit ihm war Fugmann-Heesing wie Hund und Katz. Es war damals ungeheuer schwer, überhaupt etwas umzusetzen und frischen Wind in die verfahrene Situation zu bringen, es herrschte ausgeprägte Perspektivlosigkeit vor. Es war mehr als ein Kater. Es war Apathie.

Möglich, dass die Probleme damals auch damit zu begründen sind, dass Politik in anderen Zeitdimensionen tickt als gesellschaftliche Entwicklung. Es heißt ja immer, dass Politik in Legislaturperioden denkt. Oder sagen wir, in Amtszeiten, die im guten Fall zehn Jahre dauern. Langfristige gesellschaftliche Entwicklungen dauern aber mindestens zwanzig, eher dreißig Jahre, eine Generation.

Das bedeutet, dass Entscheidungen, die heute getroffen werden, erst für die nächste Generation fruchtbar werden. Sie erst profitiert davon bzw. badet die Nachteile aus, je nachdem, wie klug die Entscheidungen eben waren.

Man kann aber noch so vorausschauend Politik machen wollen: Es gibt Dinge, die du einfach nicht erkennen kannst. Dass innerhalb von wenigen Jahren die Bevölkerungsprognosen für Berlin schwindelerregend übertroffen würden, das konnte keiner ahnen. Wir haben das überhaupt nicht kommen sehen, im Gegenteil, damals trieb uns eher die Frage um: Wie kriegen wir mehr Leute nach Berlin? Wir fürchteten den demografischen Wandel, Überalterung und Schrumpfung, also das Gegenteil von dem, was wir nun erleben.

Eines war Berlin (West)/West-Berlin/Westberlin aber auch schon vor dem Mauerfall: die größte Stadt (West-)Deutschlands. Und die hatte den Nimbus einer Stadt, die niemals schläft. Das alte West-Berlin hatte – vielleicht stärker als heute – die Aura einer Stadt der Lebenskünstler und Bohemiens, wo die Uhren anders tickten als im Rest der Republik. West-Berlin, das waren nicht nur die Alteingesessenen, deren schillernde Idole Hilde Knef und Harald Juhnke hießen. Das waren auch die vielen, vielen Neu-Berliner, die hier Unterschlupf fanden vor den überschaubaren Zumutungen Westdeutschlands.

Nach Berlin ging man nicht nur, um zu studieren – oder dem Wehrdienst zu entkommen … Für wen das der Hauptgrund war (und solche Leute gab es natürlich schon), der merkte bald, dass es nicht der wirklich beste Grund war. Nach Berlin ging man, weil man jenes Lebensgefühl vorfand, das freier, zugleich gemächlicher und großstädtischer war als im Rest der Republik.

Die rund 12.000 Mann der Alliierten Streitkräfte – knapp 6000 Amerikaner, 3500 Briten und gut 2500 Franzosen – bewohnten zwar mit ihren Kasernengeländen recht autonome Soziotope. Aber sie und ihre Familien bewegten sich im Alltag in der ganzen Stadt. Manche ihrer Einrichtungen, etwa das legendäre Kino *Outpost* an der Clayallee, Soldatendiskos wie das *Starlight Grove* in der McNair-Kaserne in Lichterfelde, der *Checkpoint NCO Club* in Zehlendorf oder das *Silver Wings* am Flughafen Tempelhof, waren mit ein paar Tricks (passende Begleitung, Bekannte, die einen auf die Reservierungsliste setzten) auch für Deutsche zugänglich. Das *Riverboat* (hatte schon damals drei Tanzflächen!) am Fehrbelliner Platz war sogar ein ganz normales öffentliches Lokal. Lange bevor es Ende der 1960er-Jahre mit Eiern beworfen wurde, bildete das Amerika-Haus an der Hardenbergstraße einen Treffpunkt der West-Berliner Kultur- und Intellektuellenszene, dessen Kino und Bibliothek den geistigen Horizont erheblich erweiterten. Auch ich, eher kein typischer „Achtundsechziger“, habe mir da zum Beispiel 1972 Jack Kerouacs *On the road* ausgeliehen. All das brachte globales Flair nach Berlin, lange bevor das Wort „Globalisierung“ überhaupt erfunden war.

Niedrige Mieten für Wohnungen im Wedding oder in Kreuzberg, hohe Subventionen für West-Berliner Industriebetriebe zogen im Rahmen der ersten Einwanderungswelle auch viele Türken nach Berlin. Dass das unter Umständen mal Probleme mit sich bringen könnte, war damals nicht so zu erkennen. Die türkische Community schuf sich zwar, wie es Zuwanderer zu allen Zeiten getan haben, ihre eigenen Alltags-Infrastrukturen, schottete diese aber den Deutschen gegenüber keineswegs ab. So dass auch Döner (die zweite epochale Berliner Erfindung nach der Currywurst), türkischer Mokka und Bauchtanzgruppen bald zur Alltagskultur der Berliner gehörten. Mit Freier und Technischer Universität besaß Berlin zudem zwei der größten Hochschulen Deutschlands, beide damals wie heute von internationalem Rang. West-Berlin war ein Magnet für Abertausende von Studenten. Aus all diesen (und vielen weiteren) Gründen gab es lange vor dem Mauerfall immer viel Bewegung von außen in die Stadt hinein.

Von diesen unterschiedlich motivierten Neu-Berlinern sind viele hängengeblieben. Andere mussten nach dem Studium wieder weg, weil sie nur außerhalb einen angemessenen Job fanden. Berlin bot damals noch längst nicht die beruflichen Möglichkeiten, die sich heute auftun.

INNENSTADT-KIEZE UND TRABANTENSTÄDTE

„Innenstadt“, „Zentrum“ oder „City“ kann man ja in Berlin nicht sagen. Gibt es doch mindestens die „City West“ rund um Ku’damm, Hardenbergplatz und Tauentzien, die zwar äußerst belebte, stadtgeografisch aber ein wenig zwischen Baum und Borke hängende „neue Mitte“ rund um den Potsdamer Platz sowie das östliche Stadtzentrum zwischen Friedrichstraße, Gendarmenmarkt und Alexanderplatz. Auch die Altstadt von Spandau oder die Steglitzer Hauptstraße würden in anderen deutschen Großstädten locker als City durchgehen.

Berlin besitzt also nicht nur mehrere, sehr unterschiedliche Zentren, sondern es gibt in den Innenstadtbezirken auch noch fast überall eine soziale Durchmischung. Ja, Berlin hat noble Villengegenden und hippe Straßen, in denen der Latte Macchiato so viel kostet wie in München. Aber es gibt zum Beispiel keinen reinen Business-Distrikt oder ein spiegelverglastes Bankenviertel, das abends völlig verödet.

Die typische Berliner Kiez-Struktur ist weder eine Folge des Mauerbaus noch des Mauerfalls, noch eine Frage ferngesteuerter Gentrifizierungs-Prozesse. In Berlin gab es schon aufgrund seiner Größe immer starke, sich voneinander unterscheidende Viertel mit eigenem Charakter. Auch, weil Groß-Berlin als Stadt überhaupt erst 1920 gebildet wurde und die neuen Stadtteile ein ausgeprägtes Selbstbewusstsein und eine existierende Struktur mitbrachten.

Manche Nicht-Berliner greifen bis heute gerne zu Kreuzberg-Klischees, wenn sie „Berlin" meinen. No-go-Area, Multikulti-Chaos, Clans und Muezzins neben linksgrünen Gutmenschen und Autonomen, die jedes Wochenende Autos anzünden und jeden 1. Mai Geschäfte plündern. Kreuzberg gilt da offenbar als besonders typisch für Berlin. Dass Kreuzberg – beispielsweise – lange Zeit eines der Zentren der türkischen Zuwanderung in Berlin war, hatte einen Grund: Die Miete war billig. Denn die Bausubstanz war hier zu großen Teilen marode und außerdem standen große Gebiete des später so „wilden" Kreuzberg SO 36 in kühnen Stadtentwicklungsplänen der 1960er-Jahre auf der Abschussliste – zugunsten von Stadtautobahnen und

Gewerbegebieten. Neben den Einwanderern kamen auch Kreative, die preiswert wohnen und arbeiten wollten.

So oder ähnlich ist das übrigens auch in anderen Großstädten zu beobachten: Erst wohnen Arbeiter und Geringverdiener in einem Viertel, dann kommen die Migranten und die Kreativen, die bürgerliche Mittelschicht wandert ab und fühlt sich durch die bunte Mischung eher befremdet. Die Kreuzberger Entwicklung bietet einen Vorteil: Die sozialen Probleme bleiben *in* der Stadt, sie werden nicht nach draußen abgeschoben, wie etwa in Frankreich, wo die Migranten in den „Banlieues" mit ihren Problemen weitgehend unter sich bleiben. Solche Mega-Vorstädte gibt es in Berlin nicht. Es hat sie auch früher in West-Berlin nur in Ansätzen gegeben. Und die großen Plattensiedlungen im Osten der Stadt? Sie waren das schiere Gegenteil „sozialer Brennpunkte". Sie waren gegenüber den heruntergekommenen Altbauten im Prenzlauer Berg, in Weißensee oder in Friedrichshain privilegierte Wohnlagen – was sich im Mietniveau des Sozialismus natürlich nicht widerspiegelte. Weshalb sie aber auch bis heute keine „schlechten Gegenden" sind. Berlin hat darum keine „Banlieues", sondern in verschiedenen innerstädtischen Stadtteilen gewisse soziale Verwerfungen.

Man muss sich immer wieder klarmachen, wie groß Berlin als Ganzes ist. Mit rund 892 Quadratkilometer Gesamtfläche ist Berlin so groß wie München, Stuttgart und Frankfurt am Main zusammen. Die Stadt dehnt sich in ost-westlicher Richtung über 45 Kilometer aus, in nord-südlicher über 38. Unsere Stadtgrenze ist 234 Kilometer lang. Schon der „Innenstadtring" zieht sich über mehr als 20 Kilometer, wofür Sie bei normalem Verkehr mit dem Auto eine Stunde brauchen. Ebenso lange fahren Sie auf dem 37 Kilometer langen S-Bahn-Ring. Die Pariser

Route périphérique ist 35 Kilometer lang. Der „Berliner Ring" der Bundesautobahn A 10 bringt es auf 196 Kilometer. Und auch wenn das vermutlich weniger als hundert Berliner je gemacht haben: Wenn Sie in Kladow im Südwesten der Stadt an der Endhaltestelle „Am Hottengrund" in den Bus X34 steigen und mit drei weiteren „Öffis" nach Ahrensfelde im Nordosten Berlins fahren, dann sind Sie eindreiviertel Stunden unterwegs. Eine halbe Stunde weniger und Sie kämen mit dem Zug quer durchs gesamte Ruhrgebiet, von Duisburg nach Unna.

Aufgrund seiner besonderen geschichtlichen Situation bietet Berlin bis heute Möglichkeiten, Strukturentscheidungen treffen zu können. Das ist hier im Vergleich zu anderen Städten unter anderem deshalb machbar, weil die Mauer über Jahrzehnte die Entstehung der üblichen Satellitenstädte rund um die Stadt weitestgehend vereitelt hat.

Nach der Wende gab es zunächst die Befürchtung, dass an der Peripherie oder in künftigen „Speckgürteln" riesige Neubau- und Hochhaussiedlungen entstehen würden, die schon aufgrund ihrer anonymen Architektur eine Ghettoisierung begünstigen. Glücklicherweise haben sich diese Befürchtungen als unbegründet erwiesen. Was auch daran liegt, dass in Berlin die Stadtränder immer noch in der Stadt liegen.

Natürlich hat es nach der Wende eine moderate Bewegung von den Innenstadtbezirken an die äußeren Ränder gegeben. Diese Bewegung betraf vor allem junge Familien, die sich großzügigen Wohnraum in der inneren Stadt nicht mehr leisten wollten und deshalb draußen im Speckgürtel in ein Einfamilienhaus gezogen sind. Es hat in der Fläche aber weder eine fatale Zersiedelung stattgefunden, noch ist unsinnig in die Höhe gebaut worden.

Wie in fast jeder deutschen und europäischen Großstadt gibt es dennoch auch in Berlin etliche Viertel, die den Trabantenstädten vor Paris, den berüchtigten „Banlieues", in zumindest äußerer Weise ähneln. Etwa die Gropiusstadt im Süden oder das Märkische Viertel im nördlichen Bezirk Reinickendorf. Gleichwohl ist das Bonmot von der „Millionenstadt ohne Banlieues", das ich gelegentlich gerne verwende, keine stadtsoziologische oder stadtplanerische These im strengen Sinne. Schon rein baulich und konzeptionell betrachtet unterscheiden sich einige der in der zweiten Hälfte des 20. Jahrhunderts erbauten Viertel in Berlin kaum von den Trabantenstädten anderer Metropolen. Sehr wohl aber in ihrer sozialen Struktur, die inzwischen wieder gut durchmischt ist.

Zum Beispiel oben genanntes Märkisches Viertel oder die Gropiusstadt. Beide, das Märkische Viertel mit rund 17.000 Wohnungen und derzeit knapp 40.000 Einwohnern, wie auch die Gropiusstadt mit rund 18.500 Wohnungen und 37.000 Einwohnern, wurden zwischen 1962 und 1975 errichtet, nachdem der Mauerbau mangels Möglichkeiten für ein Flächenwachstum der Stadt eine deutliche Verdichtung der Wohnbebauung erforderlich machte. Weshalb gerade die Gropiusstadt mit bis zu dreißig Etagen viel stärker in die Höhe wuchs als es vom Namensgeber, dem Bauhaus-Architekten Walter Gropius, eigentlich geplant war. Beide Siedlungen galten lange Zeit als „soziale Brennpunkte". Nicht zuletzt die aus der Gropiusstadt stammende Christiane F. (*Wir Kinder vom Bahnhof Zoo*) machte das Viertel und seinen zweifelhaften Ruf bundesweit bekannt.

Doch dann wurde vonseiten der Politik mit Erfolg an Verbesserungen dieser „Brennpunkte" gearbeitet. In der Gropiusstadt wurden 1986 durch erhebliche Investitionen markante Wohnumfeldverbesserungen erreicht. Nach Gropius' ursprünglichen Vorstellungen wurden das öffentliche Grün deutlich aufgewertet und die Plätze umgestaltet. Gezielte Maßnahmen wie etwa die Eröffnung von Jugendclubs und die Einführung von Quartiersmanagement verbesserten das Angebot und die Lebensqualität für die Bewohner signifikant.

Nach der Wende kam für die Gropiusstadt ein Knick. Der Bundeszuschuss für die Berliner Städtebauförderung entfiel, und zudem sank die Nachfrage nach Wohnungen dort erheblich, da man ja nun auch ins Umland ziehen konnte. In dieser Zeit kamen viele Zuzügler aus Osteuropa, der Ausländeranteil stieg insgesamt rasant an.

Seit 2001 braucht man keinen Wohnberechtigungsschein mehr für den Bezug der Wohnungen, was die Attraktivität der Gropiusstadt wieder erheblich gesteigert hat. Die Leerstandsquote liegt hier heute nach den Angaben der Wohnungsbaugesellschaft degewo – eine der Haupteigentümerinnen – im einstelligen Bereich. Und es ging weiter mit der Aufwertung: Seit 2004 verkauft die Wohnungsbaugesellschaft GEHAG Wohnungen vor allem an internationale Investoren. Weitere Baumaßnahmen unterstützten die positive Entwicklung, wie etwa die Überdachung plus Erweiterungsbauten an der Johannisthaler Chaussee, wodurch hier ein Einkaufszentrum von überregionaler Bedeutung entstanden ist. Heute gehören die Gropius-Passagen mit über 85.000 Quadratmetern Einkaufsfläche zu den größten Einkaufszentren Deutschlands.

Im Märkischen Viertel wurde seinerzeit die Planung von der Umsetzung überholt, denn die Anzahl der Wohnungen und damit der Einwohner stieg ungleich schneller an, als der Ausbau der Infrastruktur dem Rechnung tragen konnte. Schnell erarbeitete sich das Märkische Viertel ein massives Imageproblem. Hinzu kam, dass sich Ende der 1960er-Jahre die Auffassungen von Stadtplanung gründlich wandelten und die Idee der Retortensiedlung plötzlich als überholt galt.

Die soziale Entwicklung verlief tatsächlich problematisch, denn die Einwohner stammten häufig aus zum Abriss bestimmten

Altbauten der Innenstadt und hatten ihren vertrauten Kiez verlassen müssen. Damit ließen sie auch ihre sozialen Bindungen zurück und vereinsamten im neuen, anonymen Umfeld. Im Märkischen Viertel häuften sich dann die Selbstmorde, was das Image des Viertels weiter schädigte. Angeblich soll es damals für Touristen sogar organisierte Busfahrten durch das Problemviertel gegeben haben. Sozusagen Favela-Sightseeing auf Berlinerisch.

Aber auch hier konnte die negative Entwicklung durch Verbesserungen der Infrastruktur gestoppt werden. Zum 40-jährigen Jubiläum des Märkischen Viertels lag die durchschnittliche Wohndauer inzwischen bei stolzen 17 Jahren, und auch die Kinder der Erstbezieher bleiben in der Siedlung wohnen. Heute zählt das Märkische Viertel nicht mehr zu den „sozialen Brennpunkten" Berlins.

Es gibt in Berlin also Beispiele für Trabantenstädte, die ähnlich weit vom Zentrum entfernt liegen wie die Trabantenstädte von Paris, etwa Clichy-sous-Bois, Aulnay-sous-bois, Neuilly-sur-Marne oder Le-Blanc-Mesnil. Doch deren Probleme wurden in Berlin frühzeitig erkannt und in den Griff bekommen. Wenn es in Berlin „Banlieue-Probleme" gibt, dann nicht in seinen architektonisch völlig typischen Großwohnsiedlungen, sondern im gewachsenen Baubestand bestimmter Stadtteile wie Kreuzberg, Neukölln, Wedding, Moabit, auch Spandau.

QUARTIERSMANAGEMENT ALS INSTRUMENT DER BÜRGERBETEILIGUNG

Schon um die Jahrtausendwende sind wir Entwicklungen von ganzen Stadtbezirken hin zur drohenden Verwahrlosung mit Instrumenten wie dem Quartiersmanagement begegnet, um eine gesunde soziale Mischung wieder herzustellen und bereits gekippte Gebiete aufzurichten. Mit dem Städtebauförderungsprogramm „Soziale Stadt" unterstützt auch der Bund seit 1999 die Stabilisierung und Aufwertung städtebaulich, wirtschaftlich und sozial benachteiligter und strukturschwacher Stadt- und Ortsteile. Quartiersmanagement ist eines der Konzepte, um einer Konzentration von Armut und Arbeitslosigkeit, einer allzu hohen Fluktuation bei den Mietern, um äußerer Verwahrlosung von Gebäuden und Flächen, nicht zuletzt einem Mangel an Infrastruktur- und Freizeiteinrichtungen zu begegnen. Fördermittel aus dem Programm „Soziale Stadt" werden gezielt für die Verbesserung der Lebenssituation vor Ort eingesetzt und sollen nachhaltige und stabilisierende Entwicklungsprozesse auslösen. Dazu werden Vorort-Büros eingerichtet, die mit den Verwaltungsbereichen auf Bezirks- und Senatsebene zusammenarbeiten. Es geht ganz konkret um Bildung, Integration und Nachbarschaft. Bei allen Entscheidungen wird darauf geachtet, die Akteure vor Ort und die Bewohner möglichst umfassend einzubinden.

Das Quartiersmanagement hat vielerorts in überraschender Weise relativ schnell gegriffen, nicht nur im Märkischen Viertel und in der Gropiusstadt, sondern etwa auch in Nord-Neukölln, einem der innerstädtischen „Problemviertel" Berlins. Dort wohnen Menschen aus 160 Nationen. Rund 40 Prozent der über 300.000 Einwohner sind entweder eingewandert oder stammen aus einer Einwandererfamilie. In einigen Kiezen wachsen sogar 80 Prozent der Jugendlichen unter 18 Jahren in Einwandererfamilien auf. In den 1960er-Jahren zogen vor allem türkische Familien nach Neukölln, in den 80er- und 90er-Jahren lösten Familien aus dem arabischen Raum sie ab, darunter viele Bürgerkriegsflüchtlinge aus dem Libanon. Neukölln war ein Brennpunkt, was man lange nicht so recht wahrhaben wollte. Auch dass da kaum noch ein Mensch lebte, der seine Miete selbst gezahlt hat, wollten wir lange nicht sehen.

Seit 1999 haben wir dort das Quartiersmanagement etabliert, aufgeteilt in elf Gebiete. Davon liegen zehn im Norden des Bezirks. Ende 2016 wurde das Quartiersmanagement am Reuterplatz aufgegeben, denn das Gebiet gilt inzwischen als erfolgreich umgewandelt und seine Strukturen gelten als verstetigt. Das Prinzip Quartiersmanagement funktioniert. Und zwar mancherorts überraschend schnell. So schnell, dass es auch in diesem Fall schon nicht mehr allen passt. Denn auch in viele Neuköllner Altbauten sind nach der Jahrtausendwende Musiker, Künstler und Lebenskünstler gezogen. Irgendwann erfand jemand für einige Straßenzüge südlich des Herrmannplatzes (der nahe der Grenze von Kreuzberg und Neukölln liegt) den Neologismus „Kreuzkölln". Und heute befinden etliche, die da vor zehn Jahren teils noch Mietverträge mit 4,50 Euro kalt pro Quadratmeter unterschrieben haben, ihr Kiez sei nun auch gentrifiziert.

Zur insgesamt positiven Entwicklung von Nord-Neukölln hat auch wesentlich beigetragen, dass es gleich nebenan, in Kreuzberg, mit den Jahren schicker und teuer wurde. Wollte man das böse formulieren, könnte man sagen: Da hat die eine Welle der Gentrifizierung nördlich des Landwehrkanals eine andere auf der Südseite angeschoben. Denn in den benachbarten Stadtteilen Kreuzberg und Friedrichshain wurde das Wohnen allmählich teuer, daher wich man gern nach „Kreuzkölln" aus. Es war also eine Kombination des vonseiten der Politik organisierten Quartiersmanagements mit der Aufwertung der Nachbarkieze, die Nord-Neukölln wieder auf die Beine gebracht hat. Stadtpolitik ist eben hochkomplex.

Instrumente wie das Quartiersmanagement bieten immerhin gewisse Chancen der Gestaltung, denn man kann damit

Entwicklungen aufhalten oder im günstigsten Fall sogar umkehren. Eine optimale, hundertprozentige Durchmischung kann man durch dieses Steuerungsinstrument allerdings niemals erreichen. Eine prosperierende Stadt wie Berlin bleibt ohnehin ständig in Bewegung, weil sich die Leute eigenständig bewegen und im Laufe ihres Lebens unterschiedliche Bedürfnisse entwickeln. Wer als junger Mensch multikulturelle Buntheit sucht, zieht nach der Geburt des ersten Kindes dann eben doch gern ins Grüne oder in eine bürgerliche Gegend, wo in den Grundschulen der Migrantenanteil unter 50 Prozent liegt.

DAS GESPENST DER GENTRIFIZIERUNG

In der Geschichte von Großstädten gab es nirgendwo und niemals eine durch und durch konsequente soziale Durchmischung, sondern immer besondere Quartiere mit spezifischem Einwohnerprofil. Immer schon herrschte in großen Städten unter den Bewohnern die Tendenz, sich in bestimmten zeitlichen Zyklen zu sozialen und ethnischen Gemeinschaften zusammenzutun. Der Ausländeranteil in den Innenstadtbezirken von Berlin ist heute noch so hoch, weil, wie gesagt, dort einst die Mieten besonders niedrig waren. In den 1960er- und 70er-Jahren wollten die alteingesessenen Berliner einfach nicht mehr in diesen Altbauten im dritten Hinterhof ohne Bad mit Außentoilette wohnen. Sie sind damals deshalb in die Neubaugebiete gezogen, nach Reinickendorf ins Märkische Viertel oder nach Neukölln, in die Gropiusstadt oder nach Lichtenrade oder Marienfelde. Die dort in den 60er- und 70er-Jahren entstandenen Wohnbauten konnten die Flucht aus den Altbauten kompensieren, während dorthin dann Menschen nachgerückt sind, die keine hohen Ansprüche hatten.

Das waren die ersten Generationen von Gastarbeitern, die sich gezielt zusammentaten und dann nach und nach ihre eigene Infrastruktur entwickelten. Solche Wanderungs- und Wandlungsprozesse sind normal und vonseiten der Politik nur begrenzt steuerbar.

Zu diesen Wandlungsprozessen gehört auch umgekehrt die starke Aufwertung eines einst minderen Viertels – die viel zitierte Gentrifizierung. Leider gibt es in Berlin Beispiele für krasse Formen dieses sozialen Verdrängungswettbewerbs. Zum Beispiel der begehrte Prenzlauer Berg: Nach der Wende war das Viertel in einem absolut erbärmlichen Zustand. Aber die nahezu komplett erhaltene, damals dem Verfall nahe Bausubstanz wurde sehr schnell zum boomenden Betätigungsfeld der Sanierer, Makler und Käufer. Systematisch wurde von den Maklern Quadrat für Quadrat abgearbeitet. Heute sind weite Teile komplett kernsaniert, die Mieten sind explodiert, und Eigentum ist heute in den beliebten Ecken unbezahlbar geworden. Inzwischen herrscht so eine Art Monokultur von Besserverdienenden mit Hang zu legerer Aura. Die Gentrifizierung frisst sich nun langsam weiter in den Osten vor, auch die Gegend hinter dem Thälmann-Park, bis vor Kurzem noch eine raue Ecke, in der es neben den Altbau-Straßenzügen und der denkmalgeschützten Bruno-Taut-Siedlung auch jede Menge Platte gibt, wird jetzt langsam schick.

Es ist in der Tat einer der Grundkonflikte unseres Gesellschaftssystems, der in der Frage des bezahlbaren Wohnraums in attraktiven Städten nicht nur Berlin auf die Probe stellt. Denn natürlich können wir nicht im Immobilien-Bereich kurzerhand die Marktwirtschaft abschaffen. Und doch wäre es partiell wünschenswert, denn schließlich ist es eines der elementarsten Bedürfnisse des Menschen, eine vernünftige Wohnung, ein Dach über dem Kopf zu haben, und dafür nicht mehr als ein Viertel bis ein Drittel seiner Einkünfte zu bezahlen. Auf der anderen Seite kann auch nicht jeder einen Anspruch darauf erheben, ausgerechnet im schicken Kollwitz-Kiez zu wohnen.

Ich bin in dieser Frage ehrlich gesagt hin und her gerissen. Die knallharte Verdrängung alteingesessener Bürger und Normalverdiener zugunsten durchreisender Hipster und die explosionsartig steigenden Kosten widerstreben mir ebenso wie eine marktfeindliche Überregulierung.

Auch wenn sich solche Entwicklungen aus guten Gründen nur bedingt steuern lassen, muss die Stadtpolitik die begrenzten Möglichkeiten der Einflussnahme unbedingt bis zum Letzten ausschöpfen. Das bedeutet vor allem, dass städtische Eigentumsbestände nicht weiterhin veräußert werden dürfen, sondern dass diese so abgesichert werden, dass etwa ein Drittel der Wohnungen subventioniert werden können. Nur so kann man einen Teil des Wohnraums in einem Preissegment halten, das auch ein Durchschnittsverdiener bedienen kann.

Bestimmte Formen der Verdrängung sind in einer sich entwickelnden, boomenden Stadt – wohlgemerkt, in vernünftigen Grenzen! – meiner Meinung nach zu akzeptieren. Es ist nicht zuletzt in gewisser Weise auch ein Spiegel der Tatsache, dass Berlin heute wirtschaftlich wieder viel besser dasteht. Und parallel zum Aufwärtstrend der Mieten steigen auch die Einkommen in Berlin. Ebenso steigen die Mieten in Berlin von einem viel niedrigeren Niveau aus als in anderen Städten Deutschlands. Man denke nur an München, Hamburg, Frankfurt, Düsseldorf oder Köln. Dort ist Wohnen immer noch teurer als im hippsten Kiez von Berlin.

Aber wir haben auch eine große Anzahl von Menschen in Berlin, die an den Einkommenssteigerungen bestimmter Berufsgruppen eben nicht teilhaben. Und um diese Menschen muss die Stadt sich gezielt kümmern. Das bedeutet zum Beispiel, systematisch und verstärkt günstigen Wohnraum für Studenten zu schaffen, um diese Gruppe aus dem normalen Wohnungsmarkt herauszuhalten. Ich halte das für sinnvoller, als gezielt Objekte aus dem normalen Wohnungsmarkt zu subventionieren.

Das Studentenwerk, das in Berlin die Studentenwohnungen verwaltet, ist lange Zeit mit 10.000 zu vergebenden Wohnungen ausgekommen. Heute brauchen wir mindestens 15.000, wenn nicht 20.000 Studentenwohnungen, damit sich die Lage spürbar entspannt. Inzwischen ist der Bau von 5000 neuen Studentenwohnungen auf den Weg gebracht. Wenn aber die Bedarfsanalyse auf 20.000 benötigte Wohnungen kommt, muss man eben dahingehend planen. Diese Wohnungen dürfen nicht gewinnorientiert vermietet werden, damit Studenten die Möglichkeit erhalten, vielleicht nicht direkt in der Mitte der Stadt, aber noch relativ zentral eine preiswerte Unterkunft oder kleine Wohnung zu mieten.

Das würde den willkommenen Entlastungseffekt nach sich ziehen, dass um kleine, bezahlbare Wohnungen in der Stadt nicht weiterhin Studenten mit Rentnern konkurrieren. Auch um ältere Menschen muss sich die Stadt kümmern, damit diese so lange wie möglich in ihrem Kiez wohnen bleiben können. Zu diesem Punkt müssen wir uns gesellschaftlich und politisch noch etwas wirklich Sinnvolles einfallen lassen. Pauschale Subventionierung scheint mir jedenfalls nicht der richtige Weg zu sein.

Alle diese Punkte, also das Bremsen der Gentrifizierung, Wohnraum für Studenten und die Förderung von günstigem Wohnraum auch für die ältere Generation, sind nur gezielt und mit Fingerspitzengefühl anzugehen. Große und grobe Lösungen kann es dafür nicht geben. Nur gezielte Steuerungen, Akzente und Impulse. Das ist eben die Kunst.

Früher oder später wird das auch Reinickendorf, Teile von Spandau, Zehlendorf und Dahlem betreffen, die bislang noch die Heimat einer besonderen Spielart des mittleren Berliner

1984 beim Deutsch-Amerikanischen Freundschaftstag auf der Trabrennbahn: Ein namentlich leider nicht mehr zu ermittelnder Traber präsentiert den frisch gewählten Tempelhofer Bezirksstadtrat für Volksbildung und Kultur. Mit dreißig wurde ich in dieses Amt (und damit zu Berlins jüngstem Stadtrat) gewählt. Eine meiner Aufgaben in dieser Funktion war es, bei einem Promirennen teilzunehmen. Die Einladung war mit der Bedingung verbunden, ein paar Trainingseinheiten zu absolvieren – im Interesse der Pferde! Morgens um sechs ging's in den Sulky … Ein ausgemachter Fan des Reitsports wurde ich dadurch nicht.

Die fünf Spitzenkandidaten für die Wahlen zum Berliner Abgeordnetenhaus am 21. Oktober zu Gast bei Maybrit Illner (3. v. l.) in der Livesendung *Berlin Mitte*: Sibyll Klotz (Bündnis 90 / Die Grünen), Frank Steffel (CDU), meine Wenigkeit, Gregor Gysi (PDS) und Günter Rexrodt (FDP). Nach dem Ende der Großen Koalition stand ich als Regierender Bürgermeister einem rot-grünen Übergangssenat unter Duldung der PDS vor. Die Auflösung des Abgeordnetenhauses und mithin Neuwahlen hatten wir direkt nach meiner Wahl beschlossen.

Gerhard Schröder war damals zunächst nicht sehr begeistert von unserem Zusammengehen mit der PDS, das die SPD für eine Senatsbildung nach den Neuwahlen für »nicht wünschenswert, aber auch nicht auszuschließen« erklärte. Die einzig mögliche, noch weniger wünschenswerte Alternative wäre eine Neuauflage der gerade geplatzten Großen Koalition gewesen. Auf seiner Rede auf dem Landesparteitag am 8. Juli warb Schröder öffentlich um Verständnis für eine Zusammenarbeit mit der PDS. Es gehe um die Zukunft der Stadt, »da muss man auch eigene Bedenken zurückstellen«. Er selbst hätte eine »Ampel« bevorzugt. Christine Bergmann, seine damalige Bundesministerin für Familie, Senioren, Frauen und Jugend (»Gedöns«), konnte ihn aber schließlich überzeugen, dass das mit FDP und Grünen in Berlin nicht zu machen war.

Kein Monarchist der ersten Stunde, aber von Kindesbeinen an ein Fan von Königin Elisabeth II. von England. Am 27. Mai 1965 besuchte die Queen erstmals Berlin, für die seit knapp vier Jahren geteilte Stadt war das ein herausragendes Ereignis. Und ich (12) war mit selbst gestaltetem Begrüßungsposter dabei. Bei ihrem Besuch 2004 konnte ich das Foto leider nicht finden und der Queen nur davon erzählen. Gleichwohl hatte sie großen Spaß an der Geschichte – wie sie im persönlichen Umgang abseits der Kameras überhaupt einen sehr ausgeprägten Humor besitzt und das Protokoll manchmal Protokoll sein lässt: 2015, ich war schon gar nicht mehr im Amt, war ich zum Sommerfest des Britischen Botschafters geladen. Alle zum Shakehands vorgesehenen Gäste standen bereit, als die Queen und der Bundespräsident auf mich zukamen, um spontan Smalltalk zu machen. Sogar an die Story mit obigem Foto erinnerte sie sich – das ich leider schon wieder nicht dabei hatte …

3. November 2004: Zusammen mit dem britischen Architekten David Chipperfield (r.) durfte ich Königin Elisabeth II. durch das frisch sanierte Neue Museum führen. Anschließend sind wir noch mit einem Panoramazug nach Potsdam gefahren. Abends, beim Festkonzert in der Philharmonie, war es dann erstaunlich zu sehen, wie selbst Spitzenpolitiker, Stars und andere alte Hasen des Protokolls der Queen mit einem Respekt begegnen, als seien sie Teilnehmer eines Debütantenballs.

22. September 2011: Papst Benedikt XVI. trägt sich vor dem Olympiastadion ins Goldene Buch der Stadt ein. Das Oberhaupt der römisch-katholischen Kirche stattete der Bundesrepublik Deutschland vom 22. bis 25. September einen Staatsbesuch ab. An der Heiligen Messe, die er am Abend im Olympiastadion zelebrierte, nahmen 61.000 Menschen teil.

12. Juli 2001: Keine vier Wochen im Amt, durfte ich den damaligen Generalsekretär der Vereinten Nationen, Kofi Annan (M.), in Berlin empfangen. Hier stehen wir auf dem Leipziger Platz vor einem Segment der Berliner Mauer. Die drei von dem iranischen Künstler Kani Alavi gestalteten Teile mit dem Titel *Ost-West-Dialog* hatte der Senat dem Bundestag vermacht, dessen Präsident Wolfgang Thierse (SPD, r.) sie wiederum der UNO symbolisch zum Geschenk machte. Leider gab es dann noch einen etwas hässlichen Urheberrechtsstreit mit dem Künstler, aber heute stehen die Mauersegmente vor dem UNO-Hauptquartier in New York.

22. Mai 2002: Mit US-Präsident George W. Bush (l.) und Bundeskanzler Gerhard Schröder in der »Leselounge« des Restaurants Tucher am Brandenburger Tor. Das Protokoll hatte signalisiert, der Präsident habe bereits in der Air Force One gegessen. Kombiniert mit dem Wunsch des Kanzlers nach einer Currywurst war somit das tagelang ausgetüftelte Menu des Hauses buchstäblich vom Tisch. Bush stand dann allerdings spontan der Sinn nach Apfelstrudel, den die zuvor vom Secret Service peinlichst gecheckte Küche des Tucher nicht auf der Karte hatte. Also musste der »Apple Pie« mit großem Getöse aus dem schräg gegenüber liegenden Hotel Adlon herbeigeschafft werden, wo Bush auch logierte. Natürlich redet man auch bei so einem informellen Treffen über Weltpolitik. Wobei ich, ohne ins Detail zu gehen, eine gängige Annahme bestätigen kann: So manche Auffassung, die Bush da vertreten hat, war schon … nun ja … interessant. Zwei anderen Vorurteilen muss ich dagegen widersprechen: Er ist im persönlichen Umgang ungemein freundlich, charmant und warmherzig. Und er war über Berlin sehr gut gebrieft.

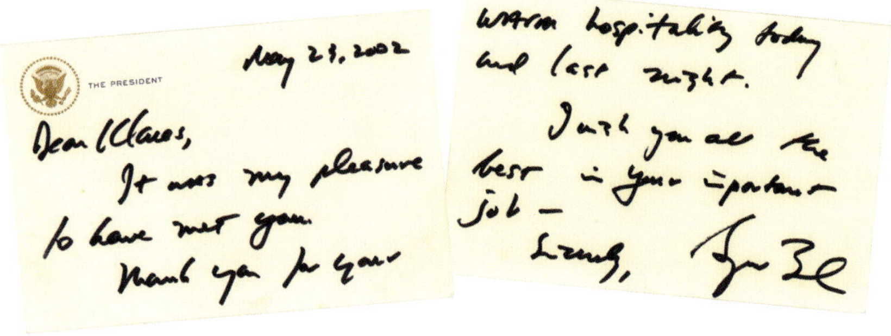
THE PRESIDENT

May 23, 2002

Dear Klaus,
It was my pleasure to have met you.
Thank you for your warm hospitality today and last night.
I wish you all the best in your important job –
Sincerely, George Bush

»Lieber Klaus, es war mir ein Vergnügen, Sie zu treffen. Vielen Dank für Ihre warmherzige Gastfreundschaft am heutigen Tag und am gestrigen Abend. Ich wünsche Ihnen alles erdenklich Gute für die Führung Ihres bedeutenden Amtes, herzlich George Bush.«

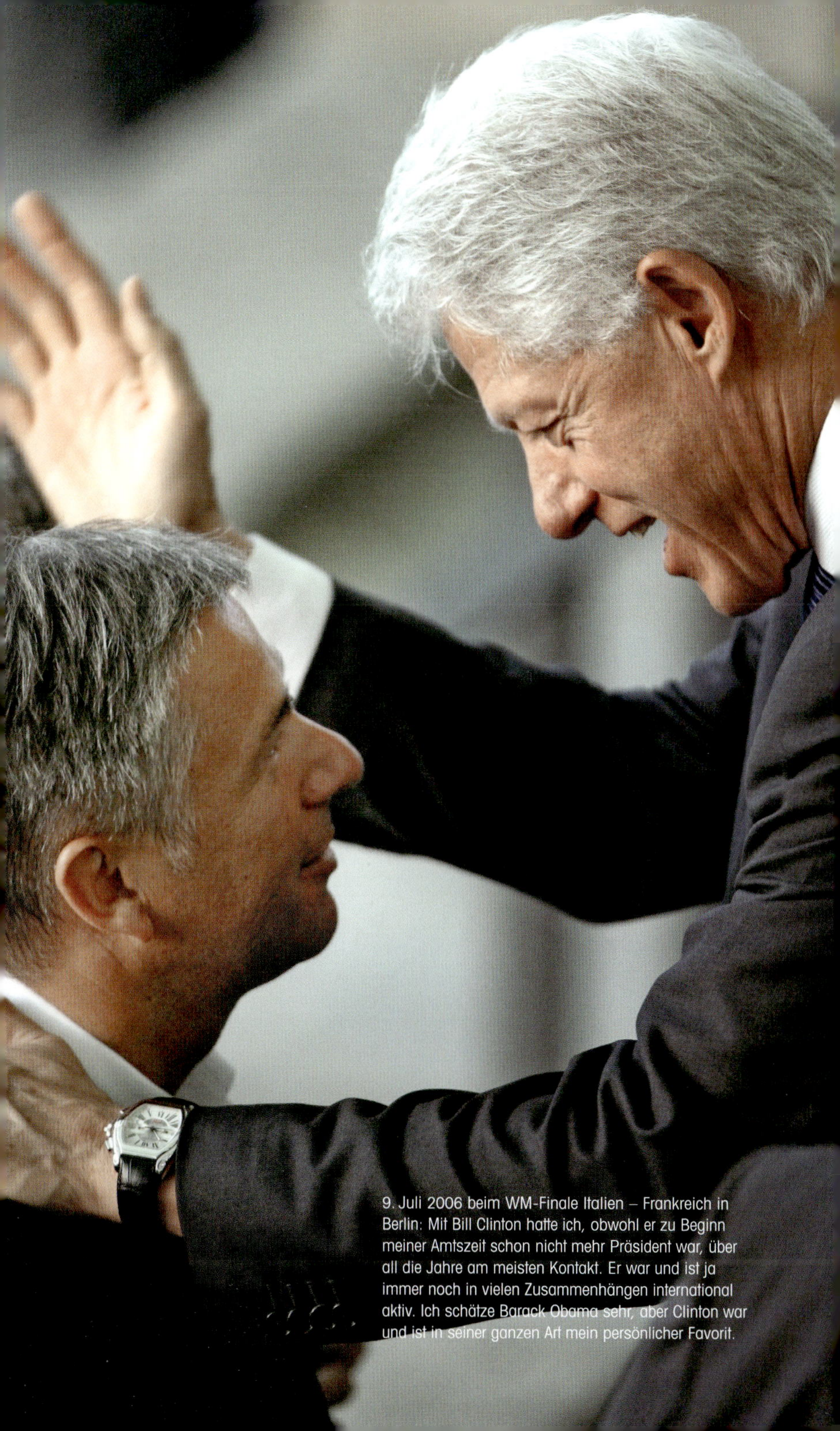

9. Juli 2006 beim WM-Finale Italien – Frankreich in Berlin: Mit Bill Clinton hatte ich, obwohl er zu Beginn meiner Amtszeit schon nicht mehr Präsident war, über all die Jahre am meisten Kontakt. Er war und ist ja immer noch in vielen Zusammenhängen international aktiv. Ich schätze Barack Obama sehr, aber Clinton war und ist in seiner ganzen Art mein persönlicher Favorit.

November 2006: Mit dem Modedesigner Karl Lagerfeld bei der Eröffnung seiner Fotoausstellung »One Man Show« in der c/o Galerie in Berlin-Mitte.

15. Dezember 2001: Berlin, glamourös und pompöös. Mit Gina Lollobrigida und Harald Glööckler bei der »Pompöös«-Modenschau im Hotel Adlon.

9. Mai 2003: Nein, das ist nicht Kent Nagano! Mit dem Schauspieler Jackie Chan auf dem Berliner Gendarmenmarkt bei einer Drehpause seiner Jules-Verne-Verfilmung *In 80 Tagen um die Welt.*

10. Juli 2008: Wowereit trifft Wowereit. Eine Woche zuvor hatte das Wachsfigurenkabinett Madame Tussauds Unter den Linden seine weltweit achte Niederlassung eröffnet. Ich finde, dass mein Doppelgänger ein klein wenig sauertöpfisch guckt.

2001 beim Wahlkampf in Mitte.
Ob Sie es glauben oder nicht,
auch privat benutze ich im Kiez
häufig mein Rad.

August 2001: Beim Kiezspaziergang in Kreuzberg, hier mit Schülern bei der Hausaufgabenhilfe des Türkischen Elternvereins in der Oranienstraße. In Deutschland ist der Schulerfolg so stark von der sozialen Herkunft abhängig wie in kaum einem anderen westlichen Land. Defizite – nicht zuletzt bei der Lese- und Sprechkompetenz im Deutschen – durch gezielte Förderung auszugleichen, ist darum eine zentrale Herausforderung für Pädagogik und Bildungspolitik. Was allerdings nur funktioniert, wenn Elternhäuser und Eigeninitiativen wie der Türkische Elternverein kräftig mit an diesem Strang ziehen.

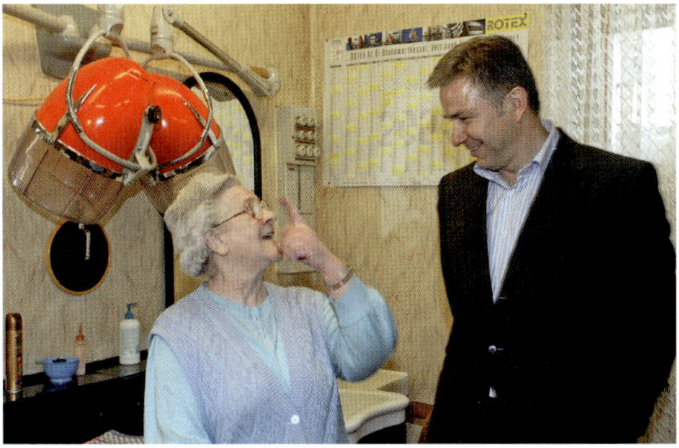

Am 19. Mai 2004 im Moabiter Beussel-Kiez, einem der weniger glamourösen Viertel der Stadt. Hier unterhalte ich mich mit Friseurmeisterin Elfriede Hilderich in ihrem Salon. Uns Politikern wird ja oft vorgeworfen, wir hätten keine Ahnung vom Leben, von den Sorgen und Nöten des normalen Bürgers. Richtig ist daran höchstens: Als »Regierender« kann ich bei »Außenterminen« nicht mit jedem eine halbe Stunde reden. Da geht es mir aber nicht anders als Ihnen, wenn Sie nach einem Fest merken, dass Sie einen Großteil ihrer Gäste nur begrüßt und verabschiedet haben. Tatsächlich hört ein Politiker unterm Strich Geschichten, Meinungen und auch Sorgen von sehr viel mehr Menschen als der Durchschnittsbürger. Schon weil die meisten Bürger ein starkes Bedürfnis haben, uns Politikern ihre Geschichten, Meinungen und Sorgen mitzuteilen. Wollten wir Ihnen und ihren Alltagsproblemen aus dem Weg gehen, wären wir Landschaftsmaler geworden.

5. September 2008: Mit Angela Merkel besuche ich während ihrer »Bildungsreise«, auf der sie für mehr Investitionen in diesem Bereich warb, das Bildungswerk in Kreuzberg (BWK). Neckische Idee der Fotografen dazu: »Lassen Sie doch mal die zwei Vögelchen schnäbeln!« Die Objekte hatten uns die Auszubildenden zuvor geschenkt. Da muss man als Politiker durch, selbst wenn man weiß, dass die Leser am Ende mehr zu lachen haben als wir. Immer noch besser als Pumps plus Schampus …

Am 19. Juni 2013, einem der heißesten Tage jenes Sommers, mit US-Präsident Barack Obama und Bundeskanzlerin Angela Merkel vor dem Brandenburger Tor. Wenn ein US-Präsident öffentlich auftritt, dann werden ja nicht nur die Kanaldeckel zugeschweißt, auch das handverlesene Publikum muss sich peniblen Sicherheitskontrollen unterziehen. Da haben Bund, Stadt und hiesige Polizei absolut nichts zu melden. Und es dauert – weshalb die Leute eh schon zwei Stunden in der Sonne schmorten. Zu allem Überfluss war dann auch noch Obamas Teleprompter defekt, weshalb seine Rede erst noch ausgedruckt werden musste. Der Präsident, die Kanzlerin und ich warteten im Empfangsraum der Commerzbank neben dem Brandenburger Tor. Eine knappe halbe Stunde ungeplante Auszeit, in der wir uns wirklich zu dritt, ohne Übersetzer oder Stäbe, unterhalten konnten. Nicht, dass man da die schwierigsten Themen der Weltpolitik bespricht, aber purer Smalltalk war es auch nicht. Mein Eindruck: Dieser Präsident hatte eine klare Agenda, von der er zutiefst überzeugt war. Doch nach seiner Wiederwahl ein halbes Jahr zuvor war ihm klar, dass er all die in ihn gesetzten, innen- wie außenpolitischen Erwartungen unmöglich erfüllen konnte.

Sommer 2008: 100 Jahre »Pfalztreffen« der SPD. Neben mir der damalige So-grade-noch-SPD-Vorsitzende Kurt Beck und seine ebenfalls aus der Pfalz stammende designierte Nach-Nach-Nach-Nachfolgerin (zwei »Kommissarische« unterschlagen) Andrea Nahles. Den Bodyguards im Hintergrund schwant wohl, dass derlei Parteifolklore nur bedingt lustig ist.

2002 hat mein damaliger Pariser Amtskollege Bertrand Delanoë (vorn in der Mitte) alle Hauptstadt-Bürgermeister der europäischen Staaten eingeladen, die am 1. Januar des Jahres der Eurozone beigetreten waren. Bei diesem Kollegentreffen war ich (hinter Delanoë in zweiter Reihe) gerade ein Jahr im Amt.

27. April 2010: Anlässlich des 90. Geburtstages von Richard von Weizsäcker (1920–2015) hatte ich die ehemaligen Regierenden Bürgermeister Berlins zum Mittagessen ins Rote Rathaus geladen. Von links nach rechts: Walter Momper, Klaus Schütz (1926–2012), Richard von Weizsäcker (1920–2015), Klaus Wowereit, Dietrich Stobbe (1938–2011) und Eberhard Diepgen.

Nach dreizehneinhalb Jahren Amtszeit als Regierender Bürgermeister von Berlin und nach dreißig Jahren als Vollzeit- und Vollblutpolitiker musste ich mich ein bisschen an den Ruhestand gewöhnen. Wie in jeder herausgehobenen Stellung, ganz gleich ob in der Wirtschaft, in der Politik, im Kulturbereich, im Showbiz oder im Sport, lassen einen die weiterhin Aktiven schon spüren, dass man jetzt nicht mehr so wichtig ist. Aber das sind am Ende alles nur temporäre Phantomschmerzen. Man steht jetzt halt auf vielen Gästelisten nicht mehr drauf, die zu Amtszeiten »Pflichttermine« waren. Und auf denen, wo einem an der Sache wirklich was liegt, steht man nicht mehr in der ersten Reihe. Kurz und gut: Mit meinem Partner Jörn Kubicki kann ich mir endlich mehr Zeit fürs »wahre Leben« nehmen. Derzeit bewegt uns unter anderem die Frage, ob uns Hüte wirklich stehen.

Bürgertums sind. Diese Stadtteile sind aus dörflichen Strukturen hervorgegangen. Man findet dort noch die alten Kirchen aus Feldstein und Häuser, die rund um den Dorfanger gruppiert sind. Diese Eigenheit kleinstädtischer oder dörflicher Strukturen gerade an der Peripherie des Stadtgebiets ist typisch für Berlin.

Ich habe ja selbst fünfzig Jahre lang in Lichtenrade gelebt, wo nach wie vor diese typische Dorf-Struktur zu erkennen ist und diese sich aufgrund der Mauer halten konnte. Um dieses „Dorf" gruppiert sich wiederum ein Gürtel von Einfamilienhäusern. Später kamen die großen Neubaugebiete hinzu, die auf den Feldern errichtet wurden, dort, wo ich früher als Kind gespielt habe. So konnte ein Viertel wie Lichtenrade innerhalb von kürzester Zeit auf eine Bevölkerungszahl von jetzt über 50.000 anwachsen. Der Charakter des Viertels hat sich durch dieses Wachstum natürlich stark verändert. Aber die dörfliche Struktur bildet noch immer den Kern von Lichtenrade.

In Berlin wurde – gerade noch rechtzeitig – entschieden, dass landeseigene Grundstücke nicht mehr nur möglichst gewinnbringend an den Meistbietenden verkauft werden, sondern auch sozialen Zwecken zu dienen haben, zum Beispiel dem Bau von preisgünstigen Wohnungen. So hat es der Senat 2012 beschlossen.

Verkauft werden sollen nur noch jene Grundstücke, für die „keine fachpolitische oder stadtpolitische Perspektive identifiziert wird". Erklärtes Ziel ist eine transparente Liegenschaftspolitik, die umfangreiche Leitlinien zum künftigen Umgang mit landeseigenen Grundstücken vorsieht. Es geht hierbei um eine nachhaltige Stadtentwicklungspolitik mit langfristig-strategischer Ausrichtung. Dabei sollen freilich auch fiskalische Ziele nicht ganz vergessen werden, die Erlöse für den Landeshaushalt durch Grundstücksverkäufe erzielen. Daneben ist aber ausdrücklich auch eine Wertschöpfung durch die Realisierung wirtschafts-, wohnungs-, kultur- und stadtentwicklungspolitischer Ziele vorgesehen. Das heißt verständlicher gesagt, dass auch Kultureinrichtungen mit kleinem Budget oder Genossenschaften und landeseigene Wohnungsbaugesellschaften eine Chance im Wettbewerb um ein landeseigenes Grundstück haben, und so der Bau von günstigen Mietwohnungen ermöglicht wird.

Eine Portfolioanalyse seitens der Berliner Immobilienmanagement GmbH (BIM) bestimmt, wie mit landeseigenen Grundstücken umgegangen werden soll, also ob Berlin sie behalten soll, oder ob sie verkauft werden können. Der sogenannte Portfolioausschuss – aus Vertretern der Fachverwaltungen, Bezirke und Finanzverwaltung – clustert das Liegenschaftsvermögen des Landes nach zukunftsorientierten Schwerpunkten. Dabei sollen die Grundstücke identifiziert werden, die nicht zum Verkauf stehen, weil sie perspektivisch für die Daseinsvorsorge vorgesehen sind und zurückgehalten werden. Will sagen, in einem stark wachsenden Bezirk wie etwa Pankow wird eine Brache bewusst zurückgehalten, weil dort voraussichtlich später einmal eine Schule gebaut werden muss.

Generell ist das Ziel der Politik, pro Jahr etwa 10.000 neue Wohnungen zu bauen. Das ist im Sinne der Bürger, auch wenn es durchaus Widerstände gegen die wachsende Zahl der Kräne gibt. Grundsätzlich sind zwar alle dafür, dass neue Wohnungen gebaut werden. Aber nach Möglichkeit nicht vor der eigenen Haustür. Da hätte man dann doch lieber eine Grünfläche. Oder Schrebergärten.

Dass Städte immer Veränderungen unterliegen, ist kein Berliner Phänomen. In Berlin kann und konnte man aber manchmal regelrecht dabei zusehen, wie die sprichwörtliche Karawane weiterzieht. Beispiel Kurfürstendamm: Hier ließen sich sehr schön die in schneller Folge sich bewegenden Zyklen von „in" und „out" über die letzten 25 Jahre beobachten. In den ersten Jahren nach der Wende war die Flaniermeile des alten Westens mit ihren altmodischen Cafés und Schaufenstern ziemlich weit unten, während sich Mitte rasant entwickelte. Dann kam das Café-Sterben, die legendären Häuser Kranzler und Möhring gaben auf. Am Ende sorgte das Kino-Sterben für den Rest. In dieser Zeit verlor der obere Ku'damm seinen Glamour, es kamen Billigläden, die feineren Geschäfte setzten sich in die Seitenstraßen ab, die einstige Prachtmeile wurde gewöhnlich. Dann die Kehrtwende: Als sich der erste große Boom von Mitte und der Trend Richtung Osten gelegt hatten, als auch Charlottenburg wieder „angesagter" war, da legte auch der Boulevard wieder zu. Seitdem fressen sich die Flagship Stores der internationalen Edelmarken erneut Richtung Zoo vor. Von dorther kontern das sanierte Bikini-Haus und die beiden neuen Hotel- und Bürotürme am Breitscheidplatz. Der Abriss weiterer Ramschimmobilien direkt am Gleisbogen der Stadtbahn wird diese Entwicklung beschleunigen. Ergebnis: So elegant wie heute war der Ku'damm wohl noch nie. (Aber ein Prachtboulevard wie die Pariser Champs-Élysées oder die Wiener Ringstraße – das war er eben auch nie.)

Am wechselhaften Schicksal des Ku'damms offenbaren sich einmal mehr die Grenzen der Steuerbarkeit der Entwicklung. Theoretisch hätte man ja durchaus anfangen können, die Kinos zu subventionieren, um sie zu erhalten. Was wir in der Zeit der Digitalisierung der Kinotechnik mit den Programmkinos teilweise auch tatsächlich gemacht haben. Programmkinos systematisch zu unterstützen, halte ich generell für sinnvoll. Aber ein Kino, das bloß aktuelle Mainstream-Filme zeigt, muss ohne Hilfe wirtschaftlich laufen. Ob die Betreiber das mit 20 Sälen und einem Dutzend Popcorn-Ständen schaffen oder mit Liegesesseln und Petit Fours, ist eine betriebswirtschaftliche Frage. Blockbuster zu subventionieren, um den Niedergang des Ku'damms ein bisschen aufzuhalten, das wäre keine Lösung gewesen. Natürlich hat man damals mit Sorge beobachtet, wie es mit dem Ku'damm bergab ging. Wie traditionsreiche Geschäfte abwanderten und die Billigläden einzogen. Aber die Politik kann ja nicht hingehen und sagen: Hier hätten wir gerne dieses Geschäft und dort jenes. Und der Ramschladen verzieht sich gefälligst in den Wedding. Letztlich ist es eben eine Marktfrage.

Wenn ein Eigentümer eines Ladens (viel) mehr Miete erzielen kann, wenn eine große internationale Kette einzieht, dann muss er halt abwägen. Es bleibt seine Entscheidung, ob derjenige den Zuschlag bekommt, der fast jeden Preis zu zahlen bereit ist. Oder ob er doch lieber seinen bisherigen Mieter behält, den alteingesessenen Einzelhändler, den er persönlich seit Jahrzehnten schätzt und der seiner Meinung nach einfach auf den Ku'damm gehört. Kurz- und mittelfristig kann keine Politik derartigen Strukturwandel im Handel aufhalten. Langfristig wird sich zeigen, wie wichtig es auch Konsumenten aus aller Herren Länder ist, wenn sie nicht nur an den Adressen auf ihren Shopping-Quittungen erkennen, ob sie in New York, Paris, Berlin, Moskau oder Shanghai waren.

Und manchmal gibt es schmerzhafte Kompromisse: Seit über einem Jahrzehnt ist klar, dass das „Ku'damm-Karree" eine heruntergewirtschaftete Bausünde der frühen 1970er-Jahre ist. Alle Versuche, die niedrigen, verwinkelten und mies beleuchteten Ladengassen zu reanimieren, waren gescheitert. Voll war es stets nur in den beiden Unterhaltungsbühnen, in der Komödie und dem Theater am Kurfürstendamm. Jahrelang tobte darum um diese Institutionen ein erbitterter Streit, der im

Februar 2017 endlich gelöst wurde: Die beiden historischen Säle werden nun doch abgerissen. Dafür wird im neuen Ku'damm-Karree zumindest eine neue Bühne entstehen. Die neue Eigentümerfirma des Karrees zahlt die auf 10 bis 15 Millionen Euro geschätzten Baukosten für das neue Theater. Die Jahresmiete für den Betreiber beider Theater soll bei 800.000 Euro liegen. Mit einer Summe in dieser Größenordnung will die Landesregierung den Theaterbetrieb künftig fördern, hat Kultursenator Lederer angekündigt. Eine erhebliche Erhöhung, denn zuvor lag der Zuschuss bei 230.000 Euro pro Jahr.

Doch auch dieser mit viel gutem Willen herbeigeführte Kompromiss ist ein schwieriger. Immerhin werden die in den 1920er-Jahren für Max Reinhardt erbauten, geschichtsträchtigen Säle geopfert. Weil man es früher versäumt hatte, sie unter Denkmalschutz zu stellen, muss man jetzt in diesen sauren Apfel beißen. Der neue Theatersaal wird auch nicht mehr ebenerdig liegen – aber es wird einen repräsentativen Zugang direkt vom Boulevard geben. Mehr war, so unschön das viele finden mögen, nicht drin.

Wenn heute mehr und mehr Normalität in diese Stadt mit ihrer alles andere als normalen Geschichte zurückkehrt, dann wird das begrüßt. Man feiert die Internationalisierung, die Start-ups, den neuen Glanz im alten Westen, den Charme der sanierten Altbauten, insgesamt die Professionalisierung der Stadt. Zugleich wird die Kehrseite dieser Normalität beklagt: Die veränderte Mieter- und Mietkostenstruktur, eine manchmal tatsächliche, manchmal auch nur vermeintliche „Gentrifizierung", der Verdrängungswettbewerb. Ich denke, so lange diese Entwicklungen nicht explodieren und ins Aberwitzige wachsen wie etwa in London, Paris oder auch in München, wo Menschen mit normalem Verdienst die Mieten im Stadtzentrum schon lange nicht mehr bezahlen können, so lange ist die Entwicklung in Berlin normal. Diese Entwicklungen haben nicht nur Städte wie München und Hamburg, sondern auch Hannover schon alle hinter sich.

Dass die Menschen angesichts der Mietenentwicklung in einer sich rasant wandelnden Großstadt wie Berlin nicht unruhig werden, ist im Übrigen nicht nur eine Frage von Infrastruktur- und Wohnungsbaupolitik. Es ist vor allem auch eine Frage von Arbeitsmarktentwicklung, Arbeitsmarktpolitik und nicht zuletzt von Tarifpolitik. Mir ist klar, dass das Dinge sind, die man nicht per Verwaltungsverordnung lösen kann – mit Berliner Verwaltungsverordnungen schon gleich gar nicht. Die Grundformel für bezahlbare Mieten und eine sozial ausgewogene Bevölkerungsstruktur in einer Stadt ist aber im Grunde ganz einfach: Jede Berufsgruppe, deren Leistungen die Bewohner einer Stadt in Anspruch nehmen möchten, muss sich das Leben in dieser Stadt leisten können. Es geht nicht an, dass ein Projektmanager im Prenzlauer Berg mit etwas Geduld eine schöne große Wohnung findet, die Verkäuferin im Supermarkt aber eineinhalb Stunden pendeln muss. Dass Ärztinnen an der Charité Mitte-Mieten zahlen können, Krankenpfleger aber nicht. Das Problem ist: An diesem Strang müssen ziemlich viele Entscheidungsträger – nicht nur in der Politik – in die gleiche Richtung ziehen. Darum war die Etablierung eines Mindestlohns so ein enorm wichtiger Schritt. Sozialpolitik kann am Ende nur die – möglichst wenigen – verbliebenen Härten ausgleichen. Was sie auf keinen Fall kann, ist die Berliner Mieten auf Dauer und flächendeckend auf das Level des Gelsenkirchener Mietspiegels heruntersubventionieren.

Und es sind auch kleinere Zielgruppen, wie Künstler, nicht zu vergessen. Sie brauchen ein Künstlerförderprogramm und weiterhin bezahlbare Ateliers in der Stadt. Um zu arbeiten, aber auch, weil gerade Künstlerinnen und Künstler ganz wichtig für Berlin sind. Sie tragen zum lässigen, kreativen Klima der Stadt bei. Die Kunst wird zunehmend auch zum Wirtschaftsfaktor, man denke nur an das „Gallery Weekend", das zu Tausenden solvente Sammler in die Stadt lockt. Oder die neue Messe „art berlin", die aus dem Stand erfolgreich war. Eine Kunststadt ohne Künstler ist witzlos. Es ist deswegen wichtig, dass die Stadt Objekte wie alte Fabriken oder Manufakturen nicht allesamt an Investoren verhökert, die dann dort die immer gleichen Outlet Stores unterbringen. Sondern dass wir solche Objekte auch kreativen Zwecken zur Verfügung stellen. So etwas ging früher und so etwas geht heute auch noch. Es gibt leer stehende Betriebe, die sich für (sozio)kulturelle Zwecke anbieten. Man muss da nur entschieden vorgehen.

In den letzten Jahren gibt es in Berlin einen Trend, der sich selbst zu überholen scheint. Die Stadt wächst und wächst. Dieses ungebremste Wachstum war, wie schon gesagt, nicht erwartbar. Sonst hätte es in den 1990er-Jahren nicht so viele Privatisierungen öffentlicher Liegenschaften gegeben. Man kann behaupten, wir hätten es damals übertrieben mit dem Privatisieren. Dazu kann ich nur sagen: Aus damaliger Sicht nicht, denn es gab 150.000 leer stehende Wohnungen in Berlin. Aus heutiger Sicht sage ich, dass zu viel privatisiert wurde. Damals war aber überhaupt nicht erkennbar, dass Berlin so eine Bevölkerungsentwicklung erleben würde. Nach den Analysen war ein Bestand von 270.000 bis 300.000 öffentlich geförderten Wohnungen völlig in Ordnung – plus die Genossenschaftswohnungen, die noch dazuzurechnen sind und auf die die Politik einen Einfluss hat. Das ist zusammen über ein Viertel des gesamten Wohnungsbestandes, der nicht gewinnorientiert ist!

Damals schien es uns also, dass wir mit diesen Zahlen ausreichend gewappnet sind. Heute wissen wir: Die Stadt wächst viel dynamischer. Dieser Irrtum ist zu korrigieren, denn man kann ja auch heute wieder mehr Wohnungen dazukaufen, als Korrektiv zu den Tendenzen der Verteuerung. Die Stadt engagiert sich in dieser Hinsicht deswegen auch wieder stärker als in der Vergangenheit. Unsere Wohnungsbaugesellschaften kaufen dazu. Und sie bauen neu.

Das bedeutet allerdings auch, dass man den Menschen die Vorstellung immer wieder deutlich ausreden muss, dass es bei öffentlich geförderten Wohnungen niemals Mieterhöhungen geben werde. Wie im Paradies. Das kann natürlich nicht sein. Denn diese Wohnungen müssen zwar keine fetten Profite abwerfen, aber auch reine Kostenmieten müssen sich rechnen. Sonst werden wir eine zwar stark verlangsamte, aber am Ende kaum weniger dramatische Entwicklung erleben wie in der ehemaligen DDR. Dort hat der Staat – aus zunächst ja durchaus nachvollziehbaren, wenn nicht gar ehrenwerten Motiven – seinen Bürgern das Wohnen quasi geschenkt. Bis er selbst pleite und große Teile des Bestandes im Wortsinne ruiniert waren. Wenn zu viele öffentlich geförderte Wohnungen gebaut werden, gibt es außerdem plötzlich sehr viele neue Privilegierte. Nämlich die, die in bester Lage sehr viel weniger Miete zahlen als ihre Nachbarn, die an ihren privaten Hausbesitzer die ortsüblichen Mieten abdrücken müssen. Das kann es dann ja auch nicht sein. Es geht also um Augenmaß.

PROBLEMKIEZE UND „CLAN-VIERTEL"

Wer von den Chancen der Großstadt spricht, darf von deren Problemen nicht schweigen. Und wer den Wandel begrüßt, der darf keine Käferhaltung annehmen, wenn sich zeigt, dass

Wandel nicht nur Fortschritt, sondern manchmal auch Rückschritt ist. Ja, eine Metropole wie Berlin zieht auch Kriminalität an, und bestimmte Spielarten finden sich eher in großen Städten als in kleinen. Wie steht es wirklich um Berlin? Gibt es sogenannte No-go-Areas, in die sich die Polizei nicht mehr hineintraut? Beherrscht die Libanesen-Mafia Neukölln, die Russen-Mafia Charlottenburg? Und müssen auch italienische, griechische oder asiatische Wirte und Geschäftsinhaber Schutzgeld an kriminelle Landsleute abdrücken?

Natürlich gibt es Bandenkriminalität und mafiöse Strukturen in Berlin, das ist so wie in anderen großen Städten. Das will ich gar nicht kleinreden. Der größte Teil dieser Kriminalität spielt sich in den eigenen Reihen ab. Davon kriegt der Normalbürger wenig mit. Aber: Kriminalität ist überall auf der Welt in erster Linie ein soziales, kein ethnisches Problem.

In sozial schwachen Bezirken ist traditionell die Kriminalität höher als in sozial befriedeten Gegenden. Wenn sich aber in solchen ohnehin schwierigen Bezirken auch noch ethnische Monokulturen bilden, kann es schnell dahin kommen, dass solche Viertel sich verselbstständigen, indem Clans oder Gruppen die Kontrolle übernehmen und irgendwann sogar die Ordnungskräfte nichts mehr zu sagen haben. Das sind Subkulturen, die man nur beschönigend noch als Parallelgesellschaft bezeichnen kann. Es dominieren knallharte Machtstrukturen.

Sprichwörtlich sind in Berlin seit Jahren die Libanesen-Clans, auch Libanesen-Mafia genannt. Diese Großfamilien treiben zwar nicht nur in Berlin ihr Unwesen, sondern auch im Ruhrgebiet und in Bremen, aber allein in Berlin schätzt man, dass es zwölf bis vierzehn solcher Clans mit mehreren Tausend Familienmitgliedern gibt. Acht bis zehn von ihnen sind kriminell, vor allem in den Bereichen Drogenhandel, Schutzgelderpressung, illegaler Handel mit Tabak und Medikamenten, Einbruch, Raub und Hehlerei. Das schmutzige Geld wird unter anderem im Gebrauchtwagenhandel, in Shisha-Bars, Restaurants, Sportwetten-Lokalen, Spielcasinos und mit Immobiliengeschäften im Libanon gewaschen.

Die meisten dieser Clans haben, was nur wenig bekannt ist, ursprünglich kurdische Wurzeln und stammen aus dem türkischen Südostanatolien. Von dort zogen sie in den Libanon, wo sie der Krieg Anfang der 1980er-Jahre wieder vertrieb. Viele gingen nach Deutschland und wanderten als Asylbewerber ein. Andere Clans kamen in der Zeit als staatenlose Palästinenser aus dem Libanon, die Söhne der Einwanderer haben heute einen deutschen Pass.

Die Clans teilen das Geschäft straßenweise auf und bilden geschlossene Zirkel, die undurchlässig für V-Leute der Polizei sind. Daher ist dem Problem nur sehr schwer beizukommen. Zumal das Gesetz es bislang noch unmöglich macht, den Clan-Mitgliedern, die häufig Hartz IV beziehen, bei Razzien das ergaunerte Bargeld abzunehmen. Denn dazu müsste die Polizei nachweisen können, dass das Geld aus illegalen Quellen stammt, was in der Regel sehr schwer bis unmöglich ist. Hier könnte nur ein neues Gesetz helfen, das die Umkehr der Beweislast ermöglicht. Das allerdings wäre ein dramatischer Eingriff in eines der Grundprinzipien des Rechtsstaates. Mithin ein Notstandsgesetz.

Die Clans sind vor allem im Wedding, in Moabit, Neukölln-Nord, Kreuzberg Süd-Ost und Schöneberg-Nord tätig. Wenn es einmal in einem Kiez zu solchen Clanbildungen mit kriminellen Strukturen gekommen ist, ist es höchst schwierig, diese Verhältnisse wieder zu domestizieren. Die Clans entziehen sich dem Zugriff der Ordnungskräfte, und alle weiteren Anwohner spielen das Spiel irgendwie mit. Im Grunde muss man nur den

Film (oder den Roman) „Der Pate" kennen, dann weiß man, wie und großteils auch warum das so läuft.

Diesen Parallelsystemen kann man meiner Meinung nach auf lange Sicht nur begegnen, indem man ihnen den Nährboden entzieht, auf dem sie zuverlässig gedeihen: Arbeitslosigkeit, mangelnde Bildung und unzureichende (nicht selten auch verweigerte) Integration. Es ist keine Neuigkeit, dass nur diejenigen auf der Straße oder in einschlägigen Lokalen herumhängen, die keine Arbeit haben. Langeweile und Perspektivlosigkeit machen aggressiv und anfällig für Verführungen aller Art, vom Drogenkonsum bis zur (Klein)-Kriminalität. Wer arbeitslos ist, ordnet sich auch eher autoritären Familien- oder Clanstrukturen unter, als jemand, der einen Job hat und Kontakte außerhalb der Familie knüpft. Clans sind eine Flucht aus der Einsamkeit der Nicht-Integrierten und Isolierten. Sie bieten klare Führungsstrukturen und Hierarchien und schaffen so eine zweifelhafte Ordnung im Leben der eigentlich Entwurzelten. Mithin, ich wiederhole das gern, stehen auch bei den Problemen der No-go-Areas, der Clan- und Sippenstrukturen auskömmliche, legale Jobs an erster Stelle möglicher Lösungsstrategien. Daneben sind aber natürlich trotzdem sowohl Sicherheits- als auch Ordnungspolitik gefordert, um die Probleme in den Griff zu kriegen. Alle drei Kräfte müssen ineinandergreifen. Ein Ansatz wie das bewährte Quartiersmanagement ist nicht möglich. Da haben wir alle Akteure an einen Tisch gesetzt: die Schulen, die Kitas, das Polizeirevier, die Wohnungsbaugesellschaft und den Einzelhandel, die Bewohner.

Aber in kriminellen Clanstrukturen kommt man natürlich mit runden Tischen und Gesprächen nicht weiter. In diesen Gegenden muss erst einmal dafür gesorgt werden, dass die Ordnungskräfte wieder zum Zuge kommen. Wir dürfen nicht mit übertriebenem Verständnis alles rechtfertigen, was dort geschieht. Allerdings: Eine erhöhte Präsenz von Ordnungshütern ist eben sehr personalintensiv. Doch an bestimmten Schwerpunkten wie dem Alexanderplatz oder dem Breitscheidplatz, am Kottbusser Tor oder im Görlitzer Park ist sie meiner Meinung nach wirklich angezeigt. In dieser Hinsicht ist in der Vergangenheit sicherlich zu wenig gemacht worden.

Das ist das eine. Das zweite ist, dass die Strukturen der Großkriminalität und der Bandenkriminalität teilweise international und technologisch bestens ausgerüstet sind. Dagegen kommt man mit einer normalen Polizeitätigkeit kaum an. Um sinnvoll gegen die internationale Kriminalität anzukämpfen, braucht es Spezialeinheiten, die diesen Strukturen nicht zuletzt technologisch auf Augenhöhe begegnen können.

Abgesehen von der beschriebenen tatsächlichen Lage beschleicht mich der Verdacht, dass eine Menge Bedrohungsszenarien dann aber doch überwiegend in den Köpfen stattfinden. Und die jüngeren Entwicklungen sind unbedingt genauer zu betrachten, denn man darf die unmittelbaren Auswirkungen der jüngsten Migrationszuwächse auf keinen Fall mit alten, sozusagen hausgemachten Problemen vermischen.

Im Endeffekt führt das zu den gleichen Ängsten wie eine reale Bedrohung. Wenn Bürger sich nicht mehr in bestimmte Gegenden trauen, ist es gleichgültig, ob es da objektiv gefährlich ist oder ob das Gefahrenszenario eine subjektive Vorstellung ist. Ich behaupte, dass es objektiv ganz wenige Bereiche in Berlin gibt, die man als No-go-Area bezeichnen kann. Es gibt ohne Zweifel in einigen Gegenden mafiöse Strukturen und kriminelle Clans. Aber es gibt keine Stadtteile, die man gänzlich meiden muss, weil sie komplett von kriminellen Banden und Clans kontrolliert werden.

WEM GEHÖRT DER GÖRLITZER PARK?

Ein Beispiel dafür, was in einer Metropole passieren kann, die nicht nur nette Leute anzieht, ist der Görlitzer Park in Kreuzberg. Dort hat sich seit Jahren die Dealerszene ausgebreitet und den Park zu Berlins Drogenumschlagplatz Nummer eins umfunktioniert. Die Konflikte mit Familien, die rund um den Park wohnen und ihn als Erholungsfläche brauchen, sind vorprogrammiert. Den Park teilen sich Junkies, Dealer mit breitem Angebot, Rentner, Familien, Anwohner und Touristen, Jogger, Radfahrer und Kinder. Die Probleme sind längst bekannt, aber die Strategien der Politik konnten bislang nur wenig bewirken.

Seit November 2017 darf im Park wieder gekifft werden und der Besitz von kleineren Mengen Cannabis ist straffrei. Zwei Jahre lang hatte im Görlitzer Park die Null-Toleranz-Regel gegolten: Das Rauschgift war beschlagnahmt und der Besitz strafrechtlich verfolgt worden. Doch nun gilt im „Görli" wieder die berlinweite Eigenbedarfsregelung: Konsum und Besitz von bis zu 15 Gramm Cannabis sind straffrei. Innensenator Andreas Geisel (SPD) hat die Aufhebung der strengen Regelung der Vorgängerregierung damit begründet, dass eine nachhaltige Verbesserung durch diese Strategie nicht eingetreten sei. Obwohl es mit der strengen Regelung vermehrt zu Razzien im Park gekommen war und regelmäßig Polizisten patrouillierten. Die Folge war nur, dass sich das Problem verlagerte. Denn die Dealer standen nun einfach ein paar Meter weiter zwischen den Wohnhäusern.

Inzwischen setzt Kreuzberg auf ein Konzept, das gemeinsam mit den Anwohnern entstanden ist: Es gibt einen Parkmanager, der im Verbund mit zwölf Parkläufern präsent ist und das Gespräch sucht. Damit soll die Kriminalität reduziert werden.

Und einige Bürger fühlen sich jetzt tatsächlich durch die Präsenz des Parkmanagements subjektiv sicherer.

Tatsächlich soll sich laut Polizei sowohl die Zahl der Dealer als auch die Zahl der Straftaten reduziert haben. Von Januar bis September 2017 wurden demnach 251 Gewaltdelikte angezeigt, im Jahr 2016 waren es im gleichen Zeitraum noch 321. Raubüberfälle und Diebstähle gingen von 720 auf 465 Fälle zurück, und in Sachen Drogenkriminalität wurden 311 Fälle im Jahr 2016, 2017 nur noch 122 Fälle dokumentiert. Ähnlich verhält sich der positive Trend laut Statistik auch an anderen Berliner Brennpunkten wie dem Kottbusser Tor und der Warschauer Brücke.

Die Frage ist allerdings, inwieweit diese neuen Zahlen wirklich die Realität abbilden. Denn sie könnten sich auch mit schwacher Polizeipräsenz vor Ort erklären. Wo weniger Polizisten unterwegs sind, werden Straftaten auch seltener angezeigt. Selbst, wenn die Zahlen stimmen: auch 251 Gewaltdelikte sind noch 251 zu viel!

In weiten Teilen der Bevölkerung herrscht Unverständnis dafür, dass der Staat offenbar nicht in der Lage ist, diese Probleme konsequenter zu lösen. Die Bürger haben den Eindruck, dass der Staat, die Stadt Berlin ohnmächtig ist und offenbar resigniert hat. Dieses Gefühl der Resignation erzeugt Politikverdrossenheit oder befördert sie zumindest.

Um nicht missverstanden zu werden: Es ist keineswegs so, dass ich das Konzept für den Görlitzer Park mit dem Parkmanager grundsätzlich für völlig verfehlt halte. Mir ist auch durchaus klar, dass man gesellschaftliche Probleme wie den Drogenkonsum und -handel nicht von heute auf morgen lösen kann und mit einem radikalen Ausräuchern eines Drogenumschlagplatzes nur erreicht, dass sich die Szene an einen anderen Ort verlagert. Aber ich kann die kriminellen Strukturen und Begleitumstände florierender Drogenplätze auch nicht einfach hinnehmen und muss akzeptieren, dass die Menschen solche Probleme direkt vor ihrer Haustür als Bedrohung empfinden.

Die Probleme mit der Drogenszene sind keineswegs neu, sie fallen nur heute stärker ins Gewicht, weil sie sich mit anderen Problemen in fataler Weise summieren. Während meiner ganzen Amtszeit war die Drogenpolitik mit ihren Problemstellungen eigentlich permanent ein Thema. Ich denke, es liegt an der steigenden gesellschaftlichen Nervosität, dass das Thema heute ungleich kontroverser diskutiert wird und der Erregungspegel weitaus höher schnellt als noch vor zehn Jahren. Was auch daran liegen mag, dass mit der wachsenden Flüchtlingsproblematik ähnliche Ängste angesprochen werden, die sich dann gegenseitig hochschaukeln. Außerdem haben sich die Probleme früher in Berlin mehr verteilt. Je mehr die Stadt sich aber verdichtet, desto deutlicher werden die Konflikte sichtbar.

Auch unabhängig von dieser neuerlichen Verschärfung ist die Drogenpolitik ein Thema, an dem man sich die Zähne ausbeißen kann. Ich habe das für mich noch nicht abschließend gelöst. Über lange Zeit habe ich die Arbeit der Drogeneinrichtungen in Berlin ganz dicht mitverfolgt. Zum Beispiel die Drogenhilfe Tannenhof in Lichtenrade, die für einen sehr rigorosen Kurs steht. Das heißt, der Tannenhof verfolgt einen abstinenz-orientierten Ansatz und ist strikt gegen die Freigabe von Drogen und die Verabreichung von Methadon oder anderen Ersatzdrogen. Kritiker halten diesen harten Kurs für nicht mehr zeitgemäß. Ich denke, es spricht einiges für diese Kritik. Der Cannabisgebrauch ist in vielen gesellschaftlichen Kreisen fast so selbstverständlich geworden wie ein gelegentlicher Schnaps nach dem Essen. Der Joint gehört dazu, ohne dass sich die Konsumenten als gesellschaftliche Outsider oder sogar kriminell definieren würden. Denn ihr Leben wird in keiner Weise von diesem – gemäßigten – Drogenkonsum beeinträchtigt.

Es spricht viel dafür, bestimmte gesellschaftliche Realitäten und Veränderungen anzuerkennen. Ich finde es auch richtig, dass die Kriminalisierung von Cannabis-Besitz für den eigenen Bedarf aufgehoben wurde.

Die Diskussion ist alt und nach wie vor nicht entschieden: Ist Cannabis eine Einstiegsdroge für Härteres oder nur ein harmloses Genussmittel, das nicht abhängig macht? Für beide Behauptungen gibt es starke Beispiele und Argumente. Ich denke, es ist ganz ähnlich wie mit dem Alkohol: Demnach müsste man Bier als Einstiegsdroge bewerten, während der Bayer darauf bestehen wird, dass Bier ein Grundnahrungsmittel ist. Aber natürlich ist Alkohol eine Droge und tötet wesentlich mehr Menschen als Heroin. Alkohol hat in unserer Gesellschaft jedoch eine lange Tradition und ist akzeptiert. Auch wenn er extrem schädlich sein kann und Alkoholismus quer durch alle gesellschaftlichen Schichten ein ernstes Problem darstellt. Aber wir wissen schon lange, dass Prohibition das Problem nicht löst, sondern durch Kriminalisierung eher verschärft.

Mit diesen Argumenten arbeiten auch die Befürworter der Drogenfreigabe. Ohne Zweifel würde die Beschaffungskriminalität durch eine Freigabe zumindest eingeschränkt. Ich denke, die Lösung könnte vielleicht in einem Kompromiss liegen: nämlich der legalen, kontrollierten Abgabe von Drogen. Zu einer Befürwortung der vollständigen Freigabe kann ich mich nicht durchringen, zumal heute laufend neue, noch härtere, noch gefährlichere Drogen auf den Markt kommen. Die Leute wissen zum Teil gar nicht mehr, was sie da eigentlich nehmen.

Ich finde den Trend insgesamt sehr bedenklich, dass die sogenannte Party-Generation die Wochenenden damit verbringt, sich vollzudröhnen und drei Tage enthemmt durchzutanzen. Das hat nichts mehr damit zu tun, am Wochenende mal einen drauf zu machen und mit einem Schwips nach Hause zu kommen. Mit harten Drogen schießen sich die jungen Leute regelrecht in eine Parallelwelt ab, sie knipsen alles aus für den enthemmten Rausch, so weit weg wie möglich von der Realität. Das ist ein besorgniserregender Trend.

Die Legalisierungsdebatte beim Thema Drogen ist eine gesellschaftliche Diskussion auf einer Meta-Ebene. Ich glaube nicht, dass Politik und Gesellschaft sich in absehbarer Zeit auf eine Freigabe von bestimmten Drogen einigen werden, obwohl es etliche Menschen gibt, die mit legalisierten Drogen vernünftig umgehen könnten und würden. Aber die Frage ist, ob wir es denen, die damit *nicht* vernünftig umgehen, wirklich erleichtern sollen, sich und anderen zu schaden?

Fakt ist, dass das Versteckspiel der Beschaffung heute eben gar nicht versteckt abläuft. An bestimmten U-Bahnhöfen oder eben auch im Görlitzer Park können Normalbürger dabei zusehen. Und dann wundert sich mancher zu Recht, dass die Polizei offenbar nicht eingreifen kann oder will. So entsteht der Eindruck rechtsfreier Räume.

DIE DRITTE GENERATION DER MIGRANTEN

Die Ausländerquote von Berlin ist nicht signifikant hoch, sondern im Vergleich mit anderen Städten eher unterdurchschnittlich. Überrascht? Dennoch lässt es sich nicht verhehlen, dass wir in bestimmten Kiezen inzwischen ein Sonderproblem mit

Zuwanderern aus muslimischen Gesellschaften haben. Dabei ist genau zu differenzieren: Gemeint sind nicht die Türken, die vor zwei Generationen nachgekommen sind, sondern die Zuwanderer aus der jüngeren Zeit und die Türken, bei denen sich jetzt in der dritten Generation Probleme der Integration zurückmelden, von denen wir dachten, dass sie längst erledigt seien.

Es ist leicht nachzuvollziehen, dass Menschen, die aus einem anderen Kulturkreis frisch zu uns kommen, zunächst Probleme mit der Integration haben. Für diese Sachlage gibt es inzwischen viele Hilfestellungen. Sowohl die Bundesregierung als auch die Landesregierung bieten entsprechende Programme an, die von Sprachkursen bis hin zu Fortbildungsmaßnahmen im beruflichen Sektor reichen. Diese Programme wollen die Vorbedingungen schaffen, die Integration überhaupt erst möglich machen, vorausgesetzt, ein echter Integrationswille besteht tatsächlich.

Es gibt unter den Migranten der jüngsten Zeit, aber auch in der dritten Generation der Türkischstämmigen inzwischen jedoch starke Tendenzen, sich gegenüber der westlichen Gesellschaft abzuschotten und innerhalb der Stadtgesellschaft ein Eigenleben zu führen. Bei dieser fatalen Tendenz bildet das Thema Religion zunehmend die treibende Kraft.

In früheren Zeiten spielte Religion bei der größten Gruppe der Migranten, nämlich bei der türkischstämmigen, kaum eine Rolle. Viele türkische Mitbürger, die in den 1970er- bis 1990er-Jahren kamen, waren im Sinne von Atatürk eher Atheisten oder haben ihre Religion nur wenig ausgeübt und keineswegs so streng zelebriert, wie man es heute wieder beobachtet. In den 1970er-Jahren sah man kaum ein Kopftuch in einem türkischen Viertel in Berlin. Damals war aber auch Istanbul noch ein ziemlich säkularer Ort.

Durch die konservativ-muslimische Politik von Recep Tayyip Erdoğan und seiner AKP hat sich nicht nur für die Türken in der Türkei ziemlich viel verändert. Auch hierzulande hat sich eine andere Stimmung in der türkischen Gesellschaft breitgemacht. Eine Stimmung, die zu großen Teilen auf der Seite von Erdoğans abschottender Politik ist und seine großspurigen Gesten und Drohgebärden als Ausdruck von neuer alter Stärke begrüßt.

Zudem hat sich gerade unter den gut ausgebildeten Türken in Deutschland eine unzufriedene Befindlichkeit ausgebreitet, nämlich das tendenzielle Gefühl, irgendwie zu kurz gekommen zu sein. Viele Türken sind zu Recht davon überzeugt, dass sie ihren Beitrag geleistet haben zur Integration, und sie können auch in unzähligen Fällen darauf verweisen, dass sie erfolgreich sind. Aber sie fühlen sich nach wie vor in Deutschland nicht als gleichberechtigt angesehene Mitbürger voll akzeptiert. Diese Unzufriedenheit ist durchaus berechtigt. Denn es gibt sie immer noch genügend, die Ressentiments auf deutscher Seite. Nicht zuletzt die NSU-Verbrechen und ihre schleppende Aufklärung haben ein Licht darauf geworfen, wie schlecht es um die vorurteilsfreie Akzeptanz auf Augenhöhe steht. Die Opfer waren gut integriert und trotzdem massiven Vorurteilen ausgesetzt.

Unzufriedenheit ist der Humus, auf dem bei jungen, in Deutschland geborenen Türken, die noch nie in ihrem Heimatland gelebt haben, der Stolz auf die Türkei wächst und die Verehrung von Erdoğan als starkem Mann gedeiht. Trotzdem wundert mich, dass junge Türkinnen und Türken, die hier eine gute Schulausbildung und Politikunterricht genossen haben, auf Erdoğans brachialen Stil hereinfallen. Da vernebelt der Nationalstolz offenbar den Blick. Und das Bekenntnis zur Religion und zur gesellschaftlich-kulturellen Eigenständigkeit unter ihnen nimmt zu. Sprich, der Separationswille wächst, nicht der Integrationswille.

Die Frage ist, wie es zu dieser problematischen Fehlentwicklung eigentlich kommen konnte. Das Problem der dritten Generation der Türken etwa, die nun wieder in die Moscheen gehen und sich von den Scharfmachern unter den Imamen beeinflussen lassen, ist einerseits nicht wirklich vom Himmel gefallen. Es war andererseits nicht vorauszusehen, dass Erdoğan sich vom fortschrittlichen Heilsbringer zum konservativen Hardliner entwickeln und sich damit auch noch so stabil halten würde. Die Politik muss sich selbstkritisch fragen, ob es bei der deutschen Integrationspolitik nicht doch schwere Versäumnisse gegeben hat.

Ich denke, die Fehler in der deutschen Integrationspolitik haben damit angefangen, dass Integration zunächst einmal gar kein Thema war. Man wollte die Gastarbeiter gar nicht integrieren, und höchstwahrscheinlich sind auch die damaligen Gastarbeiter selbst davon ausgegangen, dass sie bald wieder in ihre Heimat zurückkehren. Den Generalirrtum der damaligen Zeit brachte der Schriftsteller Max Frisch bereits 1965 auf die Formel: „Wir riefen Arbeitskräfte, und es kamen Menschen."

Ein weiterer Kardinalfehler der deutschen Integrationspolitik war, dass lange Zeit geleugnet worden ist, dass Deutschland ein Einwanderungsland ist. Vor allem die CDU hat sich konstant dagegen gesträubt. Wäre es aber früher schon akzeptiert worden, dass wir ein Einwanderungsland *sind*, dann wäre auch die Integrationspolitik ungleich aktiver betrieben worden.

Angela Merkel hat 2010 auf dem Deutschlandtag der Jungen Union den denkwürdigen Satz geäußert: „Der Ansatz für Multikulti ist gescheitert, absolut gescheitert!" Abgesehen davon, dass Frau Merkel sich mit diesem Satz in der Integrationsdebatte hinter Horst Seehofer stellen wollte, der gerade die

Zuwandererdebatte mit einem „Sieben-Punkte-Plan" wieder angefeuert hatte, halte ich diesen Satz für einen fundamentalen Denkfehler. Denn wir sind ja längst eine Multikulti-Gesellschaft, daran kann gar nichts scheitern, weil das schlicht ein Faktum ist. Richtig ist: Es sind eine Menge Fehler gemacht worden.

Und doch gibt es Beispiele für gelungene Integration. Ich erinnere mich an die 1970er- und 1980er-Jahre. Schon damals hat es eine Menge soziale Projekte und Vereine gegeben, die sich engagiert und hervorragende Arbeit geleistet haben. Wir reden heute viel über gescheiterte Integration, aber dass sie in Deutschland millionenfach bereits gelungen ist, ist natürlich ebenso wichtig zu sehen.

Ein Problem, das heute die Integrationsdebatte überlagert und in fataler Weise verschärft, gab es damals nicht einmal im Ansatz: den internationalen Terrorismus im Namen Allahs. Die Angst vor dem Fremden, die vielleicht auch in den besten Jahren der Integration latent war, ist durch den internationalen Terrorismus in eine ganz neue Dimension vorgedrungen. Aus Befremden und Skepsis ist das Gefühl einer monströsen Bedrohung geworden.

Tatsächlich ist genau das ja das Ziel von Terror-Organisationen. Die Anschläge haben alle das gleiche Strickmuster, der Terror wird bewusst in unsere Gesellschaft hineingetragen. Er wurde nicht hier von Migranten geboren, die sich nicht integriert und akzeptiert fühlen, sondern der Fanatismus wird gezielt aus den Ursprungsländern nach Europa exportiert. Und trifft hier leider auf genug orientierungslose Jugendliche, die sich bereitwillig verblenden lassen.

Fanatische Ideologien lassen sich heute auch viel einfacher verbreiten. Durch das Internet und die sozialen Medien sind die

Wege kurz und vor allem extrem schnell geworden. Es sind deswegen nicht nur die Hassprediger in den hiesigen Moscheen, die Fanatismus schüren – jeder kann sich jederzeit mit Gesinnungsgenossen international vernetzen und mit fragwürdigen Informationen versorgen.

Radikalisierte, junge, chancenlose Migranten tragen ihr Anderssein spürbar nach außen, sie grenzen sich bewusst und deutlich erkennbar ab. Und dieser radikale Extremismus breitet sich mit neuer Geschwindigkeit und Flächendeckung aus. Darauf gedeihen Ressentiments – bei Multikulti-Gegnern, Pegida- und AfD-Anhängern. Jene konservativen Bewegungen, die inzwischen überall die Uhren wieder zurückdrehen wollen. In Deutschland ist es die AfD, in Österreich und Frankreich sind es vergleichbare Strömungen, die diesen Zeitgeist aktiv bedienen. Bei allen genannten Bewegungen vom konservativen Islam bis hin zum Front National in Frankreich bleibt es nicht beim freundlichen Wunsch zur Bewahrung, sondern es mischen sich immer aggressivere Töne ins Programm. Diese Leute suchen geradezu die radikale Abgrenzung und die dadurch entstehenden Konflikte.

Es müsste eigentlich auch im Eigeninteresse der integrationswilligen Migranten liegen, innerhalb der eigenen Reihen wachsam zu sein und sich kooperativ mit den deutschen Behörden zu zeigen, schon aus Selbstschutz. Wir erleben derzeit aber meist das Gegenteil. Nicht nur in den Moscheen wird heute massiv die Abgrenzung von der westlichen Lebenskultur gepredigt.

KAPITEL 4

VON ALLEM REICHLICH: KULTUR IN DER HAUPTSTADT

Als ich am 23. November 2006 vom Berliner Abgeordnetenhaus erneut zum Regierenden Bürgermeister gewählt wurde, habe ich auch das Amt des Kultursenators von dem ausgeschiedenen Thomas Flierl übernommen. Mir lag dieses Amt besonders am Herzen, weil die Kultur für Berlin von zentraler Bedeutung ist. Sie steht sozusagen für den Herzschlag der Stadt. Das hat auch mit der bedeutenden kulturellen Vergangenheit Berlins zu tun, aber vor allem mit der Gegenwart, in der sich Berlin als Theater-, Film- und Musikstadt von Weltgeltung behauptet, in der es zunehmend auch in der bildenden Kunst eine Spitzenstellung einnimmt.

Neben meiner schon immer ausgeprägten Kultur-Affinität gab es für mich auch ganz handfeste organisatorische und strategische Gründe für diese „Ämterhäufung". Wir hatten damals eine Verfassung, in der die Zahl der Senatoren auf acht begrenzt war. Dementsprechend schwierig wäre es gewesen, ein eigenständiges Kulturressort zu schaffen. Auf der anderen Seite ist es bei der großen Bedeutung der Kultur für Berlin selbstverständlich, dass die Verantwortung für den Kulturbereich einen eigenen Senator rechtfertigt. Schließlich fordert er auch ziemlich viel Arbeit von den Verantwortlichen. Wenn man sich nur einen groben Überblick über die Kulturlandschaft der Stadt verschaffen will, müsste man eigentlich jeden Tag von morgens bis nachts unterwegs sein. Ich weiß, wovon ich rede! Ich hatte in den Jahren als Kultursenator *und* Regierender Bürgermeister wirklich volles Programm. Es gilt ja zu sehen und zu erleben, was man unterstützt. Und was man immer wieder gegen kulturfeindliche Angriffe von allen Seiten – auch aus den eigenen Reihen! – verteidigen muss. So saß ich gelegentlich fünfmal pro Woche im Theater oder in der Oper und besuchte am Wochenende drei bis vier Vernissagen. Ich konnte zum Glück davon profitieren, dass ich mit kurzen Nächten gut leben und trotzdem leistungsfähig bleiben kann.

Es gibt also in der Kultur wirklich genug zu tun, wenn man nicht nur (den Mangel) verwalten will. Deshalb spricht alles für ein eigenständiges Kulturressort. Von der finanziellen Ausstattung her ist das Ressort, ungeachtet seiner öffentlich wahrgenommenen Wirkung, traditionell leider eher schmal bestückt. Die monetären Gestaltungsmöglichkeiten sind beschränkt, und das politische Gewicht des Senators ist damit begrenzt. Deshalb ist ein Kultursenator zwar für die schönen Dinge zuständig und im Umfeld dieser schönen Dinge öffentlich besonders gut sichtbar. Er hängt aber finanziell ein bisschen in der Luft.

Die öffentliche Sichtbarkeit ist das alles Entscheidende. Kultur soll von der gesamten Stadt – und eben auch vom Senat – wahrgenommen und für wichtig befunden werden. Dann kann man sich mit viel öffentlichem Rückenwind auch beim Finanzsenator durchsetzen.

Seit 1998 war der Berliner Senat von anfangs bis zu sechzehn auf acht Senatoren reduziert worden, erst 2014 wurde nach einer Verfassungsänderung die Höchstzahl der Senatoren wieder auf zehn angehoben. Deshalb gibt es jetzt auch wieder ein eigenständiges Kulturressort. In der damaligen Lage mit acht Senatoren war es in meinen Augen absolut richtig, die Kultur zum Regierenden Bürgermeister zu ziehen. Nicht zuletzt, weil uns auch mit Kulturstaatssekretär André Schmitz jemand zur Verfügung stand, der in hervorragender Art und Weise das tägliche Kulturgeschäft betreut hat und mich als Regierenden Bürgermeister bestens mit eingebunden hat.

Natürlich war die Entscheidung, die beiden Ämter zusammenzuziehen, anfangs umstritten. Einige haben frohlockt, die Kultur werde nun massiv aufgewertet, wenn sie in den Verantwortungsbereich des Stadtoberhaupts wandert. Andere haben das Gegenteil prognostiziert und befürchtet, die Kultur werde dadurch eher degradiert. So wie eben alles, was in Berlin mit Kultur zusammenhängt, immer kontrovers und ideologisch, selten pragmatisch diskutiert wird. Ich glaube, am Ende waren doch alle überrascht, wie gut es funktioniert hat. Und dass die Kultur in dieser Zeit in Berlin sehr sichtbar war.

Dutzende große und Hunderte kleine Kulturinstitutionen und -unternehmen sind ein erheblicher Wirtschaftsfaktor für eine Stadt. Und sie gehören in Berlin zu den wichtigsten Arbeitgebern. Isso! 2013 lag der Anteil der Menschen in Berlin, die in Kulturberufen arbeiten, bei 8,9 Prozent. Das schlägt nicht nur ein ostdeutsches Flächenland wie Sachsen-Anhalt (1,8 Prozent), sondern auch alle anderen deutschen Großstädte um Längen. Dass jeder elfte Berliner „was mit Kultur macht", ist nicht das Ergebnis hoffnungsfroher Selbstetikettierungen, sondern handfester infrastruktureller Fakten.

Es stimmt: Die großen prestigeträchtigen Kultureinrichtungen kosten, aber sie generieren eben auch besagte Arbeitsplätze. Eine

Menge Personal, das mit festen Verträgen dauerhaft an die großen Häuser gebunden ist, wird vom Publikum gar nicht wahrgenommen. Nehmen Sie die Opernhäuser: Allein beim technischen Personal, bei den Werkstätten, der Requisite, den Kostümleuten, der Dramaturgie und der Verwaltung kommen die Opern jeweils auf weit mehr als 500 Arbeitsplätze. Und sonst? Generieren auch kleine(re) Häuser und freie Projekte Jobs. Klar, in der Kulturbranche sind Arbeitszeitmodelle und Tarifstrukturen insgesamt bunter als in der wohlgeordneten Welt der Flächen- und Manteltarifverträge.

Abgesehen von dem für einen Sozialdemokraten sehr wichtigen Aspekt der Arbeitsplätze stellt Kultur unbedingt auch einen Wert für die Gesellschaft im Ganzen dar. Sie strahlt als Kraft in die gesamte Stadt aus und ist Teil des großen Freizeitangebots.

In Berlin gibt es 175 Museen und mehr als 140 Theater. Und alle sind meistens voll. 2016 sahen bzw. hörten über drei Millionen zahlende Besucher Vorstellungen in Berlins öffentlich geförderten Theatern und Konzerthäusern. Die großen Sprechbühnen boten 3763 Vorstellungen für 741.174 Besucher. In den drei großen Opernhäusern besuchten 704.305 Musikfreunde 996 Vorstellungen. Die höchste Auslastung erreichten mit 91 Prozent die 128 Konzerte der Berliner Philharmoniker.

Anders als viele glauben, nehmen die öffentlichen Kulturinstitutionen auch Geld ein. 54 Euro etwa lässt der durchschnittliche Kartenkäufer an der Kasse der Staatsoper. Für im Schnitt 15 bis 20 Euro, den Preis von eineinhalb Kinokarten, können Sie bei einer Vorstellung der Berliner Schaubühne, des Deutschen Theaters oder der Volksbühne dabei sein. Und dort wird ein kleines bisschen mehr Aufwand getrieben, um den Zuschauern einen interessanten, erbaulichen, unterhaltsamen, verstörenden – manchmal auch ärgerlichen – Abend zu bereiten. Aber klar, kostendeckend können diese Hochburgen der Kultur bei diesen Preisen natürlich nicht arbeiten. 288 Euro legt der Berliner Steuerzahler darum im Schnitt auf jede verkaufte Karte der Staatsoper drauf, rund 180 Euro sind es an der Komischen und der Deutschen Oper. Bei den Sprechtheatern wird jedes Ticket im Durchschnitt mit 120 bis 140 Euro „subventioniert".

Die freie Szene wäre nicht die freie Szene, wenn sie zu hundert Prozent subventioniert wäre. Dann wären auch die künstlerischen Ergebnisse ganz andere, nämlich institutionalisiert. Was bitte nicht bedeutet, dass hier gekürzt werden darf! Denn auch in die freie Szene fließen öffentliche Gelder. Wir halten fest: Kultur kostet.

Einen Beweis dafür, dass die Sphären zwischen subventionierter Hochkultur und freier Szene längst durchlässig geworden sind und Berlin in dieser inzwischen überall zu beobachtenden Entwicklung als Trendsetter vorangegangen ist, liefert etwa die Karriere von Sasha Waltz. 1993 gründete sie ihre Tanzcompagnie „Sasha Waltz & Guests", 1996 eröffnete sie mit den Sophiensälen eine Spielstätte in freier Trägerschaft. 1999 wechselte sie – neben Thomas Ostermeier – zum ersten Mal als Künstlerische Leiterin ins Lager der öffentlich geförderten Berliner Kulturinstitutionen, nämlich an die Schaubühne. Nachdem sie 2004 die Schaubühne verlassen hatte, arbeitete sie wieder mit großem Erfolg als freie Choreografin und erarbeitete sich internationales Renommee. 2019 wird sie erneut an eine staatlich geförderte Leuchtturm-Institution wechseln: Sie wird dann gemeinsam mit Johannes Öhmann das Staatsballett Berlin übernehmen, die bislang vom klassischen Spitzentanz bestimmte Compagnie an der Staatsoper Unter den Linden. Diese Entscheidung ist nach wie vor umstritten, und ob das Experiment gelingen kann, eine avantgardistische Choreografin als Kopf einer klassischen

Compagnie zu etablieren, wird sich zeigen. Ich bin, ehrlich gesagt, skeptisch. Nicht zuletzt, weil man nicht einfach über die ganze Truppe (und gegen ihren Widerstand) hinweg einen totalen Paradigmenwechsel verordnen kann

Ein zweites Beispiel für den Trend, dass die institutionalisierten Kulturtempel ihre Impulse aus der freien Szene beziehen und deren Protagonisten übernehmen, ist Shermin Langhoff. Die Theatermacherin und Kuratorin arbeitete in der freien Szene unter anderem am HAU (Hebbel am Ufer), mit Fatih Akin, Nurkan Erpulat und dem Theaterkollektiv Rimini Protokoll. Von 2008 bis 1013 war sie Chefin vom Ballhaus Naunynstraße in Kreuzberg, und von da aus wechselte sie ans traditionsreiche, öffentlich subventionierte Gorki-Theater in Mitte. 2016 erhielt sie mit Jens Hillje den Theaterpreis, 2014 war das Gorki „Theater des Jahres".

Man kann natürlich unmöglich alles, was sich selbst als Kultur bezeichnet, öffentlich finanzieren. Ich finde auch, dass nicht jeder, der malt und sich als Künstler definiert, automatisch Anspruch auf staatliche Unterstützung haben sollte. Manches entwickelt sich – gerade in der Kreativszene – offenbar auch von alleine. Beispiel bildende Kunst. Es ist großartig, dass so viele Künstler in den letzten Jahren nach Berlin gekommen sind. Das Phänomen hat sich geradezu sprunghaft entwickelt.

Zu den Künstlern von internationaler Weltklasse, die heute in Berlin leben und arbeiten, zählen beispielsweise Ai WeiWei oder Olafur Eliasson. Und der Kunstmarkt zieht mit. Was sich allein in der Galerieszene in den letzten 15 Jahren getan hat, ist regelrecht atemberaubend. Obwohl es ein offenes Geheimnis ist, dass die Galerien in Berlin nicht das große Geld verdienen, weil die solventen Sammler nach wie vor eher im Rheinland oder in Baden-Württemberg wohnen und kaufen. Spricht man aber etwa mit der renommierten Galerie Konrad Fischer, die vor fünfzig Jahren in Düsseldorf gegründet wurde und seit Jahren auch in Berlin präsent ist, dann heißt es: Das Geld verdienen wir in Düsseldorf, aber in Berlin *müssen* wir präsent sein.

Ein internationales Kunstereignis ist mittlerweile das Gallery Weekend. Das ist ganz auf internationale Sammler zugeschnitten, die – nicht nur – aus Amerika kommen und hier gezielt einkaufen. Das hätte man sich vor 20 Jahren nicht träumen lassen. Manche Entwicklungen und Erfolge lassen sich halt nur begrenzt planen – oder gar von politischer Seite initiieren. Es ist die Erfolgsgeschichte einer Stadt und ihrer Bewohner.

Noch ein Beispiel für eine der überraschenden Karrieren Berlins nach der Wiedervereinigung: die Musikindustrie. 2001 gab die größte Tonträgerfirma hierzulande, Universal Music Deutschland, bekannt, dass sie im folgenden Jahr ihren Sitz von Hamburg nach Berlin verlegen werde. Der damalige Unternehmenschef Tim Renner – der spätere Kulturstaatssekretär von Berlin – erklärte seine Motive gegenüber der *Berliner Zeitung* so: „Berlin ist in Deutschland die Stadt mit den besten Vibrations. Sie ist mittlerweile nicht mehr nur das machtpolitische, sondern auch das kulturpolitische Zentrum. Kulturell wird Berlin so wichtig wie Paris und London." Tim Renner war begeistert von der Underground-Szene und wollte hier die Künstler der Zukunft finden. 2012 zog mit der Deutschen Grammophon dann auch das weltweit größte Klassiklabel von Hamburg nach Berlin, an den Sitz der Konzernzentrale Universal. Den „Big Names" sind wieder Independent-Labels gefolgt, was die Szene nochmal mehr bereichert.

Allein mit Universal sind damals 500 Arbeitsplätze von Hamburg nach Berlin verlegt worden. Dieser Standortwechsel war ein demonstratives, auch international registriertes Signal für Berlin.

In den Umzug haben wir ja auch mit öffentlichen Mitteln im Rahmen der geltenden Förderrichtlinien investiert, und er hat in den gesamten kreativen Bereich ausgestrahlt. Denn eine weltweit agierende Marke braucht eben auch wieder Grafiker, Texter, Presseleute. Sie bringt neue Gäste in die Stadt. Und sie braucht – und generiert – angesagte Orte, zum Beispiel für Release-Partys mit international erfolgreichen Künstlern. Man denke nur an das Konzept der „Yellow Lounge" der Deutschen Grammophon, das Klassik-Stars in die Techno-Clubs von Berlin bringt, um dort ein neues Publikum zu erreichen. Hier in Berlin wurde dieses ungewöhnliche Konzept erfunden, das Label setzt es inzwischen weltweit ein. Die Unterstützung dieses Zuzugs mit öffentlichen Mitteln hat sich also als eine Schlüsselinvestition für Berlin erwiesen.

KULTURMETROPOLE VON WELTRANG

Es lässt sich nicht von der Hand weisen: Berlin ist derzeit wieder *die* Kulturmetropole von weltweiter Bedeutung. Vor allem die Breite und die fast unüberschaubare Vielfalt unseres Kulturlebens begründen den Spitzenplatz. Denn gerade in seiner Breite und Vielfalt unterscheidet sich Berlin erheblich von den meisten anderen Kulturmetropolen. Nehmen Sie die italienischen Städte, die teils selbst wie begehbare Museen sind und deren kulturelle Schätze (außer Frage von Weltrang!) Zeugnis bestimmter Epochen sind, in denen aber zum Beispiel die Gegenwartskunst eher schwach vertreten ist. Oder eine Stadt wie Paris, die überreich an Kunstschätzen und architektonischen Perlen ist, drei Opernhäuser und mehrere riesige, teils sogar neu gebaute Konzerttempel unterhält. Paris steht aber eben auch für eine gewisse Noblesse und keineswegs – obwohl auch hier Ausnahmen die Regel bestätigen – für

Off-Kultur. Das soll jetzt nicht überheblich klingen. Paris ist eine großartige Stadt mit Flair und einmaliger Lebensqualität. Aber ich würde mal forsch behaupten: Im Vergleich zu Paris ist Berlin gegenwärtiger, frischer, veränderungswilliger, durchlässiger.

Was generell für die bunt gemischte Berliner Gesellschaft gilt, gilt auch für „die Kultur" im weitesten Sinne. Sicher haben wir hier Galionsfiguren, die Opernhäuser, die herausragenden Sprechtheater, die reich bestückte Museumslandschaft. Aber wir haben eben auch eine riesige freie Szene, die ständig die Grenzen zwischen Theater, Tanz, Performance und Bildender Kunst aufmischt. Dann haben wir die unzähligen Ateliergemeinschaften, die tausendfachen Kiez-Kultur-Initiativen – die ich unbedingt dazuzähle – und die Literaturszene, die sich mit ihren Lesungen und Veranstaltungen überwiegend selbst trägt. Last but not least: die Tempel eines mehr der Unterhaltung zugeneigten Publikums, das sich einfach mal amüsieren, entspannen und nebenbei vielleicht auch noch kulinarisch verwöhnen lassen möchte. Gemeint sind unter anderem die beiden Boulevard-Institutionen des Westens, Komödie und Theater am Kurfürstendamm, der Friedrichstadtpalast, das Charlottenburger Renaissancetheater oder Dieter Hallervordens Schlosspark Theater in Steglitz, das Tipi am Kanzleramt, die Bar jeder Vernunft, der Wintergarten oder der Palazzo von Kolja Kleeberg und Hans-Peter Wodarz.

Ich würde mal behaupten, dass es im weitesten Sinne kulturell fast nichts gibt, was man in Berlin nicht erleben und ausprobieren kann. Zwischen Bauchtanz und Performance-Kunst, zwischen Mitmach-Theater und Wagner-Opulenz, Atelier-Kollektiv und millionenschwerer White-Cube-Galerie: Hier gibt es alles. Und dieses unglaublich lebendige Zusammenspiel der Kiez-Kultur mit der freien Szene und den großen Kultureinrichtungen, das ist das Einmalige an Berlin.

Es ist der Grund, warum die Stadt so anziehend auf Menschen aus der ganzen Welt wirkt, die sich für Kultur interessieren, engagieren oder damit sogar ihr Leben bestreiten. Es gibt unzählige Möglichkeiten, sich auszuprobieren und auszutauschen. Und es gibt genug Raum mitten in der Stadt, der zur freien Gestaltung, als Atelier oder neue, ungewöhnliche Spielstätte zur Verfügung steht. Auch diese Infrastruktur ist einmalig, weil zu Mauerzeiten manche Ecke brach lag. So wurden Locations wie das Kulturzentrum Radialsystem oder das Berghain (2009 Platz 1 der „Top 100 clubs in the world") möglich. Ja, auch die Clubszene bringt tatsächlich viele Künstler, viele Gäste und sogar viel Geld in die Stadt!

BERLIN-TOURISMUS IST KULTURTOURISMUS

Berlin arbeitet derzeit nach Kräften daran, verloren gegangene historische und architektonische Juwelen wieder zu rekonstruieren. Nicht alle sind mit diesen Bestrebungen einverstanden. Debatten über den Abriss des Palasts der Republik und die Rekonstruktion des Stadtschlosses werden nach wie vor geführt, obwohl es da ja jetzt gar nichts mehr zu ändern gibt. Selbst wenn man diesen Projekten eine gewisse einseitige Nostalgie und Geschichtsvergessenheit attestiert: Wie sich nun ein neues Zentrum herausbildet, das dann mit der Museumsinsel, dem Schloss und dem Humboldt-Forum ein attraktives Ensemble bilden wird, ist schon sehr beeindruckend. Ich stelle mir die Wirkung dieser „neuen Mitte" ziemlich einzigartig vor, sie wird sich elementar auf das Umfeld auswirken, den Charakter der Stadt einmal mehr verändern. Und Besucher anziehen.

Vielleicht ist Berlin durch seine Mentalität und die einzigartige Ballung von Kultur und Geschichte ein Selbstläufer. Aber vielleicht ist der immer weiter wachsende Berlin-Tourismus auch ein Beleg dafür, dass allen Unkenrufen zum Trotz in den letzten Dekaden in dieser Stadt doch ziemlich vieles richtig gemacht worden ist.

Auch wenn die Probleme Berlins offen zutage liegen, die Baustellen nerven, der BER noch lange nicht fertig ist, die Ämter zu langsam arbeiten und sich mehr Dealer als Rentner im Görlitzer Park tummeln. Tatsache ist: Der Tourismus wächst, und ein Ende des Aufwärtstrends ist nicht in Sicht. „Berlin ist eine Comebackstory. Wir haben uns in kurzer Zeit den dritten Platz der Topstädte Europas erobert", hat Burkhard Kieker, Geschäftsführer von VisitBerlin unlängst im *Berliner Kurier* zu Protokoll gegeben. Genau das, die „Comebackstory", ist die Erfolgsformel Berlins.

2016 zählte die Tourismus-Statistik rund 12,7 Millionen Besucher. Das war im Vergleich zum Vorjahr ein Anstieg um 2,9 Prozent. Registriert wurden 2016 rund 31,1 Millionen Übernachtungen, auch hier ein Plus von 2,7 Prozent. Und so wird es wohl weitergehen, meinen die Tourismus-Fachleute. Auch Willy Weiland, Chef des Deutschen Hotel- und Gaststättenverbandes (Dehoga), sieht einen stabilen Trend: „2025 werden wir bei 40 Millionen Übernachtungen stehen."

Interessant ist die nähere Betrachtung der Herkunft der Besucher. Nach wie vor kommen (mit 8,2 Millionen Übernachtungen pro Jahr) die meisten Gäste aus Deutschland. Auf Platz 2 liegen die Briten (789.000), auf Rang 3 die US-Amerikaner (551.000), dahinter Spanier, Franzosen, Italiener, Dänen – und Israelis. Eindeutig ist auch der Trend bei Gästen aus Russland mit einem Plus von 20 Prozent sowie China mit 17 Prozent.

Was aber bringt das Berlin über die Hotelbuchungen hinaus? VisitBerlin erhebt die Pro-Kopf-Ausgaben nur alle zwei Jahre.

2016 waren es inklusive der Übernachtungskosten 64,89 Euro pro Kopf und Tag, das sind immerhin 4 Prozent mehr als 2014. Insgesamt verdiente die Berliner Wirtschaft 11,6 Milliarden Euro am Tourismus, 2014 waren es noch 8,7 Prozent weniger. Knapp die Hälfte davon gehen an Hotels und Restaurants. Der Einzelhandel verdiente 3,7 Milliarden Euro, 2,3 Milliarden Euro flossen an Taxifahrer, Museen, Konzertveranstalter und andere Dienstleiter. Nicht weniger als 235.000 Berliner leben direkt vom Tourismus.

In dieser Statistik sind Tages- und Privatgäste noch gar nicht enthalten. Etwa 109 Millionen (!) Tagesgäste sind für 2016 insgesamt geschätzt worden. Das bedeutet, dass fast 300.000 Menschen pro Tag entweder bei Freunden übernachtet haben oder abends wieder nach Hause gefahren sind. Auch das ist ein enormer Faktor, wenn man davon ausgeht, dass die meisten Sofagäste nicht die Mikrowelle in der Wohnung der Freunde bemühen, sondern in die Restaurants und Kneipen ausschwärmen.

Nach den Erhebungen von VisitBerlin ist der typische Berlin-Tourist kein junger AirBnB-Gast mit Hunger auf das Nachtleben hier. Im Durchschnitt sind unsere Gäste rund 40 Jahre alt. Als Reisegründe nennen sie an erster Stelle „Sehenswürdigkeiten", gefolgt von „Kunst und Kultur" und „Stadtbild und Architektur".

Aber klar: Berlin ist schon auch ein beliebtes Ziel für Partyvolk. Dabei gibt es bei uns ja gar kein großes Volksfest, wie etwa das Oktoberfest in München. Was wir einmal hatten, das war von 1989 bis 2006 die Loveparade. Nur war diese gigantische Techno-Party wirklich kein Volksfest im traditionellen Sinne, sondern stand damals schon für das Berlin der Clubs, der queeren Szene und der alternativen Lebensentwürfe. Natürlich haben wir bei Fußball-Events die größte Fanmeile, Silvester die größte Straßenparty, auch der Berliner CSD wird überregional beachtet. Aber all das wird auch anderswo gefeiert. Der

Karneval der Kulturen und das Kreuzberger MyFest, das die einstigen Krawalle zum 1. Mai mit seiner Liebesumarmung so gut wie erstickt hat, sind dann schon eher regionale Events.

Wenn die meisten Gäste als Besuchsgrund unsere Sehenswürdigkeiten angeben, dann meint „Sehenswürdigkeit" in Berlin etwas anderes als in Paris, mit Eiffelturm, Notre Dame, Arc de Triomphe und Louvre. Denn solche singulären Prestigebauten gibt es in Berlin kaum. Wohl finden sich im Stadtbild einige markante Orte und Gebäude, die unschwer mit Berlin identifiziert werden können, etwa der Alex mit Fernsehturm und Weltzeituhr, das Rote Rathaus oder die Gedächtniskirche. Auch das KaDeWe geht in puncto Besucherfrequenz klar als Sehenswürdigkeit durch. Schon beim Ku'damm oder beim Boulevard Unter den Linden ist es mit der optischen Individualität da nicht mehr ganz so weit her.

Ich glaube ja, dass das einzige wirklich ikonische Wahrzeichen Berlins das Brandenburger Tor ist. Vielleicht ist es inzwischen sogar *das* Wahrzeichen Deutschlands. Ohne Zweifel ist es ein ebenso schönes wie markantes Bauwerk mit hohem Wiedererkennungswert. Vor allem aber ist es ein ungeheuer geschichtsträchtiges Symbol. Ich glaube daher auch, dass das eigentliche Alleinstellungsmerkmal Berlins die bewegte, wechselvolle, auch dramatische Geschichte dieser Stadt ist. Denn in ihr kulminiert nicht nur die Geschichte der Stadt und unseres Landes, sondern die ganz Europas. Berlin steht exemplarisch für alle Blüten, Verwerfungen, Brüche, Krisen und Kriege des 20. und 21. Jahrhunderts in Europa. Europäische Geschichte ist – wo sie nicht ausradiert oder baulich zurückgedreht wurde – an jeder Ecke ablesbar. Und doch steht diese Stadt heute mit ungebrochener Vitalität da. Unsere „Hauptsehenswürdigkeit" ist also eigentlich unsichtbarer Natur. Mit allen sichtbaren Folgen.

Ich vermute, dass die vielen Touristen genau diese Geschichte erfahren wollen. Sie strömen aus aller Welt hierher, weil sie das Brandenburger Tor eben nicht nur als imposantes Baudenkmal erleben wollen, sondern als ein wuchtiges Monument der Geschichte. Gleiches gilt für den Reichstag, für den (mittlerweile komplett gefaketen) Checkpoint Charlie, das Jüdische Museum und das Holocaust-Mahnmal. Auf ihre sehr eigene Weise sind sogar der Potsdamer Platz und das angrenzende Kulturforum rund um die Philharmonie historische Symbole: dafür, wie ein einstiges Stadtzentrum komplett zerstört und in völlig verwandelter Gestalt wieder auferstehen kann. Schließlich: Ein Besuch des Reichtags-Gebäudes gehört zum Bildungs-Pflichtprogramm von zahllosen Schulklassen, die täglich durchgeschleust werden. Der Besucherdienst des Deutschen Bundestages hat davon abgesehen in der Zeit von 2002 bis 2016 inklusive des Besuchs der spektakulären Kuppel insgesamt nicht weniger als rund 35 Millionen Gäste betreut.

Es stimmt: Nicht alle Berlinerinnen und Berliner sind glücklich über die vielen Besucher. Manche Kieze – ich nenne da jetzt nur mal die Simon-Dach-Straße in Friedrichshain – werden über die Maßen strapaziert. Solche für die Anwohner durchaus auch ärgerlich ausufernden Strömungen gehören zu den Dingen, auf die man als Politiker nur sehr wenig regulierenden Einfluss hat. Im besagten Kiez gab es sogar Versuche, den Straßennamen aus Berliner Touristen-Apps herauszunehmen. Geklappt hat das letztlich nur auf der Website des stadteigenen Tourismus-Marketings. Das war's dann aber auch schon mit politischer Regulierung. Irgendwann wird das Publikum weiterziehen – und dann werden die Wirte anstelle der Anwohner jammern.

DIE OPERNKRISE ALS HÄRTETEST

Als ich 2006 zusätzlich das Amt des Kultursenators übernahm, herrschte in der Kulturpolitik eine kritische Stimmung. Eine der großen Kulturbaustellen war damals die öffentlich sehr kontrovers geführte Diskussion um die drei Berliner Opernhäuser.

Verkürzt gesagt ging es um die Frage, ob sich Berlin angesichts seiner angespannten Haushaltlage weiterhin drei Opernhäuser leisten könne – und vor allem künftig noch leisten wolle. Zum 1. Januar 2004 war das Gesetz über die „Stiftung Oper in Berlin" in Kraft getreten, und besagte Stiftung bekam eine Satzung. Die Deutsche Oper (während der Teilung das einzige Opernhaus im Westteil der Stadt), die Staatsoper Unter den Linden und die Komische Oper (beide vor der Wiedervereinigung im Ostteil gelegen) wurden in die rechtliche Selbstständigkeit überführt. Bereits seit 2002 stand ständig die Idee der Schließung eines der drei Opernhäuser drohend im Raum, und es wurde lange Zeit erbittert darüber gestritten, welches der drei Häuser am ehesten verzichtbar sei.

Zunächst aber wollte das Land Berlin den Zuschuss für die drei Opernhäuser schrittweise reduzieren. Grundlage für das Gesetz „Stiftung Oper in Berlin" war das sogenannte Opernstrukturkonzept. Darin ist festgeschrieben, dass die Häuser wirtschaftlich und künstlerisch selbstständig geführt werden. Durch eine Ausgründung entstand das Staatsballett Berlin als vierter eigenständiger künstlerischer Betrieb, außerdem wurden die Werkstätten schrittweise zentralisiert und dazu als fünfter Betrieb der Bühnenservice Berlin gegründet. Die Prozesse hin zu diesen Lösungen waren mühsam.

Wer das Problem von außen betrachtet, wird sich fragen: Welche Stadt braucht, um Himmels Willen, drei Opernhäuser? Würde eine Stadt wie Berlin ganz neu gebaut, würde man viele Einrichtungen, die es in Berlin doppelt oder in diesem Fall sogar dreifach gibt, natürlich nur einmal schaffen. Dann würde eine Oper tatsächlich ja ausreichen. Oder sagen wir mal, zwei Opernhäuser, wie in Paris, das aber bei Licht betrachtet tatsächlich auch drei Musiktheater bespielt. Wien hat mit der Staatsoper, der Volksoper und dem Theater an der Wien ebenso drei Häuser. Aber Wien ist auch die amtierende Musikhauptstadt Europas.

In Berlin hat es mit den drei Opernhäusern eine ganz besondere Bewandtnis, die sich, einmal mehr, aus der Geschichte der Stadt herleitet. So wie hier eben alles eine Tradition hat, die nicht einfach wegzuwischen ist. Im Opernstreit war das Ost-West-Thema von zentraler Bedeutung, und Kulturpolitik ist bis heute in Berlin sowieso fast immer mehr als „nur" Kulturpolitik. Sie ist auch Symbolpolitik.

Ich erinnere mich lebhaft, dass das Opernthema alles andere als neutral und sachlich diskutiert werden konnte. Denn an allen drei Häusern hing und hängt ein treues Stammpublikum, das sich emotional und intellektuell mit „seinem" Haus identifiziert.

Ein großer Verdienst der Wende war, dass die Politik die meisten herausragenden Kultureinrichtungen im Ostteil der Stadt über den Transformationsprozess hinüberretten konnte. Nicht alle, aber die meisten – und das darf man wohl als großen Erfolg betrachten, obwohl es die Stadt teilweise auch überfordert hat.

Das lag allerdings auch am Einigungsvertrag, in dem die Kultur und die Bewahrung von Berliner Kultureinrichtungen durchaus vorgesehen waren, aber leider für viele Bereiche keine klaren Regelungen getroffen wurden. Das Engagement des Bundes für die Berliner Kultureinrichtungen hat sich erst in den letzten Jahren, vor allem unter Kulturstaatsministerin Monika Grütters, wieder deutlich verstärkt. Wenn auch meist auf die großen und prestigeträchtigen Flagschiff-Projekte beschränkt, etwa die Berliner Philharmoniker. Strukturelle Förderung ist weniger dabei.

Aber zurück zum Opernthema: Die Opernfusion – und in welcher Form sie realisiert werden sollte – stand mit zäher Beharrlichkeit und minimalem Bewegungsspielraum jahrelang auf der Tagesordnung. Im Hintergrund rumorte immer die Einsicht und die Forderung der Häuser, dass es für jedes einzelne Opernhaus ohnehin zu wenig Zuschuss gab. Das Gesamtbudget Oper war groß genug, aber eben nicht für drei Häuser. So lautete die Milchmädchenrechnung: Wenn man die Gesamtsumme für die Berliner Opern ohne Kürzungen auf zwei verteilen würde, wären die verbliebenen Häuser gut ausgestattet und international konkurrenzfähig.

Aber welches Haus hätte man denn schließen sollen? Das kleinste der drei Häuser ist die Komische Oper, gerade sie aber hat das künstlerisch schärfste Profil und die denkwürdigste Tradition als innovatives Labor der Kunstform Oper. Hier erfand Walter Felsenstein das Regietheater, hier wurden Inszenierungen produziert, die Maßstäbe setzten und sogar weit in die westliche Opernszene hineinstrahlten. Ganze Generationen von angehenden Opernregisseuren pilgerten zu DDR-Zeiten nach Ost-Berlin, um die legendären Inszenierungen auch von Ruth Berghaus zu sehen, die sprichwörtliche Spielfreude der Sänger, die dem verstaubten Rampengesang den Kampf ansagte und das ganze Genre revolutionierte. Die Komische Oper ist bis heute in besonderem Maß innovativ und experimentierfreudig. Gefällt auch wieder nicht jedem. Aber in der Zeit der drohenden Opernfusion wurde das Haus 2007 dann von dem einflussreichen Fachblatt *Opernwelt* mit dem Titel „Opernhaus des Jahres“ belohnt, 2013 erhielt es die Auszeichnung erneut.

In der Staatsoper Unter den Linden ist seit 1992 Daniel Barenboim ein Garant für ein musikalisch exzeptionelles Niveau. Die

Lindenoper ist *das* repräsentative Opernhaus in Berlin und nun nach etlichen Jahren im Ausweichquartier Schillertheater endlich wieder im angestammten Haus an der berühmten Adresse. Die Deutsche Oper in Charlottenburg schließlich ist für das große romantische Repertoire zuständig – und hoch kompetent in Sachen Wagner. Jedes der drei Häuser hatte und hat also ein starkes individuelles Profil, eine andere Zuständigkeit und ganz unterschiedliche Kompetenzen. Welche Oper sollte man da dichtmachen?

Ich bin heute sehr froh darüber, dass es in meiner Amtszeit als Regierender Bürgermeister und Kultursenator gelungen ist, alle drei Bühnen zu erhalten. Es war absolut die richtige Entscheidung. Hätten wir eines der Häuser zugemacht, wäre das nie wieder zu korrigieren gewesen. Das hat sich bei der Schließung des Schillertheaters ja gezeigt. Ein Opernhaus, überhaupt jedes größere Theater, das einmal abgewickelt ist, kriegst du nicht wieder hochgefahren. Ich bin froh, dass auch die Zuschüsse für alle drei Häuser erhöht werden konnten. Mehr ist immer besser, aber es ist heute immerhin auskömmlich.

Besonders kompliziert war die Diskussion um die Zusammenführung der Werkstätten. Dabei ging es vor allem um eine Reduzierung der hohen Produktionskosten und um die simple Frage, warum man einen Stuhl in den Werkstätten für teures Geld herstellen lässt, statt ihn für 30 Euro bei Ikea oder sonstwo zu kaufen.

Es war alles in allem eben auch eine Generaldebatte um die Wirtschaftlichkeit von Kulturhäusern überhaupt. Heftig diskutiert wurde zudem die künstlerische Autonomie, die – zu Recht – keinen ökonomischen Zwängen unterworfen sein sollte. Ein Opernhaus ist ein hochkomplexes Gebilde mit vielen Gewerken und Ebenen von den Sängern und der Dramaturgie übers Orchester und die Bühnentechnik bis zu den Werkstätten. Es wurde damals über alles diskutiert, was man vereinfachen, effizienter, preiswerter machen könnte. Es ging um Glaubensfragen und verkrustete Strukturen. Damals wurden ein paar heilige Kühe geschlachtet, was nicht geschadet hat. Letztlich ist es gelungen, vieles zu entwirren, zu harmonisieren und alle drei Häuser zu erhalten. Heute hat sich die Situation um die Opernhäuser vollständig beruhigt, der Betrieb läuft geräuschlos und erfolgreich.

Am Ende dieses Themas noch eine Randbemerkung: Es wird ja immer wieder darüber gestritten, ob Opernhäuser nicht viel zu elitär seien und sowieso nur einen Bruchteil der Bevölkerung ansprechen. Ebenso wird immer wieder die Frage gestellt – oft gekoppelt an die Forderung, lieber Schwimmbäder und Kitas als Opernhäuser und Theater zu finanzieren –, ob denn ganz generell die Hochkultur wirklich so wichtig sei. Ich sage: Ja! Deshalb habe ich für diese drei Opernhäuser in Berlin gekämpft.

PRO UND CONTRA HAUPTSTADTBONUS

Ich bin immer wieder gefragt worden, ob sich der Bund eigentlich in Berlin als Hauptstadt Deutschlands stark genug engagiert – nicht nur, aber unter anderem in der Kultur. Hier wird gern der Vergleich zu Wien bemüht: Österreicher fänden es absurd, wenn die Stadt Wien das Burgtheater alleine tragen und die wichtigen Museen zum größten Teil selbst finanzieren müsste.

Dazu kann ich nur sagen: Wien ist eine reiche Stadt, und Wien erwirtschaftet auch einen Großteil der Steuereinnahmen des Bundes. Wie dort viel mehr zulasten des Staates geregelt ist, steht außerdem in einer ganz anderen Tradition.

In Deutschland wird das Engagement des Bundes in der Hauptstadt separat durch den Hauptstadtvertrag geregelt. Das scheint mir soweit in Ordnung zu sein. Andererseits, wenn man betrachtet, wie viel Unterstützung Bonn, die ehemalige Hauptstadt der Bundesrepublik Deutschland, über die Jahrzehnte bekommen hat und bis heute noch von ihrem längst Geschichte gewordenen Status profitiert … Dann ist das, was nach Berlin geflossen ist und fließt, in der Relation wieder fast bescheiden. Natürlich waren das in der überschaubaren Bonner Republik noch andere Zeiten.

Es ist schon anzuerkennen, welche Summen der Bund in die großen Projekte steckt, nennen wir hier jetzt etwa das Humboldt-Forum. Oder aber die Übernahme des Berliner Investitionsanteils für die Museumsinsel durch den Bund. Diese enorme Summe hätten wir nie stemmen können. Da hätten wir 50 Millionen Euro aus eigener Verpflichtung investieren müssen. Der Bund investiert nun seit Jahren massiv in die Museumsinsel, und auch das geplante Museum der Moderne an der Nationalgalerie wird mit 200 Millionen vom Bund unterstützt. Ebenso an der Sanierung der Staatsoper Unter den Linden hat sich der Bund maßgeblich mit 200 Millionen Euro beteiligt.

Als zweiten Vergleich für eine Hauptstadt, die durch ihr (Bundes-)Land großzügiger unterstützt wird als Berlin, wird gerne München genannt. In die Bayerische Staatsoper stürmen dabei keineswegs jeden Abend hunderte Opernfans aus, sagen wir, Nürnberg oder Fürth. Neben überwiegend Münchnern besuchen Touristen die Vorstellungen. Und doch wird die Bayerische Staatsoper München ausschließlich vom Staat Bayern getragen. Sollte dann nicht die Staatsoper Unter den Linden vollständig vom Bund finanziert werden? Und nur die beiden anderen Häuser von der Stadt Berlin?

So einfach ist es leider nicht – und außerdem hinkt das Beispiel. Bayern ist ein Bundesland ebenso wie Berlin. Doch München ist eine Kommune und Hauptstadt des Staates Bayern, während wir gleichzeitig Kommune Berlin, Hauptstadt des

Staates Berlin *und* Hauptstadt der Bundesrepublik Deutschland sind. Trotzdem: Bayern leistet sich als Staat ein Opernhaus.

Ich denke, man sollte mit überzogenen Forderungen an den Bund vorsichtig sein. In letzter Zeit ist ohnehin häufig zu hören, dass Kulturstaatsministerin Monika Grütters viel zu viel Geld vom Bund über der Hauptstadt ausgießen und darüber die Kulturszenen im Westen vergessen würde.

Dabei ist sogar schon einmal konkret diskutiert worden, ob der Bund nicht die Staatsoper übernehmen sollte. Das hat damals die Kanzlerin persönlich abgelehnt. Daniel Barenboim hatte sich in dieser Frage sehr stark engagiert, und ich habe auch mit der Kanzlerin darüber verhandelt. Immerhin haben wir im Rahmen dieser Diskussionen Bundeszuschüsse für die Sanierung der Staatsoper ausgehandelt.

Insgesamt hat sich in den letzten Jahren schon allerhand getan. Der Bund hat seine Verantwortung für die Kultur in Berlin nicht nur entdeckt, sondern auch durch massive Finanzspritzen übernommen. Verbunden mit der Folge, dass – salopp gesprochen – der Bund in die Berliner Kultur nun „reinregiert". Bis hinein in Besetzungsfragen wichtiger Ämter. Wer zahlt, hat das Sagen, ist doch klar. Das macht die Sache dann auch wieder komplizierter.

Der neue „Hauptstadtfinanzierungsvertrag" wurde am 8. Mai 2017 mit einer Laufzeit von zehn Jahren unterschrieben, der alte lief mit Ende 2017 aus. Der neue Vertrag hat ein Finanzvolumen von 2 Milliarden Euro über zehn Jahre. Das sind 50 Millionen Euro pro Jahr mehr als vorher (neben den Zuständigkeiten für die Kultur regelt der Vertrag übrigens auch die Finanzierung der inneren Sicherheit).

Im Vertrag bis 2027 gibt es starke neue Akzente. So steigt etwa der Bund erstmals bei den Philharmonikern mit über 7 Millionen Euro ein. Die Opernstiftung bekommt künftig 10 Millionen Euro statt bislang nur 1,8 Millionen für die Staatskapelle. Der Hauptstadtkulturfonds wird um ein Drittel auf knapp 15 Millionen Euro aufgestockt. Und der Bund entlastet das Land Berlin bei den Zahlungen für das Humboldt-Forum um weitere 5 Millionen Euro.

Ansonsten führt der neue Vertrag das fort, was über lange Zeit an Beteiligung des Bundes für national bedeutsame Kulturinstitutionen gewachsen und unstrittig ist. Seit Jahrzehnten finanziert der Bund die Berliner Festspiele. Auch 75 Prozent der Stiftung Preußischer Kulturbesitz und nun der Großteil des Humboldt-Forums sind Sache des Bundes. Das Jüdische Museum, die Akademie der Künste und die Stiftung Deutsche Kinematek gehören dazu, ferner das Deutsche Historische Museum und die neue Barenboim-Said Akademie.

Die gesamten Ausgaben lassen sich für 2016 auf 604 Millionen Euro beziffern, Berlin selbst gibt 508 Millionen Euro für die Kultur aus. Ab 2018 ist die Mischfinanzierung einzelner Institutionen neu, das betrifft etwa die Philharmoniker und die Opernstiftung, die nun gemeinsam von Bund und Land getragen werden.

Die neue komplementäre Förderung der Opernstiftung gleicht eine alte Ungerechtigkeit aus, die seinerzeit von Gerhard Schröder in die Welt gesetzt wurde, als er im Jahr 2000 allein die Staatsoper mit 1,8 Millionen aus der Bundeskasse bedachte, was die beiden anderen Opernhäuser zu Recht verdross.

Schon länger gibt es eine Mischfinanzierung bei dem Riesentanker der Preußenstiftung. Dort sieht man jetzt, dass einfache Zuständigkeiten günstiger sind. Es lässt sich etwa beim Humboldt-Forum unschwer beobachten, wie zu viele Entscheider die Manövrierfähigkeit lähmen.

Die Erhöhung des Hauptstadtkulturfonds stärkt übrigens nicht nur die Leuchttürme, sondern auch die freie Szene, die der Bund nun explizit würdigt.

Verglichen mit früheren Zeiten ist die Situation der Kulturfinanzierung ungleich komfortabler – aber eben auch komplexer. Früher ging einfach eine Pauschalsumme nach Berlin, und uns oblag die Verteilung. Damals mussten wir uns dann oft den Vorwurf anhören, dass wir das Kulturgeld an der Kultur vorbeischleusen und damit stattdessen unsere Schlaglöcher sanieren würden. Das war natürlich Quatsch.

Von außen betrachtet: Die Staatsoper Unter den Linden steht in Berlin und spielt in Berlin, und die Philharmoniker spielen im Scharoun-Bau, und alles, was hier stattfindet, findet in Berlin statt. Dem normalen Besucher ist es ziemlich gleichgültig, ob der Bund das Ganze finanziert oder das Land oder der Bezirk. Der normale Besucher kriegt diese Hintergründe ja gar nicht mit. Aber im Gesamtgefüge der Kulturinstitutionen macht es eben schon einen Unterschied, ob ein Haus von den umliegenden Institutionen des Landes oder der Stadt abgekoppelt ist, weil es in der Verantwortung des Bundes geführt wird.

Ich möchte jetzt um Himmels Willen nicht falsch verstanden werden, wenn ich hier die Schattenseiten des Kulturengagements des Bundes in Berlin aufzähle. Ich gebe nur zu bedenken, dass alle Segnungen mit Augenmaß verabreicht und eingesetzt werden sollten. Es ist nämlich wichtig, dass die mit Bundesgeld finanzierten Tanker mit dem Umfeld im Gespräch bleiben. Sonst haben wir irgendwann eine zentralistische Kultur wie in Frankreich. Einstweilen besteht die Gefahr sicher nicht.

Aus heutiger Sicht mit der erklärten Unterstützung des Bundes ist es kaum noch vorstellbar, dass wir vor gar nicht langer Zeit noch hart um die Existenz bestimmter Institutionen gerungen haben, die jetzt völlig abgesichert sind. Heute bin ich froh, dass wir damals so hart gerungen haben.

Aber trotzdem sind nicht alle froh. Das liegt nicht zuletzt daran, dass Kulturpolitiker immer noch die Exoten in den Fraktionen sind. Ach ja, euch gibt's ja auch noch.

Ich würde mir wünschen, dass wir auch in der Politik endlich einen breiten Konsens erreichen, dass Kultur elementar für eine Stadt wie Berlin ist. Im Grunde für jede Stadt. Jede große, aber auch kleinere Stadt ist gut beraten, die Kultur in die Höhe und in die Breite zu pflegen, Events auf die Beine zu stellen und die Bürger direkt daran zu beteiligen. Das sorgt nicht zuletzt für eine starke Identifikation der Bürger mit ihrer Stadt.

Abgesehen von dem sowieso nicht antastbaren Umstand, dass es für eine erklärte Kulturnation selbstverständlich ein Wert an sich sein muss, die Literatur zu fördern, die Musik, den Tanz, den Film und alles, was dazugehört.

Und noch mal: Kultur ist kein weicher, sondern ein harter Wirtschaftsfaktor. Diese längst erwiesenen Fakten sind in manche Köpfe offenbar nicht hineinzukriegen. Auch in meiner eigenen Partei gibt es da noch deutliche Defizite. Wir haben fähige Jugendpolitiker, viele hervorragende Sozial- und Bildungspolitiker, aber die kompetenten Kulturpolitiker muss man bei der SPD mit der Lupe suchen.

Wer denn nun partout nicht an Kultur interessiert ist, der soll sich, bitteschön, halt nur die wirtschaftlichen Daten anschauen. Kultur schafft nicht nur Arbeitsplätze. Sie befördert auch den (Kultur-)Tourismus. Die Kultur muss dabei unbedingt unabhängig bleiben, damit Experimente möglich sind. Kultur nur an den Auslastungszahlen auszurichten, etwa beim Theater, halte ich für völlig falsch. Da müssen gelegentliche Durststrecken akzeptiert werden, ohne dass gleich mit Rauswurf gedroht wird. Aber auch hier gilt: Der ständige Kontakt und Austausch garantiert das richtige Maß. Und ein Theater, das längere Zeit vor leeren Rängen spielt, muss sich – natürlich – kritisch befragen lassen. Und die Berliner Theater-Community ist kritisch!

KAPITEL 5

VON DER AUTOGERECHTEN ZUR MOBILITÄTSGERECHTEN STADT

In Berlin wurde die „autogerechte Stadt" schon geplant, als es den Begriff noch gar nicht gab. Bereits der 1926 in den Magistrat gewählte Stadtrat für Hochbau und Stadtplanung, Martin Wagner, setzte sich massiv für einen am Automobil orientierten Stadtumbau ein – während der spätere Regierende Bürgermeister Ernst Reuter vor dem Krieg als *der* zentrale Protagonist des öffentlichen Personennahverkehrs auftrat.

Von Massenmotorisierung war zu der Zeit außerhalb der USA praktisch nichts zu sehen. 1929 hatte Berlin mit 4,3 Millionen Bürgern sehr viel mehr Einwohner als heute, in der gesamten Stadt waren jedoch gerade einmal 42 844 Pkw zugelassen. Zwar wurde der Privatwagen dann in den 1950er-Jahren zum Statussymbol, die untere Schwelle zur Massenmotorisierung (100 Pkw auf 1000 Einwohner) erreichte die Bundesrepublik aber erst Anfang der 1960er. Noch mal zehn Jahre später hatte gut jeder Vierte ein Auto vor der Tür stehen.

Angesichts solcher Entwicklungen musste die Politik reagieren. Nicht nur, weil Straßenbau im Nachkriegs-Autoland Deutschland ein zunehmend sensibles Thema wurde. Sondern auch, weil kaum eine Stadt in Deutschland auf dasjenige

Ausmaß an Individualverkehr vorbereitet war, welches um das Jahr 1970 herum tatsächlich erreicht wurde.

Nun kann man über so manches Autobahn-Teilstück gewiss unterschiedlicher Meinung sein. Kaum weniger gilt das für manche vier- oder sechsspurige Schneise, die man damals in gewachsene Stadtstrukturen gefräst hat. Aber in einer Marktwirtschaft kann man den Menschen schlecht vom Kauf schöner Autos abraten. Zumal sich deren Produktion gerade hierzulande zu einem der tragenden Wirtschaftsfaktoren entwickelte.

DIE BERLINER VON HEUTE – FLEXIBEL MOBIL

Jetzt ist Berlin alles andere als die Hauptstadt der PS-Fans. Bei uns kommen auf 1000 Einwohner knapp 350 Kraftfahrzeuge. Im Bundesdurchschnitt sind es 550, nur noch übertroffen von Briten (570) und Italienern (600). Selbst in „Fahrradstädten“ wie Münster oder Tübingen ist die Pkw-Dichte deutlich höher als hier. Nur ein knappes Drittel des Berliner Verkehrsaufkommens geht auf die Kappe des motorisierten Individualverkehrs – bei klar rückläufiger Tendenz. Ein Viertel aller Wege wird in Berlin mit öffentlichen Verkehrsmitteln, ein weiteres gutes Viertel zu Fuß zurückgelegt. Und für immerhin 13 Prozent ihrer Wege steigen Berlinerinnen und Berliner aufs Rad.

Wobei der Durchschnitt sich aufschlussreich differenziert, wenn man in die einzelnen Bezirke schaut. In den westlichen Randbezirken Reinickendorf und Spandau liegen die Autofahrer vorn. Bewohner von Lichtenberg oder Marzahn-Hellersdorf nutzen besonders häufig den ÖPNV. In Mitte geht man mehr als jeden dritten Kilometer zu Fuß. Und in

Friedrichshain-Kreuzberg, so viel Klischee muss sein, werden 21 Prozent aller Wege mit dem Rad, aber nur 17 Prozent mit dem Auto zurückgelegt. Sicher auch ein Beleg für die ausgeprägte Standorttreue des Berliner Kiezbewohners, der nur wenig zwingende lebenspraktische Gründe hat, sein angestammtes Revier zu verlassen.

An solchen Zahlen können Sie vor allem eins erkennen: Berlin ist längst auf dem Weg zu einer Stadt, in der die Bürger ihre Mobilität anders zu organisieren beginnen, als die Menschen es Jahrzehnte lang gewohnt waren. Mein eigenes privates Verkehrsverhalten ist da recht typisch. Sicher, wir haben ein Auto. Aber wir nutzen es eher selten, weil wir die U-Bahn direkt vor der Tür haben, ebenso eine Buslinie. Und auch in unserem Kiez ist sehr viel fußläufig oder mit dem Rad zu erreichen. Das heißt, wir mixen, so wie viele andere Berliner auch. Das Auto nehmen wir für Großeinkäufe, wenn wir Sachen transportieren müssen oder ins Umland wollen. Eher für 10 bis 20 statt für 40 Prozent aller Wegstrecken. Im Alltag kommen wir so gut wie ohne Auto aus.

Und dann gibt es ja noch das viel besungene Carsharing, in Teilen auch nur eine neue Verpackungsform des Geschäftsmodells Autovermietung. Da verlagern Mietwagenfirmen im Grunde ihre Parkplätze in den öffentlichen Raum, ihre Fuhrparkverwaltung von teuren Büros in Computernetze und Handy-Apps. Mit einem Wort: Das ist eine Form von Discount-Vermietung. Verstehen Sie mich bitte nicht falsch – ich finde, dass Carsharing eine sinnvolle Ergänzung innerstädtischer Mobilität ist. Dass es der Gesetzgeber den Kommunen seit September 2017 erleichtert, für Mietfahrzeuge mehr reservierte Parkplätze auszuweisen, geht völlig in Ordnung. Wenn es ein E-Auto ist, dann kann man in der Anschubphase auch die Ladesäulen fördern. Aber man sollte nicht aus dem Blick verlieren, dass die Carsharing-Angebote der Bahn und der Automobilindustrie ein gewinnorientiertes Gewerbe sind.

Der ursprüngliche Grundgedanke der „Sharing Economy" war ein anderer. Er besteht gerade nicht darin, dass *kommerzielle* Anbieter künftig alles via Internet gegen Gebühr verleihen, was sich Menschen bislang gekauft haben. Sondern darin, dass sich „Communities", dass sich Hausgemeinschaften, Nachbarschaften oder Dörfer zusammentun, um gemeinsam Dinge anzuschaffen, zu nutzen und zu verwalten, die jeder Einzelne nur zeitweise oder selten nutzt. Etwa Fahrzeuge – die ja im Schnitt 23 von 24 Stunden „Stehzeuge" sind; die für zwei bis drei Fahrten am Tag genutzt, im ganzen Jahr rund 14.000 Kilometer und in der Hälfte aller Fälle unter 6 Kilometer weit bewegt werden; und in denen in neun von zehn Fällen nur eine Person sitzt.

Wenn wir Carsharing fördern, dann sollten genossenschaftliche Modelle nicht völlig unter den Tisch fallen. Das heißt Modelle, bei denen sich die Bewohner einer Straße drei Transporter, eine Handvoll Freizeitflitzer und Familienautos sowie eine ausreichende Zahl jener Pkw teilen, in denen ein bis zwei Städter so gut wie alles erledigen können. Und die zudem eine Stelle schaffen, um den Fuhrpark der Genossen zu verwalten.

So furchtbar scharf scheinen die Berliner übrigens auf das Modell des kommerziellen Kurzstreckenverleihs gar nicht zu sein. Der Bundesverband CarSharing e. V. hat nachgezählt, das letzte Mal 2017. Da war Karlsruhe mit 2,71 Fahrzeugen pro 1000 Einwohner Deutschlands Carsharing-Hauptstadt, gefolgt von Stuttgart (1,47) und Freiburg (1,41). Köln landete als erste Millionenstadt mit 1,27 Fahrzeugen auf Platz vier, knapp gefolgt von München. Relativ abgeschlagen: Hamburg (0,94) und Berlin (0,84).

ÜBER DIE ZUKUNFT DES AUTOS ENTSCHEIDET DER MARKT

Ja, ich weiß, die vielen Baustellen. Anderes Thema. Kommt noch. Doch im Prinzip kann man sagen, dass es in Berlin immer noch relativ angenehm ist, Auto zu fahren. Deswegen bin ich denn auch kein Freund restriktiver Verkehrsplanung, die mittels beliebig verteilter Dreißiger-Zonen oder Spielstraßen, durch Schwellen- und Verschwenkungs-Schnickschnack oder durch lediglich aufgemalte Alibi-Fahrradspuren systematisch den Individualverkehr bekämpft. Solange die Menschen mit einem Pkw von A nach B fahren wollen, bleibt es eine wesentliche Aufgabe von Verkehrspolitik, dafür zu sorgen, dass sie das auf gut ausgebauten und unterhaltenen Straßen tun können.

Gleichwohl muss man kein grüner Fundi sein, um zu wissen, dass sich die Ära der Kohlenstoff-Ökonomie und der lange Industriezyklus von Erdöl, Benzinmotor und radikalem Individualverkehr ihrem Ende nähern. Die negativen Auswirkungen des Ausstoßes von CO_2 oder Stickoxiden auf unsere Atmosphäre werden nur von Verschwörungstheoretikern geleugnet. Dass die weltweiten Ölreserven nicht nur endlich sind, sondern vermutlich schon zu mehr als der Hälfte geplündert wurden, bestreitet ernsthaft nicht mal die OPEC. Sollte ein Liter Benzin in Deutschland also je mehr als „fünf Mark" kosten, dann nicht, weil Grüne da auf eine Idee zurückkommen, mit der sie der Zeit zu forsch vorangeprescht waren. Sondern weil der nicht zuletzt für die Chemie- und Pharmaindustrie unverzichtbare Rohstoff Öl irgendwann viel zu kostbar sein wird, um mit ihm zu 20 Prozent ein bis vier Personen plus 1,5 Tonnen Blech zu bewegen – und zu 80 Prozent die Umwelt zu beheizen.

Ich bin Realist genug, um zu wissen, dass Deutschland, dass nicht einmal Europa allein das Weltklima retten kann. Ich bin auch Realist genug, um zu verstehen, dass die Automärkte (nicht nur) in den westlichen Industrieländern längst gesättigt sind. Ich weiß, der ewige Vergleich mit China kann nerven. Aber man sieht da halt immer besonders deutlich die Dimensionen. In China also kommen heute 24 Pkw auf 1000 Einwohner. Bei einer Relation wie in Deutschland würde zur Deckung des chinesischen Kraftstoffbedarfs das gesamte derzeit auf der Erde geförderte Rohöl benötigt. Da müssten dann sogar die 0,1 Prozent Inder, die ein Auto ihr Eigen nennen, aufhören es zu fahren.

Die gute Nachricht: Die ja weder radikal demokratische noch marktradikale Führung der Volksrepublik hat das längst verstanden. Ich war nicht nur einmal in Berlins Partnerstadt Peking. Da herrscht im Wortsinne dicke Luft. Weshalb die den Regierenden Bürgermeister begleitenden Wirtschaftsdelegationen auch nicht vorrangig Vertragsentwürfe für Pkw-Deals dabei hatten. Weit öfter ging es um – richtig geraten! – deutsche Umwelttechnik. Und im Vergleich zu den Anreizen, die es in China für Käufer von Elektroautos schon heute gibt, ist alles, was wir hierzulande veranstalten, Kindergeburtstag.

Es ist klar, dass das Auto, wie wir es kennen, keine große Zukunft mehr hat. Aber der gewaltige technische und vor allem der noch viel gewaltigere infrastrukturelle Wandel, der aus dieser Tatsache folgen muss und wird, lässt sich weder mit kleinen Schikanen noch mit großen Verboten erzwingen. Und auch nicht vorrangig durch eine staatliche Förderung privater Anschaffungen von E-Autos.

Wenn ich in zwei Sätzen erklären sollte, warum ich Sozialdemokrat bin, dann wären es diese: Erstens, anders als Konservative und vor allem Marktliberale betone ich bei „soziale

Marktwirtschaft“ das Wort „sozial“, nicht das Wort „Markt“. Zweitens, ich käme nicht mal im Traum auf die Idee, das Wort „Markt“ durch das Wort „Staat“ zu ersetzen. Und das wiederum bedeutet: Gerade für wesentliche Änderungen im Alltags- und Konsumverhalten der Bürger muss zunächst und vor allem der Markt Angebote schaffen. Nur wo er das nicht kann – etwa weil Investitionshürden zu hoch, Investitionsrisiken noch allzu schwer kalkulierbar (oder Unternehmen allzu risikoscheu) sind –, sollte der Staat stellvertretend für den Markt diese Angebote schaffen oder zumindest fördern.

Das gilt natürlich vorneweg – und von niemandem ernsthaft bestritten – für die Infrastruktur. Dazu gehören nicht nur Straßen, sondern etwa auch eine deutliche Verbesserung von Angeboten für „Park and ride“ und ein attraktiver, für jeden Bürger erschwinglicher öffentlicher Nahverkehr. Oder vernünftig ausgebaute Radwege.

Verkehrspolitik im Interesse aller Berliner darf, wie alle gute Politik, nicht in erster Linie auf die Interessen einzelner Gruppen schielen. Sie sollte einen vernünftigen *Ausgleich* aller Interessen hinbekommen, und das auch noch orientiert an einer haushalterischen Gesamtverantwortung.

Wenn ich dazu auf die oben erwähnte Verkehrswegestatistik schaue, dann würde das – sinnbildlich, nicht arithmetisch – heißen: Von 100 Euro, die im Berliner Haushalt, Einzelplan 07 (Umwelt, Verkehr und Klimaschutz), Kapitel 0730 (Verkehr) ausgegeben werden können, sollten wohl ungefähr 32 Euro in den Straßenbau, je 25 Euro in den öffentlichen Nahverkehr und den Unterhalt von Bürgersteigen (plus Grünanlagen, Kapitel 0750: Naturschutz und Stadtgrün) sowie 13 Euro in Radwege fließen. Da bleiben dann noch 5 Euro für die Verwaltung übrig. Was ich angesichts des Leistungsspektrums so einer großen Senatsverwaltung ausgesprochen günstig finde. Bei Deutschlands bilanzpflichtigen Unternehmen kommen Studien auf einen Verwaltungskostenanteil zwischen 3,3 Prozent im Einzelhandel und 8,8 Prozent in der Technologiebranche. So viel zum Thema „ineffiziente" Bürokratie. Mein Faible für fiskalische Details hat sich seit meinem Ausscheiden aus dem Amt zum Glück etwas gelegt. Darum will ich Sie nicht weiter damit langweilen. Aber wenn ich die Haushalte meiner Amtszeit mit dem Taschenrechner durchgegangen bin, dann waren die realen Werte nicht weit von obiger Rechnerei entfernt.

Beim Thema Elektromobilität muss man differenzieren. Jahrzehntelang war man ja der Meinung, Diesel sei, weil die Motoren mit weniger Treibstoff einen höheren Wirkungsgrad erzielen, irgendwie besser als Benzin. Weshalb man Dieselkraftstoff, der in der Herstellung nur unwesentlich billiger ist als Benzin, an der Zapfsäule steuerlich nach unten subventionierte. Und jetzt – ham'wa den Salat, wie der Berliner sagt.

Meine Schlussfolgerung: Ob sich im Individualverkehr künftig Elektro-, Hybrid-, Wasserstoff- oder vielleicht ja auch ganz andere Antriebsarten durchsetzen, sollte man gescheiterweise dem Markt und den Verbrauchern überlassen. Zumindest sollte der Staat keine Einkaufsgutscheine verteilen, mit denen eher stromgetriebene Zweit- oder Drittwagen begünstigt werden. So sich denn abzeichnet, dass E-Autos zumindest in den Städten den Benziner ablösen, sollte man dann vor allem über die Infrastruktur reden. Aber was heißt das? Gegenwärtig bin ich nicht mal sicher, ob wir hier über zusätzliche Stromleitungen und über zwanzig oder fünfzig Ladesäulen pro Wohnstraße reden. Kann schon sein. Kann aber auch sein, dass Autoindustrie und Mineralölkonzerne doch noch jene Blaupausen aus der Schublade holen, die vorhersagen, dass nicht nur der Strom, sondern die ganze Batterie das Benzin der Zukunft sein wird. Sprich, dass man die Dinger nicht privat auflädt, sondern dass man sie *ausleiht.* Damit müssten Tankstellen zu Stationen für schnellen Batteriewechsel, nicht Wohnstraßen zu Säulenalleen umgerüstet werden. Doch so arm dran, dass der Steuerzahler ihnen das bezahlen müsste, sind BP, Shell & Friends nun auch wieder nicht.

Dennoch spricht ja nichts dagegen, in der gegenwärtigen Frühphase der Mobilitätsrevolution – zu der ja neben dem absehbaren Ende des Verbrennungsmotors noch das hochkomplexe Thema fahrerloser Pkw, Lkw, Busse und Bahnen gehört – dem Handwerk ein wenig beim Klappern zu helfen. Genau das tut die Hauptstadtregion Berlin-Brandenburg derzeit als eines der vier deutschen „Schaufenster der Elektromobilität", einem seit 2011 laufenden Programm, das Demonstrations- und Pilotvorhaben in den Bereichen Elektrofahrzeuge, Energieversorgung und Verkehrssysteme fördert. Wenn man hier nicht allein auf die Zulassungszahlen von E-Autos oder aufs Carsharing schaut, sondern alle Aspekte zusammen betrachtet, dann nimmt Berlin einen bundesweiten Spitzenplatz in der praktischen Anwendung von Elektromobilität ein – während Brandenburg eine führende Rolle in der nachhaltigen Energieproduktion spielt.

In über zwanzig vom Bund und neun von den Ländern geförderten Projekten mit den Schwerpunkten „Fahren, Laden, Speichern und Vernetzen" wird Elektromobilität erfahrbar gemacht und mit Blick auf die gesamte Wertschöpfungskette der Elektromobilität abgebildet. Das Thema „Vernetzung" spielt dabei eine zentrale Rolle. Verkehrsangebote wie ÖPNV und Carsharing werden optimal aufeinander abgestimmt, Pilotprojekte setzen Impulse für die Umrüstung etwa der Fahrzeugflotten von BVG, Stadtreinigung und kommunalen Einrichtungen. Das alles verbunden mit einem intelligenten Stromnetz, vorrangig gespeist aus Brandenburger Windkraftanlagen.

Die Schaufensterregion Berlin-Brandenburg wird hier mit Bundesmitteln in Höhe von rund 36 Millionen Euro gefördert, die Länder Berlin und Brandenburg tragen rund 16 Millionen Euro, die beteiligten Unternehmen etwa 31 Millionen Euro bei. So lernt die Hauptstadt, was geht – und was eher nicht.

STICHWORT AUTOBAHN

Zu Mauerzeiten war die AVUS ja West-Berlins einzige Rennstrecke. Auf den knapp 9 Kilometern durfte jeder Autofahrer seinen Frust über das strikte Tempolimit auf der Transitstrecke und über etwaige Schikanen am Grenzkontrollpunkt Drewitz abbauen. Mit der freien Fahrt für freie Bürger ist seit 1989 Schluss. Für das verhängte Tempolimit musste der rot-grüne Senat unter Walter Momper von ADAC und Autonarren zunächst heftige Prügel einstecken. 18.000 Autos beteiligten sich an einem „Protestkorso". Heute sorgt schon der normale Verkehr am Tage dafür, dass man eher selten über die 80 km/h hinaus kommt. Dafür fährt man immerhin durch den Grunewald.

Nun führen ja auch im Ruhrgebiet die wenigsten Autobahnen durch schöne Natur. Aber wer ab dem Dreieck Funkturm am ICC auf der umgangssprachlich als „Stadtring" firmierenden Autobahn A 100 weiterfährt, versteht sehr schnell, warum autogerechte Städte nur um den Preis brutaler Eingriffe ins Stadtbild zu haben sind. An der in den 1960er- und 70er-Jahren quer durch das Charlottenburger Westend, durch Wilmersdorf, Schöneberg, Tempelhof und Neukölln betonierten Strecke stechen, neben den Wundern zeitgenössischer Gewerbearchitektur, allenthalben fensterlose Fronten einstiger Quer- und Hinterhäuser gründerzeitlicher Wohnblöcke ins Auge. Sie sind die Phantomschmerzen einstmals größerer Karrees. Dass für die Stadtautobahn oft nur die Schneise der großteils parallel verlaufenden, bereits in den 1870er-Jahren gebauten Ringbahn verbreitert werden musste, tröstet über den Anblick nur bedingt hinweg.

Ob man so eine Strecke heute beim Bundesfinanzminister einerseits, bei den Berlinern andererseits noch mal durchkriegen würde, ist fraglich. Auf der anderen Seite muss man sich aber vorstellen, der heutige Verkehr auf der Stadtautobahn würde sich durch die Wohnstraßen quälen. Da würde nicht nur der Verkehr, da würden auch sämtliche Anwohner kollabieren. Und zwar nicht nur zu den Stoßzeiten montags bis freitags. Außerdem: Damals dachte man beim Thema Wohnen eher an moderne Hochhäuser im Bauhaus-Stil. Oder an das eigene Häuschen im Grünen. Die Altbauten der Gründerzeit waren vor allem eins: alt. Und lieber als alles andere wollten die frisch motorisierten Berliner, wie alle Europäer, schnell zur Arbeit, zum Einkaufen und wieder nach Hause. Autobahnen! Das war die Zukunft.

Und Berlin hatte ja tatsächlich die erste Autobahn der Welt: die eingangs erwähnte, 1921 eingeweihte Automobil-Verkehrs- und Übungsstraße (AVUS) – obwohl die bis 1940 hauptsächlich als Renn- und Teststrecke diente.

Heute ist das bundesdeutsche Autobahnnetz mit 13.000 Kilometern eines der weltweit dichtesten Netze überhaupt. Unter anderem Berlin hat hier nach der Wende kräftig nachgelegt: Die A 10, der Berliner Ring, wurde im Süden und im Osten, das Anschlussstück der A 115 bis zur AVUS durchgängig sechsspurig ausgebaut und modernisiert. Bis 2022 wird auch der nördliche Berliner Ring komplett sechsspurig befahrbar sein. Lediglich für den westlichen Teil gibt es bislang keinen festen

Termin. Die Stadtautobahn wurde im Südosten bis zur Grenzallee zwischen Neukölln und Treptow verlängert. Zwischen 1999 und 2008 wurde zwischen Neukölln und dem Anschluss an den Berliner Ring in Schönefeld die A 113 über 10,2 Kilometer komplett neu gebaut. Und 2022 bekommt Berlin dann noch für 473 Millionen Euro den teuersten deutschen Autobahnabschnitt aller Zeiten: die Verlängerung der Stadtautobahn vom Dreieck Neukölln bis zum Treptower Park.

An diesem Wunderwerk des Straßenbaus sind im Oktober 2011 sogar die Koalitionsverhandlungen mit den Grünen gescheitert. Für die war eine Verhinderung der Autobahn ein „Knackpunkt". So als hätten wir an der Grenze von Neukölln und Kreuzberg ein Atomkraftwerk bauen wollen. Für Teile der SPD war der Bau ein Stück der Verhandlungsmasse. Meine Partei war ja auf einem Parteitag gegen den Bau, beim nächsten, 2010, dann mit einer hauchdünnen Mehrheit von fünf Stimmen wieder dafür. Wäre es andersrum ausgegangen, wäre ich zurückgetreten. Nicht, weil mein Herzblut an einem Stückchen Autobahn hängt, sondern weil es meiner Meinung nach damals eine symbolhafte Entscheidung darüber war, ob man überhaupt noch in Zukunftsprojekte investieren will.

Diese Zukunft wird zeigen, ob die gewiss auch nicht preiswerte Verlängerung der Stadtautobahn durch Lichtenberg hindurch – vermutlich eher in einem Tunnel – irgendwann kommen wird oder nicht. Eine Weiterführung durch Weißensee und den Prenzlauer Berg bis zur A 114 im Norden wird eh nicht machbar sein.

Man kann natürlich hinterfragen, ob 3200 Meter Autobahn, das Stück zu knapp 150.000 Euro, eine echte Investition in die Zukunft Berlins sind. Richtig ist auch: Die Großstadt der Zukunft wie überhaupt die Mobilität der Zukunft müssen weg vom verbrennungsmotorisierten Individualverkehr. Der entscheidende Punkt war und ist hier aber ein anderer. Bis es so weit ist, muss der wachsende Personen- und Warenverkehr gerade in den Städten irgendwo lang können. „Fahr du nur – aber bloß nicht durch meinen Kiez!“ – diese Version des Sankt-Florian-Prinzips wird nicht funktionieren.

Außerdem: Bundesautobahnen bezahlt, wie der Name schon sagt, der Bund. Die 473 Millionen für das Stückchen A 100 hätten beispielsweise nicht alternativ in die Sanierung von Berliner Schulen fließen können. Was fraglos eine bessere Investition in die Zukunft der Stadt wie des ganzen Landes gewesen wäre. Stattdessen wären sie *überhaupt nicht* nach Berlin geflossen. Wo sie halt schon Arbeit und Wirtschaftskraft schaffen. Mit welchen Argumenten sich ein sozialdemokratisches Stadt- und Landesoberhaupt dagegen hätte stellen können, das kann mir auch heute noch keiner vernünftig erklären.

Vielleicht ist auch das ein Symbol des Zeitenwandels: dass man sich in der Politik heute um 3 Kilometer Autobahn fetzt. In den 1970ern stritt man sich noch um einen ganzen *Autobahnring* um die Innenstadt. 1972 verabschiedete Berlin seinen ersten Flächennutzungsplan seit dem sogenannten Hobrecht-Plan von 1862. Da wurde, neben vielen anderen schönen Sachen, eine „Tangente“ für jede Himmelsrichtung projektiert. 100 Kilometer BAB für Berlin! Ja ja, *ganz* Berlin. Zwar glaubte niemand wirklich an die Wiedervereinigung. Aber weil das erstens der „Flächennutzungsplan 1965“ war und weil Stadtplaner zweitens langfristig denken …

Mit der „Westtangente“ fing man an. Schon 1968 wurde deren erstes Teilstück eröffnet. Noch heute führt der 4 Kilometer lange Stummel vom Kreuz Schöneberg der A 100 zum „Steglitzer Kreisel“ – auch so eine Investitionsruine der 70er. Wie es weitergegangen wäre, das können Wanderer bis heute an einem von Betonmauern eingefassten, wild bewachsenen Grünstreifen unterhalb des Sachsendamms erkunden. 1972 gründete sich eine der ersten deutschen BI's, die „Bürgerinitiative Westtangente" (BIW). Anders als jene Autobahn, die sie verhinderte, gibt es die noch heute. Schon 1975 übte sich mein Parteifreund Harry Ristock, damals Bausenator, in Bescheidenheit: Von den geplanten 100 Kilometern Tangente strich er 30 von der Liste – hielt aber an der Verlängerung der A 103 fest. Sie sollte über das Gleisdreieck (Autobahnkreuz!) zum Tempelhofer Ufer, entlang des heutigen Tiergartentunnels nach Moabit und weiter nach Reinickendorf zur A 111 führen (wo das kurz nach der Jahrtausendwende zur Auffahrt degradierte „Autobahnkreuz Reinickendorf" bis heute vom Projekt zeugt). In den folgenden Jahren lieferten sich BIW und Senat ebenso umfangreiche wie hochgradig kreative Ideen-, Planungs- und Straßenwettkämpfe. 1981 verkündete der nur gut vier Monate amtierende Regierende Bürgermeister Hans-Jochen Vogel (SPD) als eine seiner wenigen Amtshandlungen das Ende der Westtangente. In den 1980er-Jahren frönten ADAC, Fachpolitiker und Fachsenatoren der CDU ebenso regelmäßig wie lustlos der Sportart ihrer Reanimation – bevor die Große Koalition in den 90ern den letzten Nagel in den Sargdeckel des Projekts schlug.

Einziges Zeugnis einer „Osttangente" ist heute die Auffahrt Gradestraße zum Dreieck Tempelhof der Stadtautobahn. Weil diese Strecke zu mehr als der Hälfte durch Ost-Berlin geführt hätte, überlebte der Plan nicht mal die frühen Siebziger. Er hätte nicht nur aus dem Britzer Garten, der Hasenheide und dem Thälmannpark sowie aus dem Alex Autobahn-Teilstücke gemacht, sondern Berlin, neben dem in Tempelhof, auch noch zwei weitere Autobahnkreuze geschenkt: eines am Oranienplatz und eines im Prenzlauer Berg. Am Oranienplatz hätte die A 102 die ebenfalls sehr früh beerdigte „Südtangente" vom Tempelhofer Ufer über den Görlitzer Bahnhof hin zur Sonnenallee gekreuzt.

Das heute nicht nur in der Alternativszene, sondern auch bei Immobilienspekulanten wieder beliebte östliche Kreuzberg SO 36 stand in den 70ern mit seinen maroden Altbauten im Schatten der Mauer weitgehend auf der Abschussliste. Wer dort Häuser besaß, der vermietete an die damals auch in Berlin sehnlich erwarteten türkischen Arbeitskräfte zunächst nur in der Annahme, dass diese die Bruchbuden vollends herunterwirtschaften würden – um danach die Grundstücke teuer an den Bund zu verscherbeln. Der Rest ist (bekannte) Geschichte. Nicht ganz so bekannt ist Folgendes: Die kürzlich aufwendig sanierte Betonburg am berüchtigten „Kotti" war als eine Art bewohnter Lärmschutzwall gedacht. Und die zu ihr gehörige Überbauung der Adalbertstraße als Autobahnunterführung.

Nie ernsthaft erwogen wurde schließlich und endlich der Bau einer „Nordtangente" vom Schloss Bellevue über ein Kreuz am Lehrter Bahnhof zum Rosa-Luxemburg-Platz. Die Volksbühne als Autobahnauffahrt. Ich bin sicher, das hätte – als Gedanke! – nicht nur Frank Castorf gefallen.

DIE STRASSE ALS WARENLAGER

Wir tun ja gern so, als seien Autobahnen und (Fern-)Straßen *das* strahlende Symbol der Freiheit. Jedenfalls bis zu dem Moment, in dem wir Mobilitäts-Individualisten uns im Berufsverkehr oder im Ferienstau gegenseitig auf die Palme bringen. Doch solange der Verkehr rollt und der Staat nicht zu viele Schilder an den Straßenrand pflanzt, bedeutet Autofahren für die meisten immer noch Freiheit. Und das zugehörige Gefährt ist ein Ausdruck der stilistischen Individualität.

Das hat sicher auch sehr viel damit zu tun, warum Menschen überhaupt Auto fahren: Sie tun es nämlich ganz oft nicht, weil sie müssen, sondern weil sie wollen. Mit 43 Prozent hat der Urlaubs- und Freizeitverkehr den größten Anteil am gesamten Personenverkehr. Nur gut jeder fünfte Kilometer führt zu einer Arbeits- oder Ausbildungsstätte. 14 Prozent aller Wegstrecken gehen auf das Konto von Geschäftsreisen und 16 Prozent auf das von Einkaufsfahrten. Doch je dichter der Verkehr wird, umso mehr merken wir, dass die eigentliche Freiheit womöglich eher in der Mobilität an sich, nicht im technischen Mittel zu ihrer Gewährleistung steckt.

Spätestens auf der Autobahn, jedenfalls montags bis freitags, werden wir noch mit einem weiteren Faktor der Beschränkung unserer Automobilität konfrontiert: den endlosen Konvois von Lastwagen. Die nämlich halten ab einer bestimmten Dichte nicht nur den Verkehr auf. Ein Lkw nutzt unsere Straßen auch bis zu 100.000 Mal stärker ab als ein Pkw. Zwar entfällt auf unseren Bundesautobahnen nur ein knappes Fünftel des gesamten Verkehrsaufkommens auf Lkw, auf Bundesstraßen gar nur rund 12 Prozent. Aber seit 1991 nahm die Fahrleistung im gesamten Personenverkehr um 28 Prozent zu, die im Güterverkehr aber um 66 Prozent – und die im Güterverkehr auf der Straße um 87 Prozent. Bis 2030, so jedenfalls die jüngste Verkehrsprognose der Bundesregierung, wird der Lastverkehr auf der Straße noch einmal um 38 Prozent wachsen. Dabei kommen schon heute auf jeden Einwohner statistisch gesehen pro Jahr 54 Tonnen Fracht, rund zweieinhalb voll beladene Lkw!

Wo die Fracht am Ende landet, das merken wir nicht zuletzt in der Stadt. Der gesamte Wirtschaftsverkehr (also neben dem Gütertransport auch der Service-, Dienstleistungs-, Geschäfts- und Dienstverkehr) erreicht in großen Städten heute einen Anteil von 25 bis 30 Prozent. Ein gutes Drittel aller innerstädtischen

Lieferungen erfolgt durch Kurier-, Express- und Paketdienste (KEP). Kombis, Kleintransporter und Lieferwagen bis 3,5 Tonnen stellen heute rund zwei Drittel des gesamten Lkw-Bestands in Deutschland. Seit 1995 hat die Anzahl dieser Fahrzeuge um fast die Hälfte zugenommen.

Das ist eines der vielen Beispiele, wo der Städter nicht nur mit den für ihn unbequemen Interessen seiner Mitmenschen konfrontiert wird, sondern auch mit den zahllosen, teils widerstreitenden Interessen seiner selbst. Hier: seinem Interesse als Autofahrer einerseits (schnell und bequem von A nach B kommen), seinem Interesse als Konsument andererseits (möglichst sofortige, größtmögliche Auswahl, am besten rund um die Uhr).

Weil eines der Grundprinzipien der Marktwirtschaft besagt, dass der Kunde König sei, reißen sich Industrie, Gewerbe und Handel seit Jahrzehnten jedes verfügbare Bein aus, um das zu gewährleisten. Weshalb sie im ersten Schritt ihre Warenlager komplett auf die Straße verlagert und ihre Logistik auf ein System „24/7/365" abgestellt haben. Weshalb sie im zweiten Schritt, und zwar vor allem in den großen Städten, ein mehr als flächendeckendes System von Filialen etabliert haben, die mit den Jahren und Jahrzehnten immer größer wurden. Und weshalb sie im dritten Schritt seit etlichen Jahren diese Filialnetze wieder kannibalisieren, indem sie zunehmend auf den viel weniger personal- und kostenintensiven Internethandel setzen.

Und immer mehr Menschen bestellen immer mehr Waren online und lassen sie sich von einem Paketdienst nach Hause liefern. Genauer gesagt, sie lassen sich die zwei- bis dreifache Menge an Waren nach Hause liefern – und schicken dann innerhalb der nächsten Tage und Wochen all das wieder zurück, was ihnen nicht passt oder nicht gefällt. Womit sich der Warenverkehr zwar nicht gleich verdoppelt, aber doch signifikant erhöht.

73 Milliarden Euro wurden 2017 im deutschen Onlinehandel umgesetzt – ein Anteil von 14 Prozent am Gesamtumsatz des Einzelhandels. Die „großen Drei" machen dabei so viel Umsatz wie der ganze Rest der Branche. Amazon steuert allein 15 Milliarden Umsatz bei (und da sind deren „Marktplätze" für Drittanbieter nicht eingerechnet), die Otto Group brachte es 2016/17 in Deutschland auf einen Umsatz von 7,7 Milliarden (über drei Viertel Online-Umsatz), der Berliner Wettbewerber Zalando auf 4,5 Milliarden.

Was das mit dem Thema Verkehr zu tun hat? Über 4 Milliarden Paketsendungen wurden 2017 in Deutschland durch die Gegend kutschiert – an Spitzentagen vor Weihnachten bis zu 15 Millionen Stück pro Tag. Rund die Hälfte des Aufkommens geht inzwischen auf den Versandhandel zurück. Wogegen unsere Pakete an Freunde und Verwandte den Versendern gerade noch 4 Prozent ihres Umsatzes bescheren. Angesichts dieser Entwicklung reden nicht etwa Berufsapokalyptiker oder Feinde des Fortschritts von „Grenzen des Wachstums", „Paketkollaps" oder „Verkehrsinfarkt", sondern die Verbände der Logistikbranche.

Deshalb steht hier auch die städtische Verkehrsplanung vor ganz neuen Herausforderungen. Wie wollen wir den innerstädtischen Warentransport, wie wollen wir die dahinter stehende Logistik in Zukunft organisieren? Wie erreichen wir es, dass die Bürger erstens die von ihnen gewünschten kurzen Wege zu Handel und Dienstleistungen haben, dass zweitens alles vielleicht nicht rund um die Uhr, aber doch von morgens früh bis abends spät verfügbar ist? Und wie können wir es schaffen, dass wir das vielleicht nicht alles mit Kraftfahrzeugen abwickeln müssen? Oder, wenn's denn sein muss: Wie können wir, gemeinsam mit den Logistikunternehmen, Infrastrukturen schaffen, die Lieferziele, Lieferzeiten und Lieferwege möglichst optimal organisieren. Müssen wir Netze aus mehreren kleineren, von allen KEP-Anbietern gemeinsam genutzten Verteilzentren aufbauen? Oder bringt das für den „letzten Meter“ gar nix? Anders herum: Muss wirklich jedes Paket bis an die Wohnungstür gebracht werden? Oder sind Paketstationen und Abholfilialen doch mehr als Notnägel für abwesende Empfänger? Regeln die Anbieter das über den Preis, sprich über Zuschläge für „home delivery“? Schössen wir uns damit ins eigene Bein, weil viele Kunden dann in ihr eigenes Auto steigen, statt auf ein Auto zu warten? Sollte die Politik, die ja am Ende für überlastete Verkehrsinfrastrukturen verantwortlich gemacht wird, regulierend eingreifen? Mit Gesetzen? Verordnungen? Gebühren, sprich City-Maut für den Kommerz? Steuerpolitik? Fragen über Fragen …

Natürlich steht das Thema Elektromobilität gerade auch in der innerstädtischen Logistik ganz oben auf der Tagesordnung. Ob wir dagegen eines schönen Tages mehr Paketdrohnen als Tauben in unseren Städten herumfliegen lassen wollen, ob die Menschen möchten, dass ihr Kühlschrank selbst Milch und Getränke, die Waschmaschine Waschmittel und der Wasserfilter Filterpatronen nachbestellt, da wäre ich mir schon wieder nicht so sicher. Aber gut, ich gehe halt auch lieber zum Italiener oder zum Asiaten um die Ecke, als mir Pizza oder Padh Thai von einem unterbezahlten Kurier bringen zu lassen.

Die größte Frage ist wohl diese: Wird der Onlinehandel irgendwo bei 20 oder 30 Prozent Marktanteil seine Grenzen erreichen? Oder wird der stationäre Handel eines Tages weitgehend verschwinden?

Was wird mit unseren Innenstädten passieren, wenn der Handel sich aus ihnen zu großen Teilen zurückzieht? Vor allem: jener Handel, dessen Zielgruppe die Normalverdiener sind? Werden dann die Innenstädte neu aufgeteilt? Etwa unter jenen, die für Büros mehrere hundert Euro pro Quadratmeter ausgeben können? Für exklusive Wohnungen wenigstens 20 Euro als Mieter und 5000 Euro plus als Käufer so eines Quadrats? Und für ein Hotelzimmer wenigstens 400 Euro pro Nacht? Wollen wir solche Innenstädte haben? Wenn das keine eminent politischen Fragen sind, mit denen wir uns jetzt beschäftigten müssen, wenn wir die Entwicklung irgendwie steuern wollen – dann weiß ich nicht, was Politik sein sollte.

Freie Entscheidungen von einzelnen Unternehmen wie von einzelnen Verbrauchern produzieren gesellschaftliche Probleme – und die muss man regeln. Das ist Aufgabe der Politik. Und weil sich Politiker nun mal notgedrungen mit ihren Vorschlägen an die Öffentlichkeit wenden, finde ich schon, dass sie ab und an auch mal an die Öffentlichkeit appellieren dürfen, ohne dass ihnen gleich vorgeworfen wird, die Bürger „bevormunden" zu wollen. Schon klar: Probleme lösen geht vor. Aber ab und an in wichtigen Fragen *Problembewusstsein* zu schaffen oder zu befördern, das halte ich für eine ebenso legitime Aufgabe von Politik. Sie müssen ja meine Sicht auf das Problem nicht gleich teilen.

Es gilt, zwei Dinge zu trennen. Im vorliegenden Fall zwischen dem explizit politischen Thema von Güterverkehr und Verkehrslogistik einerseits. Und den gesellschaftlichen Folgen individuellen Verhaltens andererseits. Wenn ich also zum Beispiel öffentlich verkünde, dass ich lieber in eine Buchhandlung gehe (nicht zuletzt, weil ich da ganz oft Bücher finde, nach denen ich gar nicht gesucht habe), dann bringe ich damit weder ein Pflichtlektüre-Gesetz ins Gespräch noch eine kartellrechtliche Verordnung zur Beschränkung des Online-Buchhandels. Ich sage nicht mal, dass alle Leser gefälligst in Buchhandlungen gehen sollen. Ich sage nur, dass *ich* das vorziehe – und dass Sie darüber nachdenken können (nicht: müssen), ob an meiner Einschätzung was dran ist. Der einzige Unterschied zwischen einem Politiker und einem Bürger: Wenn Ersterer das tut, ist die Wahrscheinlichkeit etwas höher, dass ihm jemand ein Mikrofon hinhält.

Also: Bestellen Sie Bücher, Klamotten, Elektrogeräte oder Möbel im Internet. Aber machen Sie sich bitte auch ab und an klar, dass das Folgen hat. Siehe oben.

Die Ausgangsidee von Jeff Bezos, dem Gründer von Amazon, war es übrigens nicht, Amerikas Buchhändler in den Ruin zu treiben. Bezos war nur als einer der Ersten davon überzeugt, dass dieses neuartige, bunte Ding namens World Wide Web auch für Zwecke des Handels taugen könne. Und er entschied sich als Erstes für den Handel mit Büchern, weil Buchhandlungen in den ländlichen Teilen der USA ganz schnell mal hundert oder mehr Kilometer entfernt sein können. Weil Bücher logistisch ein bequemes Gut sind. Weil amerikanische Verlage Bücher viel seltener lange bevorraten als bei uns. Und weil sie dort auch keinen so perfekt organisierten Zwischenbuchhandel haben wie das deutsche Barsortiment. Dass es schließlich auch Leute in Los Angeles oder New York bequemer fanden, zu Bezos statt zu Borders zu gehen, hat Amazon natürlich nicht nur billigend in Kauf genommen. Als das mit den Büchern funktionierte, lag es nahe, es auch mit anderen Produkten zu probieren. Leider fing Bezos irgendwann an zu fantasieren, es reiche ja vielleicht, wenn es nur noch einen einzigen Einzelhändler auf der Erde gebe. So wurde er schlussendlich ein Fall fürs Kartellrecht. Und für Politiker.

Wenn es um das Thema Verbraucherverhalten und seine Folgen geht, bin ich, ehrlich gesagt, auch innerlich ein bisschen gespalten. Ich verstehe Menschen, die sagen: Lieber einmal die Woche Bresse-Poularde, Charolais-Rind oder schottischen Wildlachs als jeden Tag Hack für 3,29 Euro das Kilo. Ich hab damals sogar verstanden, was Peer Steinbrück meinte, als er kundgab, es sei unmöglich eine Flasche trinkbaren Wein für weniger als 5 Euro zu finden. Abgesehen davon, dass es ungünstig ist, so zu plaudern, wenn die Presse zeitgleich deine Vortragshonorare kolportiert. Ja, bei einem Supermarktwein für 2,49 handelt es sich wahrscheinlich um gepanschten Fusel. Wahr ist aber auch, dass sich Menschen, die das Preisgefüge guter Weinläden einkommensbedingt abschreckt, zu einfältigen Alkoholikern abgestempelt sehen, wenn man so was sagt.

Früher kauften alle beim Fleischer, beim Bäcker, im Milchgeschäft oder im Tante-Emma-Laden ein. Auf dem Land oder in der Kleinstadt gehen die Leute auch heute noch zum Fleischer. Neben ein oder zwei Discountern ist das oft der einzige Laden, den es noch gibt. Und in der Landfleischerei kann sich jeder Koteletts und Aufschnitt leisten. In den größeren Städten sind die Fachgeschäfte für den Alltagsbedarf selten geworden. Und wenn es sie gibt, dann richten sie sich vorzugsweise an eine besser betuchte Klientel. Ich finde es persönlich gut, dass es solche Gegenbewegungen zum Einerlei abgepackter Fabrikware gibt. Ich kaufe unter anderem auch deshalb nicht beim Textildiscounter, weil ich weiß, unter welchen Bedingungen für die Beschäftigten und die Umwelt in den Herkunftsländern ein Großteil der Ware hergestellt wird. Und ich schätze im Prinzip auch nachhaltig produzierte und fair gehandelte Waren. Aber als „Besserverdienender" kann ich mir gelegentliche Bedenken bezüglich der Produkt- und der Prozessqualität meiner Einkäufe halt leisten. Als Individuum Klaus Wowereit bin ich deshalb noch lange kein Snob. Aber sozialdemokratischer Politiker bin ich geworden, um für die Interessen jener Menschen zu streiten, die sich so was eher nicht oder auch gar nicht leisten können. Und statt mich öffentlich an deren Konsumgewohnheiten zu reiben, setze ich mich lieber für bessere Einkommen, sichere Arbeitsplätze und bezahlbare Mieten in der Stadt ein. Nur das macht es nämlich möglich, dass mehr Menschen beim Einkaufen nicht alles nur über den Preis regeln müssen.

DEUTSCHER MEISTER DES ÖPNV

Es gibt viele schöne Studien zum Thema Pendlerverkehr. Die beste Nachricht: Nehmen Sie einfach öffentliche Verkehrsmittel, vor allem, wenn Sie länger als eine halbe Stunde unterwegs sind. Da haben Forscher nämlich herausgefunden, dass 40 Prozent der Pendler das Gefühl haben, ihre Zeit sinnvoll zu nutzen. Ansonsten: Nur *bad news!* Pendeln macht krank. Von denen, die täglich 90 Minuten und länger unterwegs sind, leidet jeder Dritte unter Nacken- oder Rückenproblemen. Pendeln sorgt für signifikant erhöhte Werte des Stresshormons Cortisol. Da hilft übrigens auch Zugfahren nicht – je häufiger die Bahn verspätet ist, desto mehr Stress haben Pendler. In besonders belastenden Situationen haben sie sogar einen höheren Stresspegel als Kampfpiloten. Wirtschafts-Nobelpreisträger Daniel Kahneman fand 2003 heraus: Pendeln ist die Aktivität, die Menschen am unglücklichsten macht. Frauen noch mehr als Männer. Am besten gefällt mir eine Studie des Schweizer Ökonomen Bruno Frey aus dem Jahr 2004, für die er Daten des Sozioökonomischen Panels auswertete. Resultat: Wer für den Weg zur Arbeit eine Stunde benötigt, müsste theoretisch 40 Prozent mehr verdienen, um genau so glücklich zu sein wie jemand, der um die Ecke arbeitet. Das sollten sich mehr Unternehmen durch den Kopf gehen lassen: Wohnortnahe Arbeitsplätze machen Mitarbeiter so glücklich, dass sie beim Gehalt wohl sogar mit sich reden ließen. Na!

Nun ist der Berliner Senat ja an vielem schuld, aber sicher nicht daran, dass es in der Prignitz, in der Uckermark oder anderswo im brandenburgischen Umland nicht genug Arbeitsplätze gibt. Eine Folge davon ist, dass viele Brandenburger zur Arbeit nach Berlin fahren. Wenn es in Berliner Verkehrssendern trotz moderater Automobilisierung zu Zeiten des Berufsverkehrs ständig Staumeldungen hagelt, dann hat das nicht zuletzt mit der hohen (und rasant wachsenden) Zahl der Pendler zu tun.

Rund 300.000 Menschen sind jeden Tag zwischen Berlin und dem brandenburgischen Umland auf dem Weg zur Arbeit und wieder zurück nach Hause. 210.000 pendeln von Brandenburg nach Berlin, 87.000 Berliner fahren täglich nach Brandenburg. Und nur zwischen Berlin und Potsdam halten sich die Zahlen der Ein- und Auspendler die Waage. In den letzten zwanzig Jahren ist die Zahl der Berufspendler in der Region um fast 70 Prozent gestiegen.

Im Ergebnis gebar das nicht allein verstopfte Zufahrtsstraßen. Auch die Bahn kommt dem Pendlerstrom kaum hinterher. Aber die Aufstockung der Verbindungen mit den Regionalbahnen von Deutscher Bahn, Niederbarnimer und Ostdeutscher Eisenbahn (ODEG) sowie die Modernisierung der Gleisstrecken seitens der DB ist halt nichts, was sich über Nacht bewerkstelligen ließe. Während der Senat über die Ausschreibung des Berliner S-Bahn-Betriebs noch ein gewisses Druckpotenzial gegenüber der Bahn hat, erschöpft sich das beim Umlandverkehr auf unser Nörgelpotenzial im Bundesrat.

Ich hatte es schon erwähnt: Rund die Hälfte aller Berliner Haushalte besitzt kein Auto, die Stadt weist die niedrigste Motorisierungsrate in Deutschland auf. Das wäre in einer auch flächenmäßig sehr großen 3,7-Millionen-Metropole, einer mit hohem Pendleraufkommen zudem, ein Riesenproblem – wenn Berlin nicht zugleich eines der besten und dichtesten Nahverkehrsnetze der Welt hätte.

An alle Spötter: Die „S-Bahn-Krise“ der Jahre 2009 bis 2011, die weder ich persönlich noch der Berliner Senat, sondern die der seinerzeit geplante Börsengang der Deutschen Bahn verschuldet hatte, ist vorbei. Sowohl in das Netz als auch in den Fuhrpark wurde seitdem – und wird auch in Zukunft – massiv investiert. Ja, manchmal kommt es zu Signal-, Stellwerks- oder Weichenstörungen. Doch angesichts einer Zuverlässigkeit von 95 Prozent produziert das nur ab und an Regionalnachrichten. Wenn sich hier eine S-Bahn oder U-Bahn verspätet oder sie gar ausfällt, dann führt das im *Einzelfall* zu einer Taktzeit, die andernorts der *Normalfall* ist. Klar, Schienenersatzverkehr ist auch nicht lustig. Aber weil der nun mal zu einem Nahverkehr gehört, weil der Betreiber das Netz wartet, saniert und laufend modernisiert, wird das von den Berlinern dann doch relativ gelassen gesehen.

Alle Transportmittel zusammengerechnet erstreckt sich unser Nahverkehrsnetz über 2600 Kilometer. An über 7600 Bahnhöfen und Haltestellen können die Fahrgäste ein- und aussteigen. 86 Prozent der Berlinerinnen und Berliner finden eine Haltestelle im Umkreis von 300 Metern in dicht und 400 Metern in weniger dicht bebauten Gebieten – das ist eine überdurchschnittlich hohe Erschließungsdichte. Auch unsere jährlich 13 Millionen auswärtigen Gäste, die keineswegs alle vom platten Land oder aus Kleinstädten zu uns kommen, staunen meist, wie fix man mit Berliner „Öffis“ durch die Stadt kommt.

Die Berliner sind tatsächlich deutscher Meister im ÖPNV: 27 Prozent aller Wege legen sie mit ihren öffentlichen Nahverkehrsmitteln zurück. Die Stuttgarter bringen es „nur“ auf 24, die Frankfurter und Münchner auf 23, die Hamburger auf 18 und die Kölner auf 15 Prozent. Da kann ich es verschmerzen, dass die Hannoveraner mit 19:13 beim Radfahren gewinnen, die Münchner (17,4 Prozent) noch a weng trainieren müssen, um

Deutschlands „Radlhauptstadt“ zu werden – und die im Fußball noch weniger als wir verwöhnten Düsseldorfer mit 31,4 Prozent Wegeanteil Deutschlands eifrigste Fußgänger sind. Nicht dass Sie glauben, ich erfinde so was. In der Verkehrsstatistik ist der sogenannte „Modal Split“ eine zentrale Messgröße. Wenn Sie den googeln, finden Sie die Zahlen.

Das Berliner U-Bahn-Netz hat eine Länge von 146 Kilometern. Das innerstädtische S-Bahn-Netz ist 256 Kilometer, das gesamte Netz 331 Kilometer lang. Auf mehr als 1700 Kilometern verkehren Berlins 198 Buslinien – im größten Stadtbusnetz des deutschsprachigen Raums. Auf vielen Hauptstrecken fahren jene gelben Doppeldecker, die für die Stadt so typisch sind. Mit 295 Kilometern und 22 Linien hat Berlin zudem nach Melbourne und Sankt Petersburg das drittlängste Straßenbahnnetz der Welt.

Und das obwohl West-Berlin (genau wie Hamburg) in den 1950er- und 60er-Jahren von heute aus betrachtet einen verkehrspolitischen Irrweg eingeschlagen hatte: die Tram wurde zugunsten von U-Bahn und Bus stillgelegt. Am 2. Oktober 1967 stellte die BVG ihre letzte Linie vom Bahnhof Zoo nach Hakenfelde (Spandau) ein. Vor dem Krieg war das Netz mehr als doppelt so lang wie heute. Von seiner Zerstörung 1943-45 hat es sich danach leider nie mehr erholt.

Erst nach der Wende, ab 1995, wurde der Westen wieder ans Straßenbahnnetz angeschlossen. Zunächst nur mit einer 5 Kilometer langen Strecke vom S-Bahnhof Bornholmer Straße zum Virchow-Klinikum im Wedding. Seit Ende 2014 fährt die Tram auch zum Hauptbahnhof und von dort nach Moabit. Diese Linie wird bis 2020 hin zum U-Bahnhof Turmstraße verlängert, ein Weiterbau durch Moabit, entweder in den Norden Charlottenburgs oder in den Wedding, ist geplant. Bei der Linienführung setzen BVG und Senat auf Bürgerbeteiligung. Perspektivisch geplant sind auch Tramlinien vom Alex zum Potsdamer Platz und später entlang von Potsdamer Straße, Rheinstraße, Hauptstraße und Schlossstraße bis nach Steglitz, ferner ein Anschluss des aufstrebenden Pankower Nordens und eine Verbindung von der Warschauer Straße zum Neuköllner Hermannplatz. Ja, das alles geht langsamer als ursprünglich gedacht, da können Kritiker punkten. Aber auch der Bau von Straßenbahnen ist weder billig noch ein planungsrechtliches Kinderspiel.

Neben der Deutschen Bahn und anderen Bahngesellschaften befördern allein die Berliner Verkehrsbetriebe (BVG) mit insgesamt 3000 Fahrzeugen pro Jahr mehr als eine Milliarde Fahrgäste über 4,6 Milliarden Personenkilometer. Das sind mehr als 2,8 Millionen Fahrten pro Kalendertag. Heißt: nicht nur Fahrten tagsüber, sondern rund um die Uhr. In den Nächten von Freitag auf Sonnabend und von Sonnabend auf Sonntag fahren die zehn Linien der Berliner U-Bahn im 15-Minuten-Takt. In den übrigen Nächten verkehren parallel zu den U-Bahn-Strecken Nachtbusse im 30-Minuten-Takt. Unter der Woche gilt bei der U-Bahn ein Vier- oder Fünf-Minuten-Takt, in der Nebenzeit (die im Berliner ÖPNV um 20 Uhr beginnt) ein Fünf- oder Zehn-Minuten-Takt. Die S-Bahn fährt auf 16 Linien zwischen vier Uhr früh und ein Uhr nachts – auf der Ringbahn im 10-, sonst im 20-Minuten-Takt. Da aber auf der Stadtbahn drei Linien verkehren, warten Sie dort ebenfalls nur fünf bis zehn Minuten auf den nächsten Zug.

Fazit: Mehr geht immer. Aber strukturell ist der Berliner Nahverkehr hervorragend aufgestellt. Streckenausbau und Erweiterung des Angebots können sozusagen organisch erfolgen, im Gleichklang mit dem allgemeinen Wachstum der Stadt.

Wer die vergleichsweise gedämpfte Lust der Berlinerinnen und Berliner aufs Autofahren nicht irgendwann wieder anfachen will, sollte fortgesetzt in den öffentlichen Nahverkehr investieren. Auch und gerade Berlin muss das tun. Erstens weil ein so stark beanspruchter ÖPNV natürlich auch einen höheren laufenden Sanierungsbedarf hat. Zweitens, und das ist noch wichtiger, weil Berlin wächst und weil dadurch nicht nur mehr Menschen unsere öffentlichen Verkehrsmittel werden nutzen wollen, sondern weil auch neue oder wachsende Wohngebiete infrastrukturell angebunden werden müssen. Drittens, weil sogar Berlin auf lange Sicht nicht jünger wird und der demografische Wandel nicht mehr Leute hinters Lenkrad, sondern in Busse und Bahnen treiben wird. Schließlich viertens, weil wir auch in der Hauptstadt der Pkw-Stehenlasser künftig noch mehr vom Auto wegkommen sollten.

Umland-Pendler werden nie aufs Auto verzichten. Sie werden es höchstens am Stadtrand parken – wenn wir für attraktive Angebote sorgen. „Attraktiv" heißt da nicht nur, dass man an möglichst vielen S- und U-Bahnhöfen schnell einen kostenlosen Stellplatz findet. Sondern dass man dann öffentlich möglichst doppelt so schnell am Ziel ist wie privat. Und das am besten zum Preis von ein oder zwei Liter Benzin, die man sonst täglich in der Stadt verfahren würde. Ebenso werden Städter nur dann auf den Besitz eines Autos verzichten oder es (noch) öfter stehen lassen, wenn es einfacher, schneller, bequemer und preisgünstiger ist, mit Bussen und Bahnen ans Ziel zu kommen. Oder mit neuen, völlig anderen Verkehrsmitteln. Mit Minibussen, die man per App an der Ecke stoppen kann. Mit selbstfahrenden Sammeltaxis. Oder mit Mini-Mietlastern nach Art des Piaggio Ape, elektrisch betrieben. Ob es auch so was wie die in Deutschland entwickelte und im September 2017 erstmals über Dubai gesurrte Elektrodrohne Volocopter sein könnte? Ich persönlich halte das erst mal für ein Scheich-Toy. Aber wer weiß.

Jetzt kommt eine schöne Überleitung zum Thema Baustellen. Gemeint ist die neue Berliner U-Bahn-Linie U 5. Die nervt jeden, der in Mitte unterwegs ist. Seit 2009 gibt's ja diesen Stummel der U 55. Die „Kanzler-U-Bahn". Drei Stationen: Hauptbahnhof, Bundestag, Brandenburger Tor. Bei Touristen sehr beliebt. Hat nur 14 Jahre gedauert, die zu bauen. Und nur 320 Millionen Euro gekostet. Mein erster Senat hat den Bau 2002 aus finanziellen Gründen mal für ein knappes Jahr gestoppt. Danach legte sich das Berliner Grundwasser quer, das am Brandenburger Tor nicht freiwillig versickern wollte. Dann noch die BVG, der es zu teuer war, zur Fußball-WM 2006 einen 600-Meter-Spaßbetrieb zwischen Bahnhof und Reichstag zu betreiben. Am Ende jedoch drohte eine Rückforderung der zugeschossenen Bundesmittel in Höhe von 170 Millionen Euro. Weshalb schließlich auch der Senat für den Weiterbau votierte.

Seit 2009 wird nun Unter den Linden und vor dem Roten Rathaus gebuddelt und gedeckelt. Ende 2020 wird die neue U-Bahn über Friedrichstraße / Unter den Linden und die Museumsinsel bis zum Alex durchfahren, wo sie mit der U 5 nach Hellersdorf und Hönow am östlichen Stadtrand verbunden wird. Dann haben Bund und Land noch mal mindestens 525 Millionen Euro in Berlins feuchtem Untergrund verbaut. Doch für die erwarteten 150.000 Fahrgäste pro Tag wird die neue Linie ohne Zweifel das Verkehrsangebot in Mitte noch mal deutlich attraktiver machen.

Auch bei der Staatsoper Unter den Linden wurde der Kampf gegen das Grundwasser, gegen eine deutlich marodere Bausubstanz als gedacht sowie gegen die zahllosen Forderungen des Denkmalschutzes gewonnen. Der Glaubensstreit zwischen den Anhängern des „alten" und des „modernen" Zuschauersaals ist entschieden. Und der Bericht des Untersuchungsausschusses

Staatsoper liegt bei den Akten. Am 7. Dezember 2017 hat das Haus seinen regulären Spielbetrieb am alten Ort aufgenommen. Anfang 2019 wird die Sanierung der hundert Jahre alten Staatsbibliothek Unter den Linden abgeschlossen sein und nach dem 2013 eröffneten Lesesaal auch der südliche Block und das Hauptportal am Lindenboulevard in neuem altem Glanz erstrahlen. Ende 2019 wird dann das Humboldt-Forum eröffnen. Danach können Unter den Linden auch wieder Linden gepflanzt werden. Und Berlins alte Mitte hat ihren alten Prachtboulevard endlich wieder und vier Großbaustellen auf 2000 Metern weniger.

Vielleicht schreibt ja dann auch mal jemand was Nettes über Berlin.

BAUSTELLEN

Jetzt komme ich wirklich zum Thema Baustellen. Nicht zu DER Baustelle. Die bekommt aus nachvollziehbaren Gründen ein eigenes Kapitel. Obwohl man darüber auch ein eigenes Buch schreiben könnte.

Erstens: Das Berliner Straßennetz hat eine Gesamtlänge von rund 5400 Kilometern. In der Stadt gibt es über tausend Brücken, etwa jede zehnte ist mehr oder minder im Eimer. Da gibt's immer Baustellen.

Zweitens: Wie überall in Deutschland haben wir auch in Berlin besonders an kritischen Stellen wie eben Brücken zu lange nicht wahrhaben wollen, dass man die nicht nur ab und an mal neu mit Asphalt belegen muss. Sondern dass solche Bauten auch strukturell irgendwann in die Jahre kommen. Das ist, wenn Sie so wollen, das Problem des infrastrukturellen Schweinezyklus.

Zu bestimmten Zeiten wird gebaut, dass die Schwarte kracht. Dann freut man sich dreißig, vierzig, manchmal auch bis zu hundert Jahre an den Werken jener Zeit. Und dann wundert man sich, dass vieles, was über wenige Jahre erbaut wurde, in ebenso kurzer Frist zum Sanierungsfall oder zum Fall für die Abrissbirne wird.

Nun ist nicht jede Brücke ein Wahrzeichen wie der Pont Neuf, die Tower Bridge oder die Golden Gate – an denen man genau deshalb praktisch ständig saniert und erneuert. Dagegen schnurren Sanierungsstaus als Alltagsproblem oft nur auf die Frage zusammen, ob man den einen oder anderen Abriss und Neubau – und damit die Dauer-Großbaustelle – nicht einfach ein paar Jahre zu spät geplant hat.

Beispiel: Im Sommer 2017 konnten sich Hörer der Berliner Verkehrssender fünf Wochen lang an den täglichen Staumeldungen betreffs Rudolf-Wissell-Brücke erfreuen. Sie ist Teil der Stadtautobahn und gehört mit täglich 180.000 Fahrzeugen zu den am stärksten befahrenen Brücken des Landes. Die Sanierung der Fahrbahndecke konnte sogar eine Woche früher als geplant abgeschlossen werden. Leider ändert das nichts daran, dass das 1961 eingeweihte Bauwerk irgendwann in den nächsten Jahren abgerissen und komplett neu gebaut werden muss. Dauert. Kostet. Ärgert. Bei der zur Heerstraße gehörigen Spandauer Freybrücke (50.000 Autos am Tag) hat es vier Jahre gedauert, nur um eine Behelfsbrücke zu bauen, um die zwar denkmalgeschützte, aber völlig marode Brücke von 1910 abzureißen und die neue zu bauen.

Drittens: Ja, die Koordination zwischen den Baustellen in der Stadt klappt oft nicht so gut. Wenn beispielsweise die beiden einzigen Zufahrtsstraßen zu einem hier ausnahmsweise mal nicht genannten Vorort gleichzeitig saniert (ergo: teilgesperrt) werden, dann ist das, vorsichtig formuliert, suboptimal. Oder wenn es in zwei Karrees im Prenzlauer Berg mal zwanzig Baustellen gab, weil zeitgleich Fernwärme- und Wasserleitungen neu verlegt, Straßenbeläge erneuert und Häuser saniert wurden. In vielen Fällen liegt so was daran, dass die Beteiligten gar nicht miteinander reden müssen. Ein andermal liegt es daran, dass auch Planer Menschen sind und Fehler machen. In wieder anderen Fällen daran, dass hier der Senat, da Bezirk A und dort schon der benachbarte Bezirk B zuständig ist. Womit ich wieder bei meinem an anderer Stelle erörterten Lieblingsthema „Durchgriffsrecht" wäre. Und dann ist da noch die VLB, die Verkehrslenkung Berlin. Diese Behörde plant und koordiniert in der Hauptstadt nicht nur alles von der Großbaustelle über die Dreißiger-Zone bis zum Filmdreh. Sie vergibt auch die entsprechenden Aufträge an Baufirmen und andere Dienstleister. Vor allem auch die vielen verschiedenen Anschlussaufträge, aus denen sich jede Baustelle zusammensetzt. Bis vor ein paar Jahren waren speziell dafür ganze 14 Mitarbeiter zuständig. Inzwischen sind es ein paar mehr. Wobei das Problem nicht ist, dass der Senat Stacheldraht vor dem Portemonnaie hätte und zusätzliche Stellen nicht einrichten will. Das Problem ist, überhaupt qualifizierte Mitarbeiter zu *finden* – die in der Privatwirtschaft nicht nur besser verdienen, sondern dort auch seltener an irgendeinen Pranger gestellt werden.

Viertens: Man sollte die Kirche im Dorf lassen. Kurz vor Drucklegung dieses Buches (März 2018) habe ich mir mal die Berliner Verkehrswarnungen angesehen: neunzig einschlägig relevante Baustellen, davon zwanzig Voll- oder Teilsperrungen. Von den 31 Baustellen, die seit Anfang 2018 gemeldet wurden, werden alle bis auf fünf schon wieder weg sein, wenn Sie dieses Buch in Händen halten. Vier weitere bis Jahresende. Von den 43 Meldungen aus 2017 gelten bis Ende 2018 noch acht, acht weitere Maßnahmen dauern bis 2019 an. Ebenso müssen die Berliner noch mit einem Dutzend Baustellen aus den Jahren vor 2017 rechnen, die sich großteils bis 2019, in einigen Fällen auch darüber hinaus ziehen werden. Keine Frage: Das ist eine Momentaufnahme. Aber gewiss keine des verkehrsplanerischen Weltuntergangs.

KAPITEL 6

BERLIN, BRANDENBURG, DER BUND UND IHR FLUGHAFEN

Es ist schon viel, allzu viel geschrieben worden über den nie fertig werdenden „Flughafen Berlin Brandenburg Willy Brandt“. Kurz: BER – jenes Kürzel, das seinen langen Schatten vor allem auf die Hauptstadt wirft. In der Tat ist die Geschichte bislang eine leidige *never ending story*, in der viele, allzu viele Dinge noch viel schlechter gelaufen sind, als man sich das vorher je hätte vorstellen können. Das Thema ist natürlich hochkomplex, weshalb man ihm mit einfachen Schuldzuweisungen nicht beikommen kann. Aber wie das leider oft mit komplexen Problemen ist, so lädt auch dieses all jene zu Vereinfachungen und Stammtischparolen ein, die weniger an Lösungen des Problems interessiert sind und stattdessen lieber einen oder zwei Verantwortliche an den Pranger stellen.

Man kann ja schon darüber streiten, ob der Hang unserer Mediengesellschaft zur Personalisierung politischer Themen überhaupt positive Effekte hat. Oder ob dadurch Sachfragen nicht irgendwann zur völligen Nebensache zu werden drohen. Spätestens, wenn etwas überhaupt nicht rund läuft, weiß man: Positive Schlagzeilen schmelzen wie Butter in der Sonne, negative sind haltbar wie Hartwurst.

Zweifellos gab es beim Hauptstadtflughafen Fehleinschätzungen und Entscheidungen, die aus heutiger Sicht kritisch hinterfragt werden. Aber es gibt weder den einen Grund noch gab es den einen entscheidenden Moment. Und erst recht gibt es nicht den alleinig Verantwortlichen für das Desaster. Mir ist klar, dass es den meisten völlig wurscht ist, was ich zu dem Thema sage. Ich könnte hier einen detaillierten tausendseitigen Bericht abliefern oder einen zehnzeiligen Kurzkommentar, weder mit dem einen noch mit dem anderen würde ich auch nur einen Blumentopf gewinnen. Für die öffentliche Stimmung bleibt der BER die große Lachnummer, Berlin die Stadt, die es nicht gebacken kriegt – und Wowi einer der Hauptschuldigen für das Desaster. Also will ich versuchen, die ganze Geschichte so knapp und klar wie möglich aus meiner Sicht zu schildern. Nicht, um mich aus der Mitverantwortung zu stehlen, sondern um die im Detail selbst Experten überfordernden Probleme auf den Kern der Sache zurückzuführen.

DER BER IST KEIN BERLINER PROBLEM

Dazu muss man als Erstes wissen, dass die Berliner Flughäfen nicht nur Berlin „gehören". Historisch bedingt hatten sie drei verschiedene Eigentümer, die sich in den 1990er-Jahren erst mal zusammenfinden mussten. Das Land Berlin war Haupteigentümer von Tegel, die Berliner Flughafen-Gesellschaft mbH (BFG) betreibt den Airport bis heute. Tempelhof gehörte weitestgehend dem Bund. Und Schönefeld bzw. dessen Träger, die 1991 gegründete Flughafen Berlin-Schönefeld GmbH (FBS) gehörte zunächst nur dem Land Brandenburg. Im Dezember 1991 schlüpften BFG und FBS unter das gemeinsame Dach der Berlin Brandenburg Flughafen Holding GmbH (BBF).

Für Berlin klang das zunächst nach einer schlechten Nachricht. Denn Tegel machte nach der Aufhebung der alliierten Vorrechte (nur Pan Am, Britisch Airways und Air France durften West-Berlin anfliegen) satte Gewinne, der ehemalige Regierungsflughafen der DDR Verluste. Und vom Boom der Billigflieger war weit und breit noch nichts zu sehen. Anfang 2003 scheiterte eine versuchte Privatisierung der BBF endgültig. Die Holding BBF wurde daraufhin verschlankt, die Tegeler BFG zu einer hundertprozentigen Tochter der FBS „degradiert", die wiederum mit Beginn des Jahres 2012 zur Flughafen Berlin Brandenburg GmbH (FBB) umfirmierte.

Praktisch von Anfang an saßen immer drei Gesellschafter am Tisch, die sich die Flughäfen teilen. Jeweils 37 Prozent an der heutigen FBB halten die Länder Berlin und Brandenburg, die Bundesrepublik Deutschland hat einen Anteil von 26 Prozent. Gleichwohl wird immer nur auf Berlin herumgehackt. Der BER ist in der öffentlichen Wahrnehmung ein rein Berliner Problem. Dass Schönefeld in Brandenburg liegt, scheint kollektiv verdrängt zu werden. Und dass auch der Bund seinen Anteil am Projekt hat und sich ebenfalls nicht gerade mit Ruhm bekleckert hat, fällt gern unter den Tisch.

Bereits 1990/91 hatte die Debatte über den Standort eines neuen Flughafens für Berlin begonnen. Hintergrund: Der wachsende Flugverkehr würde sowohl den Flughafen Tegel, der geografisch praktisch mitten in der Stadt liegt, als auch den Flughafen Schönefeld, der ja nie für ein großes Publikum konzeptioniert war, absehbar überfordern. Tempelhof, zwischen 1975 und 1981 für den zivilen Flugverkehr komplett geschlossen und zwischen 1981 und 1993 ein reiner Geschäftsflughafen unter US-Regie, selbiges dann bis 2008 unter dem Dach der BFG, war schon allein aufgrund seiner nur 2116 Meter kurzen Start- und Landebahn für moderne Flieger nur noch eine Notlösung.

SCHÖNEFELD SCHLÄGT SPERENBERG – LEIDER

Heinz Ruhnau von der Lufthansa, der seit 1991 im Aufsichtsrat der Berlin Brandenburg Flughafen Holding GmbH saß, hatte damals die Vision, in privater Finanzierung gemeinsam mit der Deutschen Bank einen neuen Flughafen im brandenburgischen Sperenberg zu bauen. Der zunächst sowjetische, dann russische Militärflugplatz, der in dieser Funktion bis 1994 in Betrieb war, liegt ungefähr 40 Kilometer südlich von Schönefeld. Für viele Berliner war das – auch wegen der russischen Nutzung – quasi Sibirien. Deshalb gab es damals für die Idee, hier einen „Hauptstadtflughafen" zu bauen, sogleich viel Spott.

Ich hielt den Standort damals für die bestmögliche Idee. In einer flächenmäßig großen Stadt wie Berlin ist „weit draußen" ja eine ziemlich relative Lagebeschreibung. Auch der Münchner Flughafen liegt gut 40 Kilometer vom Zentrum entfernt. Er wird bis heute nur von zwei S-Bahn-Linien angefahren. Und auch hier lautete der gängige Spott in den ersten Jahren seines Betriebs, das sei der einzige Flughafen der Welt, der nur auf dem Luftwege erreichbar sei. Wenn Sie nach Heathrow nicht den unglaublich teuren Heathrow Express nehmen, brauchen Sie ab Paddington auch 45 Minuten. Wo Flughäfen von Millionenstädten ansonsten weniger als 25 bis 30 Kilometer entfernt sind, da wurden sie vor langer Zeit dort hingesetzt. Fuhlsbüttel zum Beispiel: 1911. Sperenberg wäre von der Lage her akzeptabel und planungstechnisch die einfachere Lösung gewesen. Nämlich die für heutige Flughafenneubauten übliche: erstens jwd, janz weit draußen, und zweitens nicht um existierende Airports herum geplant und gebaut. Das alles wäre drittens zeitnah zu verwirklichen gewesen. Und viertens wären bauliche Erweiterungen wie auch wachsender Flugverkehr nie zum Problem geworden. Im Umkreis von 10 Kilometern gibt's da nämlich nur Wald und Wiesen. Weshalb auch alle Umweltverträglichkeitsgutachten damals für Sperenberg votierten.

Nun war das Flugaufkommen in Berlin damals nicht annähernd so hoch wie heute. Wir wurden ja später alle positiv überrascht, wie rasant Berlin sich entwickelte. Mit dem Wissen und den Daten von heute wäre Schönefeld wohl nie in Betracht gezogen worden. Aber damals dachten viele, eine Art Tegel plus würde den Flugverkehr nach Berlin locker stemmen. Und an die kurzen Wege nach Tegel hatten sich wohl vor allem jene gewöhnt, die da nie mit dem Bus hinfahren müssen. Wie auch immer: Sperenberg scheiterte damals am Widerspruch von Verkehrsminister Matthias Wissmann und unserem damaligen Regierenden Bürgermeister Eberhard Diepgen (beide CDU). Auch für Diepgen lag Sperenberg in Sibirien. Für alte West-Berliner gilt das selbst für Schönefeld bis heute.

Nachdem der Sperenberg-Plan geplatzt war, gab es lange Debatten über den Standort, einschließlich der nötigen Raumordnungsverfahren, die das untersuchten. Insgesamt waren drei Standorte im Gespräch: neben dem bereits verworfenen Sperenberg noch der 20 Kilometer weiter südwestlich gelegene ehemalige Truppenübungsplatz Forst Zinna zwischen Sperenberg und Jüterbog – und eben Schönefeld.

Zunächst ergab sich folgende Konstellation: Die Brandenburger SPD war eigentlich für Sperenberg, ebenso wie die Berliner SPD. Die CDU in Berlin war für Schönefeld, ebenso die damalige Bundesregierung unter Helmut Kohl. Alle politischen Kräfte blockierten sich also gegenseitig. Bis Ende 1995 Brandenburg umkippte und von jetzt auf gleich auch für Schönefeld plädierte. Wie der plötzliche Umschwung zustande kam, liegt bis heute im Dunkeln. Viele haben versucht, die Gründe zu erhellen, aber außer Spekulationen kam da nie was bei heraus. Mir kam es damals (und mir kommt es bis heute) bloß komisch vor, dass Berlin sich plötzlich auch beim Bau des Lausitzrings und beim Braunkohlekraftwerk Schwarze Pumpe in Spremberg engagierte. Ob es da wirklich einen Zusammenhang gibt, kann ich nicht sagen. Es lässt sich jedenfalls nicht nachweisen. Fakt ist nur, dass die Brandenburger Landesregierung ihre Haltung radikal änderte. So war die Berliner SPD die letzte Bastion für Sperenberg. Tja, und damit es überhaupt mal voranging, haben wir schließlich auch klein beigegeben.

Ich persönlich war, wie gesagt, immer für Sperenberg. Insofern war es eine Ironie des Schicksals, dass ich in meiner Amtszeit das Projekt Schönefeld erbte, nachdem 1996 der Konsensbeschluss der BER-Gesellschafter gefasst worden war. Damit verbunden kam es dann 2008 zur Schließung von Tempelhof. Und irgendwann wird wohl auch in Tegel die letzte Maschine abheben. Zumindest wurde im Planfeststellungsverfahren festgelegt, dass Tegel binnen sechs Monaten nach Fertigstellung des neuen Flughafens geschlossen werden muss. Da der BER nach derzeitigem Stand im Oktober 2020 eröffnen soll, wird dann zum letzten Mal „TXL“ auf einem Kofferanhänger stehen.

WARUM TEGEL EIGENTLICH GAR KEIN FLUGHAFEN IST

Juristisch ist das alles furchtbar kompliziert. Zunächst war Tegel ja nur der Militärflughafen der in Berlin stationierten französischen Truppen. Ein Planfeststellungsverfahren und eine Betriebsgenehmigung nach deutschem Recht gab es nie, der Airport lief auch nach dem Bau des heutigen Terminals unter Besatzungsrecht. Mit Ende des Viermächte-Status wurde diesem juristischen Provisorium lediglich Bestandsgarantie gegeben.

Doch schon im Juli 2004 wurde dem Flughafen mit Blick auf die Eröffnung des neuen BER die Betriebserlaubnis entzogen, 2006 wurde das Gelände zudem „entwidmet". Rein rechtlich ist TXL also nicht nur kein Flughafen mehr, dieser ist sogar schon „geschlossen". Was lediglich noch unter der aufschiebenden Bedingung einer Inbetriebnahme des BER steht.

2007 hat dann der Bundestag auch noch das Fluglärmschutzgesetz novelliert – und extra eine „Lex Tegel" eingebaut, eine Sondergenehmigung für den Flugbetrieb ohne weiteren Lärmschutz. Die läuft Ende 2019 aus. Über die juristischen Konsequenzen wie über die hier eventuell nötigen Investitionen streiten die Fachleute.

Ende 2017 hat Tegel immerhin das neue, strengere Zertifikat der europäischen Agentur für Flugsicherheit erhalten. Da hatte die Boulevardpresse auch schon geunkt, Berlins größter Flughafen werde am 1. Januar 2018 schließen müssen.

SIEBEN JAHRE PRIVATISIERUNGSGERANGEL

1996 sollte das ganze Projekt BER privatisiert werden. Dafür hatte sich das Bauunternehmen Hochtief – immer schon mit sehr guten politischen Verbindungen ausgestattet – zunächst informell ins Gespräch gebracht. Da man aber den Auftrag für einen Großflughafen nicht einfach nach Gusto vergeben kann („Gute Idee – macht mal …"), wurde der BER als Komplettprojekt ausgeschrieben. Einziger Bewerber in der ersten Runde:

Hochtief. So eine Überraschung! Am Ende scheiterte die Vergabe vor dem Oberverwaltungsgericht Berlin-Brandenburg an Formfehlern. Dann kam die Bonner Finanzholding IVG Immobilien GmbH – pikanterweise ein ehemaliges Bundesunternehmen – mit ins Spiel. Worauf sich Hochtief und IVG nun ihrerseits einen monatelangen Rechtsstreit lieferten. Ende 2000 einigten sich die Streithähne außergerichtlich auf eine Kooperation beim BER. Obwohl beide Unternehmen – hier ein Quasi-Monopolist im Bereich großer Infrastrukturvorhaben, dort eine Finanzholding mit dem Kerngeschäft des Handels mit und der Bewirtschaftung von Büroimmobilien – im Grunde gar nicht zusammenpassten.

Anfang 2003 wurden dann die Verhandlungen mit dem Bieterkonsortium unter Führung von Hochtief und IVG aufgrund von unüberbrückbaren Differenzen bei den veranschlagten Baukosten endgültig abgebrochen. Die Vertragsentwürfe enthielten zudem finanzielle Garantien für den späteren privaten Betrieb des Flughafens, die völlig unrealistisch waren. Alles deutete auf das fast übliche Problem bei vielen „Public Private Partnerships" hin: Erst darf die öffentliche Hand das ganze Ding indirekt finanzieren. Später rechnen sich die privaten Betreiber ihr laufendes Geschäft dann fleißig arm, um sich den angeblich „unwirtschaftlichen" Betrieb noch einmal aus dem Steuersäckel subventionieren zu lassen.

Als ich damals den Aufsichtsratsvorsitz übernahm, dachte ich eigentlich, dass ich dieses Amt nur für ein paar Monate ausüben würde. Als die Privatisierungsgespräche dann aber aus den genannten Gründen platzten, was vorher so nicht abzusehen war, blieb ich im Aufsichtsrat.

Also zurück auf Los: keine Privatisierung, drei selten einige Gesellschafter. Wir standen von vorneherein zeitlich extrem unter Druck, weil die Planung ziemlich eng getaktet war. Trotzdem ist ja längst nicht alles schiefgegangen bei dem Projekt, im Gegenteil. Das Planfeststellungsverfahren ist letztlich erfolgreich durch alle Instanzen gelaufen, mit allen möglichen Auflagen einschließlich Nachtflugverbot. Die Start- und Landebahn wurden gebaut, ebenso der Bahnhof. Das alles lief nach Plan. Selbst der Rohbau des Terminals war ja einigermaßen pünktlich fertig. Das Desaster begann erst mit der Technik *im* Gebäude.

SELBST IST DER BAUHERR

Man könnte das ganze Drama des BER auch als Fünfakter erzählen. Das geht klassischerweise so: Im ersten Akt werden die Personen und ihre gegenseitigen Beziehungen vorgestellt. Da das Personal in lang anhaltenden politischen Konflikten bisweilen wechselt, werden bei uns im ersten Akt die Rollen verteilt und die Landschaft beschrieben: Standortdebatte. Zweiter Akt: Der zentrale Konflikt wird entwickelt – beim BER der zwischen privatem und öffentlichem Bau und Betrieb eines Flughafens. Am Ende des Aktes obsiegen zunächst die Fürsprecher der öffentlichen Hand. Doch weil eine raunende Stimme bereits Ungemach verkündet hat, ahnt der Zuschauer: Das wird wohl nix.

Im dritten Akt kommt es zur Krise. Ein Wort, dessen verwickelte Bedeutungsgeschichte hier zu weit führen würde. Im Drama heißt „Krise“ so viel wie „Schicksalswende“. In unserem Fall muss jetzt der Bauherr, die Flughafengesellschaft, selbst ran. Zu den Kniffen der Dramatiker gehört es, den Grundkonflikt des zweiten Aktes hier noch einmal zu spiegeln. Weshalb anstelle eines privaten Betreibers nun ein Generalunternehmer gesucht wird. Wie von Zauberhand gesteuert, bewirbt sich auch hier zunächst nur einer: Hochtief. Geht gar nicht. Weshalb es zu einer zweiten europaweiten öffentlichen Ausschreibung für den Bau des Terminals kommt, bei der nunmehr vier Kandidaten ihren Hut in den Ring werfen. Allein diese Ehrenrunde, das nur nebenbei, hat den Bau um fast ein Jahr verzögert. Die vier Angebote liegen nun allerdings verdächtig nahe beieinander, nämlich bei rund einer Milliarde Euro. Wehe dem, der Böses dabei denkt, etwa an Preisabsprachen der Bewerber. Unsere Schätzungen für die Baukosten des Terminals lagen bei etwa 660 Millionen Euro. Weil Politiker bekanntlich mit Geld nicht umgehen können, weil sie solche Kalkulationen zudem ohne fachkundige Berater in trauter Runde am Kamin auswürfeln, versteht sich auch der zweite Vorhalt von selbst: der, dass unsere Zahlen schlicht „zu niedrig angesetzt“ waren. Am 9. Oktober 2007 jedenfalls stoppt der Aufsichtsrat die Ausschreibung. Ende dritter Akt.

Im vierten Akt beginnt der Fall des Helden. Im klassischen Drama kommt es hier zu einer Verzögerung oder einer Scheinlösung des Konflikts. Was liegt nahe, wenn vier Bewerber um gerade mal eine Million auseinander liegen, aber 340 Millionen über der eigenen Kostenkalkulation? Genau: weitersuchen. Also wurde damals entschieden, das Terminal in Eigenregie zu bauen. Das gesamte Projekt wurde in mehrere Lose aufgeteilt, und jeder einzelne Auftrag an verschiedene Spezialfirmen vergeben. Meistens, dies nicht ganz so nebenbei bemerkt, waren das Weltmarkt- oder zumindest Branchenführer. Und keineswegs regionale Handwerksmeister oder Sub-Sub-Sub-Unternehmen mit tschetschenischen Schwarzarbeitern. Bosch, Siemens oder T-Systems zählen zu den

Aushängeschildern der deutschen Wirtschaft. Der Gebäudeausrüster Caverion gehört zu den renommiertesten Firmen in diesem Sektor. Und selbst bei der inzwischen insolventen holländischen Firma Imtech (deren deutsche Tochter hierzulande etliche Investitionsruinen hinterlassen hat) war es zur Jahrtausendwende nicht ersichtlich, dass es derartige Planungs- und Umsetzungsschwierigkeiten geben würde. Alle großen Auftragnehmer hatten zudem Erfahrung im Flughafenbau. Zum Teil bei Airports, die uns bis heute als Musterbeispiele für stramme Planung und Umsetzung unter die Nase gerieben werden. Doch ob Istanbul, Hongkong oder Dubai, mit einem „Vorteil" kann Berlin zum Glück *nicht* dienen: Dass dort niemand die Bevölkerung fragen, lange Rechtswege beachten und sich im Fall der Fälle strenge Verhöre von Untersuchungsausschüssen gefallen lassen muss.

Die Entscheidung zur Aufteilung des Projekts fiel im Konsens aller Gesellschafter. Ich muss das betonen. Heute meinen einige, dass man diese Entscheidung auch anders hätte treffen können. Kurz, man mag unsere damalige Entscheidung für falsch *halten*. Ob sie wirklich falsch *war*, ist eine andere Frage. Denn ein Generalunternehmer ist erwiesener Maßen keine Garantie für glatte Projektverläufe. Siehe die Hamburger Elbphilharmonie, wo Hochtief genau ein solcher war. Und so ganz unbeteiligt ist sie auch bei Stuttgart 21 nicht. Auf jeden Fall fiel die Entscheidung gegen eine Gesamtvergabe in schönster Einigkeit – und nicht, weil Berlin (oder gar ich persönlich) das so haben wollte.

Wer teilt und herrscht, der muss natürlich kontrollieren, was die Leute so treiben. Leider hat das für sehr viel Geld installierte Controlling – größter Beteiligter gmp (Gerkan, Marg und Partner) – objektiv versagt. So oder so haben wir viel Geld in die Überwachung der Bauprozesse reingebuttert. Leider vergeblich, denn sonst wären wir ja pünktlich fertig geworden. Man kann das heute schwer nachvollziehen, aber es war wirklich so, dass alle Beteiligten offensichtlich bis zum Schluss in einer Art kollektivem Wahnsinn daran geglaubt haben, dass das Eröffnungsdatum zu halten ist. Die Vorlagen an den Aufsichtsrat berichteten zwar von Schwierigkeiten in bestimmten Bereichen (zum Beispiel Brandschutz), aber eine Gefährdung des Eröffnungstermins wurde nicht in Erwägung gezogen. Sonst hätten wir ja kaum die Einladungskarten für die Eröffnung gedruckt.

VERSCHIEBUNG AUF VERSCHIEBUNG

Am 8. Mai 2012 wurden die für den 24. Mai geplanten Eröffnungsfeierlichkeiten mit 40.000 geladenen Gästen offiziell abgesagt. Gut zwei Wochen vor den Feierlichkeiten. Zugleich sagte die Flughafengesellschaft den geplanten Termin für die Betriebsaufnahme am 3. Juni 2012 wegen „technischer Probleme bei der Brandschutztechnik" ab. Was für eine Blamage! Ich muss zugeben, das war die dunkelste Stunde meiner Amtszeit, ja der mit Abstand schlimmste Moment meines Berufslebens überhaupt.

Natürlich kamen sofort die Fragen nach den Fehlern. Größtes Problem war die Brandschutzanlage. Wir hatten im April noch eine Sitzung, in der nochmals zusätzliches Geld bewilligt wurde, um damit die sogenannte „Mensch-Maschine-Schnittstelle" zu installieren. Denn zu diesem Zeitpunkt war schon klar, dass die vollautomatische Brandschutzanlage nicht wie geplant funktionieren würde und dass man dieses Problem irgendwie überbrücken musste, indem man ganz altmodisch Menschen an eine Schalttafel setzt.

Es war also Wochen vor der Absage bereits klar, dass vor allem der Brandschutz technisch noch alles andere als rund lief. Wie gravierend aber die Probleme wirklich waren und welches Chaos unter Umständen gedroht hätte, wenn wir trotz der Mängel doch eröffnet hätten, war dem Aufsichtsrat bis zum Schluss nicht klar. Ich sage das heute mit voller Überzeugung: In einer solchen Gemengelage, wie wir sie beim BER zu diesem Zeitpunkt hatten, muss jeder Aufsichtsrat an seine Grenzen stoßen. Denn auch das Management war offensichtlich überhaupt nicht im Bilde. Was zwar keine Entschuldigung für irgendwas ist, sich aber immerhin halbwegs erklären lässt.

Dutzende von beauftragten Firmen wussten ja sehr wohl, welchen Mumpitz sie da in den vergangenen Jahren angerichtet hatten. Teils mit der arglistigen Absicht, selbst produzierte Baumängel im Zuge ständiger Nachforderungen wieder zu beseitigen. Teils bedingt durch eigenes lausiges Projektmanagement. Und teils auch wohl aufgrund einer Haltung des „Passt schon irgendwie“ seitens ratloser und im Stich gelassener Mitarbeiter vor Ort. Abgesehen von jenen Firmen, die in betrügerischer Absicht gepfuscht haben – in so einer Lage werden selbst grundsolide Handwerker zu Kindern, die Mama verheimlichen, dass sie ihre Lieblingsvase zerbrochen haben.

Und das Management des BER? Gab den gutmütigen Papa, der verspricht, Mama die Sache demnächst ganz schonend beizubringen. Andernfalls müsste man unterstellen, dass das Management den Aufsichtsrat mit voller Absicht hintergangen hat. Davon gehe ich aber nicht aus. Weil das BER-Management die Probleme nicht sah und ergo nicht an den Aufsichtsrat weiterkommunizieren konnte, war die Katastrophe nicht mehr aufzuhalten. Es war eine unheilvolle Verkettung von vielen kleinen und großen Fehlern, Mängeln und bösen Überraschungen, die sich am Ende summierten.

Fast noch schlimmer als die Blamage der abgesagten Eröffnung war aber alles, was dann folgte. Denn es musste nach außen so aussehen, als seien sich die Verantwortlichen des Projekts immer noch nicht im Klaren darüber, wie groß der Handlungs– bzw. Korrekturbedarf tatsächlich war. Dass es sich nicht nur um kleinere Nachbesserungsarbeiten handeln würde. Denn nach der Absage haben alle erst einmal verbissen weitergearbeitet und verkündet, dass ein Eröffnungstermin innerhalb der nächsten drei Monate realistisch sei.

Dann trudelte der Brandbrief der Bauaufsichtsbehörde des Landkreises Dahme-Spreewald ein. Er verkündete, dass es für den BER überhaupt keine vorläufigen Genehmigungen mehr geben werde. Auch das war aus der Logik der Beamten natürlich konsequent, bedeutete aber: keine Ausnahmen mehr.

Alle wissen, dass die deutschen Brandschutzbestimmungen sehr, sehr penibel sind. Fast alle Bauherren spotten oder mosern darüber. Aber erstens ist ein internationaler Flughafen halt kein Einfamilienhaus. Und zweitens war 1996 in Düsseldorf ein deutscher Flughafen halb abgebrannt, weil ein durch Schweißarbeiten ausgelöster Schwelbrand nicht unter Kontrolle gebracht werden konnte. 17 Menschen starben, weil die Entrauchungsanlage nicht leistungsfähig genug war und weil der Qualm sogar Lichtschranken auf möglichen Fluchtwegen blockiert hatte. Für so etwas will niemand verantwortlich gemacht werden, selbst wenn es erst Jahrzehnte nach seiner Entscheidung wirklich brennen sollte. Aber natürlich war mit der Entscheidung der

Bauaufsicht jeder denkbare Eröffnungstermin auf längere Sicht geplatzt.

Man kann an dieser Stelle die Frage stellen, ob nicht auch das Bauordnungsamt in Brandenburg versagt hat, das ja vorher noch nie ein Großprojekt von diesem Ausmaß auf dem Tisch hatte. Die Frage drängt sich auf, weil alles, was nach der ersten Absage passierte, auch und vor allem mit den Verzögerungen zu tun hatte, die uns dessen Entscheidung beschert hat. Dennoch denke ich, dass so eine Schuldzuweisung falsch ist. Schließlich war es die Flughafengesellschaft, die damals nicht in der Lage war, entscheidende Unterlagen rechtzeitig einzureichen. Ohne Bauunterlagen keine Baugenehmigung. So einfach ist das dann wieder.

Heute steht in der öffentlichen Wahrnehmung völlig zu Recht die Frage im Vordergrund, warum das so alles so unendlich lange dauert. Das kann keiner wirklich nachvollziehen, dass vieles ins Stocken geriet und neu aufgestellt werden musste. So hat die Flughafengesellschaft gleich am 23. Mai 2012 der Planungsgemeinschaft Berlin-Brandenburg International (pg bbi) fristlos gekündigt. Das schien damals die einzig richtige Konsequenz aus den Kosten- und Terminüberschreitungen, der offensichtlich mangelhaften Bauüberwachung und vor allem des katastrophalen Krisenmanagements des Generalmanagements zu sein, das ja für Bauausführung und Kontrolle gleichermaßen zuständig war.

Ohne die ganzen Vorgänge jetzt im Detail aufdröseln zu wollen, war es dann eben so, dass das neue Management von vorne anfangen musste. Es stellt sich die Frage, ob man nicht wenigstens mit den Architekten Gerkan Marg und Partner noch weiter hätte arbeiten sollen. Einige „kluge Leute“ sagen heute: Hättet ihr die mal behalten. Aber wer weiß, ob das wirklich funktioniert hätte. Wir mussten eine Konsequenz aus dem Missmanagement ziehen. Diese Problematik und die damit verbundenen Verzögerungen und Koordinationsprobleme waren uns sehr wohl klar. Und wir haben das alles auch sehr wohl abgewogen und sind nicht blind in diese Problematik hereingetappt. Aber irgendwann mussten wir einen Schnitt machen. Von allen Gesellschaftern ist diese Entscheidung nach bestem Wissen und Gewissen abgewogen worden.

UND WER IST NUN „SCHULD"?

Erst wenn der Flughafen eröffnet ist, wird man sagen können, wann der vierte Akt des Dramas, die Scheinlösung, tatsächlich endete. Wohl eher nicht 2012, mit der Entlassung des damaligen Technikchefs und des Planungskonsortiums pg bbi. Im Juni 2014, als herauskam, dass der Planer der nicht funktionierenden Entrauchungsanlage gar kein Ingenieur ist, sondern bloß technischer Zeichner? Mit dem Abgang von Hartmut Mehdorn im März 2015? Der Insolvenz von Imtech im August 2015? Mit dem Amtsantritt des Berliner Staatsekretärs Engelbert Lütke Daldrup als neuer Geschäftsführer der Berliner Flughäfen im März 2017? Derweil mag eine tiefsinnige Bemerkung über den Unterschied zwischen Lustspiel und Drama ein wenig Trost spenden: Komödie, so hat Woody Allen einmal gesagt, sei Tragödie plus Zeit.

Fakt ist und bleibt: Wir reden im Grunde nicht über das ganze Projekt BER, sondern eigentlich nur über die letzte Bauphase, die deshalb so problematisch geworden ist, weil sie im Laufe der Zeit viel komplexer wurde, als ursprünglich geplant. Auch in der Debatte über die Kostensteigerung wird immer vergessen, dass der BER heute nicht mehr der Bau ist, als der er einst geplant war. Das Bauvolumen des Flughafens wurde um nicht weniger als 40 Prozent erweitert. Und es kamen immer neue Herausforderungen dazu. Es gab unter anderem Gerichtsurteile zum Lärmschutz. Da waren in der Planung ursprünglich etwa 150 Millionen Euro angesetzt. Jetzt sind wir sicherlich bei etwa 900 Millionen Euro, wenn nicht mehr. Diese Mehrkosten sind sinnvolle Investitionen in den Wert des Flughafens. Deshalb kann man den BER mit seinen Problemen und Kostensteigerungen auch nicht mit der Hamburger Elbphilharmonie vergleichen. Denn in Hamburg hat sich während der Bauzeit am Gebäude gar nichts verändert, die Elphi ist ohne Erweiterungen oder Verbesserungen einfach so immer teurer geworden.

In der Bilanz muss ich zugeben, dass die Probleme mit dem BER ein nicht zu leugnender Makel meiner Amtszeit sind. Das schmerzt auch heute noch. Berlin braucht diesen Flughafen, und auch die Region braucht ihn unbedingt. Ich würde mir wünschen, dass alle Gesellschafter begreifen, dass der BER ein deutsches Gemeinschaftsprojekt und kein Berliner Hobby ist.

Uns war auch durchaus klar, dass durch Einzelvergaben eine Schnittstellenproblematik entstehen würde. Doch letztendlich, so denke ich, haben die ständigen Erweiterungen des Projekts die Planer zur Verzweiflung gebracht. Leider wurde das nie sauber kommuniziert. Stattdessen stets versichert, dass es trotz aller Änderungen irgendwie funktionieren werde. Fakt ist: Gegen Ende gab es auf der Baustelle keine Kontrolle mehr, alle werkelten munter vor sich hin, jeder mit blickdichten Scheuklappen für die Arbeiten der anderen. Es wurden Kabel verlegt, wo die Handwerker Platz fanden, aber nicht da, wo sie hingehört hätten. Man muss sich vorstellen, dass sich in so einer finalen Bauphase Tausende von Bauarbeiter auf der Baustelle tummeln, und wenn dann die Koordinierung fehlt, sind Fehler und ein technisches Chaos vorprogrammiert.

Ja, und was ist nun mit der „Schuldfrage“? Die wird natürlich sehr unterschiedlich beantwortet. Nicht zu vergessen sind jene Baufirmen, die es trotz einschlägiger Erfahrungen (zu denen ein ordentliches Teilprojektmanagement wohl fraglos gehört) nicht hinbekommen haben, ihre Jobs ordnungsgemäß und fristgerecht zu erledigen. Andererseits die Flughafengesellschaft, die ihre Kontrollfunktion nicht gewissenhaft genug ausgeübt hat. Im Grunde haben alle, die dafür bezahlt wurden, die Kontrolle zu behalten, ihre Arbeit nicht richtig gemacht. Dass am Ende alles auf den Aufsichtsrat geschoben wurde, speziell auf seinen Vorsitzenden K. W., empfand ich selbstverständlich als ungerecht und auch nicht zutreffend.

Aber es nutzt ja nichts. In der Öffentlichkeit werde ich für das BER-Drama bis zu jenem Tage meinen Kopf hinhalten müssen, an dem dort die erste Linienmaschine abhebt. Und am Tag danach werden sich andere eine Rose ins Knopfloch stecken.

KAPITEL 7

DER LANGE WEG ZUR „SMART CITY"

Auf jeden Vertreter üblicher Startup-Klischees kommen in Berlin zwei oder drei unscheinbare Techniker, die sich besser in den Eingeweiden aktueller Programmiersprachen, Betriebssysteme oder Datenbanken auskennen als auf den bunten Oberflächen von Zeitgeist-Apps. Umso mehr erstaunt es, dass Berlin nicht gerade als Vorbild gilt, wenn es um die technologische Geschmeidigkeit seiner Verwaltung geht. Wer hier mit staatlichen Stellen zu tun hat, findet leider immer wieder Fälle, die den Eindruck erwecken, bei uns werde nach wie vor mit Kuli, Papier und Stempelkissen gearbeitet, und Aktenordner seien immer noch wichtiger als jedes elektronische Dateimanagement.

Dabei hat der Innensenator seit Anfang 2017 eine eigene Staatssekretärin für Informations- und Kommunikationstechnik – und einen „Lenkungsrat für IKT, E-Government und Verwaltungsmodernisierung". Ihm gehören hochrangige Vertreter aller Senatsverwaltungen und der Senatskanzlei sowie Bezirksamtsmitglieder aller Berliner Bezirke an. Natürlich haben Opposition und IT-Fachverbände an der Amtsinhaberin erst mal kräftig rumgemäkelt. Ihr fehle es an „IT-Affinität", und der rot-rot-grüne Senat habe doch „angesichts von tausenden Digitalexperten in der Stadt aus dem Vollen schöpfen" können. Schön wär's: Allein 300 IT-Fachkräfte würde die Stadt dringend brauchen, um ihre Aktenführung komplett auf elektronisches Dateimanagement umzustellen. Und der Bitkom (Bundesverband Informationswirtschaft, Telekommunikation und neue Medien) oder der Bundesverband Deutsche Start-ups rennen dem Innensenator natürlich nicht die Bude ein. Inzwischen hat sich dieser Sturm im Wasserglas gelegt. Und doch bleibt die Frage: Woran liegt es, dass „E" und „Government", dass die „Smart City" und die olle Verwaltung hierzulande nur schwer eine gemeinsame Richtgeschwindigkeit finden?

Vor allem in der Boulevardpresse und natürlich in den Meckerecken des Internets findet man beinahe täglich heitere Begebenheiten zum Thema Behördenunsinn. Und ja, es gibt sie, diese Fälle, in denen Bürger einen Antrag in elektronischer Form einreichen, etwa in einem gängigen Format wie PDF – Vorlagen, die das Amt zur Verfügung stellt. Das Dokument wird dann per Hand in eine Spezialdatenbank eingetippt, als Beleg wird der Datensatz ausgedruckt, und weil irgendeine andere Stelle das auch wissen muss, scannt der Kollege das ein und verschickt die Bilddatei per E-Mail. Die ist dann elektronisch natürlich erst recht nicht erfassbar und muss in Amt B noch mal abgeschrieben werden.

So manche Story ist auch bloß erfunden. Es gehört zu den Wesenszügen jeder größeren Verwaltung – auch der in Demokratien –, dass sie nicht jederzeit für jeden Bürger in jedem Punkt plausibel erscheint.

Dass behördliche Entscheidungen und Handlungen in einer Sprache verkündet und begründet werden, die oft nicht mal mehr jene verstehen, die amtsdeutsche Textbausteine zu amtlichen Bescheiden zusammenbauen, ist sicher Teil des Problems. Nur: Wenn ich in einem Interview mal flapsig daherrede, muss das juristisch nicht unbedingt wasserdicht sein. Ein Steuerbescheid schon.

Anders gesagt: Bürger erkennen tatsächlich nicht immer die Anforderungen einer öffentlichen Verwaltung, vor allem, wenn es um die Dokumentation all dessen geht, was im Amtsdeutsch „hoheitlicher Akt" heißt. Der Staat verkauft keine Eintrittskarten, sondern stellt Dokumente aus, deren Gültigkeit und Überprüfbarkeit keinem Zweifel unterliegen sollten. Wer Ihnen jedes Jahr vier- oder gar fünfstellige Beträge abknöpfen darf, der muss das schon etwas umständlicher begründen und penibler belegen als ein Handwerker, der eine 200-Euro-Rechnung schreibt. Von Bußgeldern, Hausdurchsuchungen oder gar Verhaftungen ganz zu schweigen. Akten und Aktenordner, Stempel und Stempelkissen müssen da leider sein.

DER „SMARTE" UND DER „GLÄSERNE" BÜRGER IN UNS ALLEN

Die Sache mit der Datensicherheit ist speziell. Im kommerziellen Datenverkehr geben wir inzwischen Auskünfte über persönliche Vorlieben und Verhältnisse, die wir früher nicht mal mit guten Freunden geteilt hätten. Bis heute gibt's Menschen, die zwar auf ihrem PC zumindest einen Shareware-Virenscanner installiert haben, deren Handy oder Tablet aber nach wie vor vollkommen ungeschützt durchs Web segelt. Offensichtlichste Schadstoff-E-Mails finden immer noch genug Opfer, um den (minimalen) Aufwand ihrer Verbreitung weiter lohnend erscheinen zu lassen. Und auch im Online-Zahlungsverkehr agieren viele sorglos. Aber wenn der Staat Daten haben will oder auch nur im Datenverkehr mit den Bürgern deutlich höhere Sicherheitsstandards verlangt, dann ist das Geschrei oft groß.

Klassische Situation: Wer einen neuen Ausweis möchte, muss zum Bürgeramt. Ich rede hier jetzt nicht von dem teils immer noch spürbaren Personalmangel, der dazu führt, dass Sie auf einen Termin in der Regel 14 Tage warten müssen. Wobei: Es waren auch schon mal acht Wochen. Der *Tagesspiegel*-Kolumnist Harald Martenstein spottete seinerzeit, das sei in Berlin fast so wie einst in der DDR: Wessen Pass abgelaufen sei, jedoch beruflich oder privat kurzfristig ins Ausland wolle, der werde faktisch mit einem amtlichen Ausreiseverbot belegt. Seitdem haben die Bürgerämter rund 200 neue Stellen geschaffen.

Jeder wird verstehen, dass ein Personalausweis oder ein Reisepass nichts ist, was man genauso gut selbst ausdrucken und in Folie einschweißen könnte. Dass es wohl auch keine gute Idee wäre, wenn die Bundesdruckerei solche Dokumente per Post verschickt. Und dass es zudem einen guten Sinn hat, wenn „das Amt" sich bei deren persönlicher Abholung kurz überzeugt, dass der Empfänger wirklich *der* Empfänger ist.

Oder nehmen Sie eine simple Ummeldung. Dass Sie umgezogen sind, könnten Sie Berlin ebenso formlos online mitteilen wie der Post oder Ihrem Teeversand. Aber wie bekommen wir dann diesen kleinen, leidlich fälschungssicheren Aufkleber nebst (da isser wieder!) Stempel auf Ihren Personalausweis? Natürlich ließe sich Ihre neue Anschrift auch auf elektronischem Wege auf den RFID-Chip des nicht mehr ganz so neuen elektronischen Personalausweises übertragen. Nur dass Hacker das vermutlich zwei oder drei Stunden nach Einführung dieser Möglichkeit auch könnten. Es sei denn, der Staat verschlüsselte den Chip noch schärfer als jetzt schon. Der Chaos Computer Club fände das alles super. Und niemand würde den Verdacht hegen, „der Staat" wolle ihn auf diesem Wege bloß „ausspähen". Alternative: Wir alle schalten auf die US-amerikanische Denkweise um, die Behörden müssten überhaupt nicht wissen, wo Sie wohnen.

Davon abgesehen könnten die Sicherheitsmerkmale unserer Personalausweise, verbunden mit geeigneten Lesegeräten zu 25 bis 35 Euro, viele Behördengänge aber sehr wohl überflüssig machen. Unter anderem die höchstpersönliche Beantragung von Personalausweisen.

Doch Hochtechnologie in staatlicher Hand, sie löst bei vielen eben eher Misstrauen aus als Freude am Fortschritt. Zwar geben zwei Drittel aller Berliner ihre Steuererklärungen inzwischen elektronisch ab. Wobei übrigens auch die papierenen Formulare längst maschinell eingescannt werden und alle Erklärungen ein elektronisches Risikomanagement durchlaufen, welches Ihre Angaben automatisch prüft. Das heißt, Ihre Steuererklärung nimmt ein Finanzbeamter nur noch dann in die Hand, wenn die Zahlen irgendwie unplausibel wirken.

Ein Drittel der Bürger jedoch hat mit dem fiskalischen Datenverkehr offenbar ein Problem. Bei einigen wird das wohl immer noch der fehlende Computer oder die mangelnde Erfahrung sein. Bei manchen schlichte Bequemlichkeit oder ein altväterliches „Wer braucht denn so was?" Bei etlichen aber eben auch das Misstrauen, dass „der Staat" mit seinen persönlichen Daten irgendwelchen Schindluder treibe – und ihn sowieso permanent überwachen wolle. Kurz: Jede Behörde kann bestenfalls so „smart" sein, wie die Bürger das akzeptieren.

Manches ist heute sicher noch ein klitzekleines bisschen zu kompliziert oder zu umständlich. Seit Längerem können Sie in Berlin aber statt eines Fahrscheins am Automaten ein elektronisches Ticket erwerben. Die Handy-App der BVG herunterzuladen kriegen die meisten heute hin. Aber dann muss man sich halt „registrieren“, seine Kontodaten hinterlegen – und sich wieder ein Passwort einprägen. Dasselbe, wenn Sie ihren Parkschein nicht mit Münzen, sondern online bezahlen wollen.

Das ginge alles einfacher. Dazu bräuchte man als Erstes eine einzige Bezahl-App, die erkennt, mit welchem Sensor welches Anbieters sie gerade reden soll. Die sodann entweder automatisch Ihre Kontodaten rausrückt oder Zugriff auf eine elektronische Kleingeldbörse auf Ihrem Gerät hat. Unter Umständen müssten die Systeme dann noch auf die – längst verfügbare und von Apple, Google oder Facebook auch längst profitabel genutzte – Ortungsfunktion Ihres Gerätes zugreifen können. Öffentliche Verkehrsmittel, Parkraumverwaltung, Verkehrsüberwachung und -lenkung sowie Carsharing-Unternehmen und Zweiradverleihe müssten miteinander vernetzt sein, um jedem Bürger den optimalen Beförderungsmix anbieten zu können.

Dass kommerzielle Anbieter auf wenige Meter genau wissen, wo jemand gerade steckt, um ihm personalisierte Einkaufs- oder Ausgehtipps zu unterbreiten, stört immer weniger Menschen. Aber der Staat? Und sei es nur bei der Parkraumüberwachung oder in der U-Bahn. Niemals! Die geben das doch sofort an alle Behörden weiter!

DIE FALLEN DER „SMART GOVERNANCE“

Wenn bei alltäglichen Vorgängen wie dem Erwerb einer Fahrkarte technisch wie organisatorisch noch reichlich Luft nach oben ist, wenn hier das Misstrauen der Nutzer (zurzeit offenbar noch) größer ist als der Hang des Menschen zur Bequemlichkeit, wie ist das erst bei all den anderen Ideen, die sich hinter dem Schlagwort „Smart City" verbergen?

„Open Data" zum Beispiel. „Open Source", „Open Content", „Open Access". Das sind alles tolle Ideen. Frei zugängliche, für jedermann nutzbare Daten fördern die Transparenz politisch oder gesellschaftlich relevanter Entscheidungen. Sie fördern den Austausch von Ideen und die Produktivität wirtschaftlicher Abläufe. Urheberrechte? Brauchen wir die noch?! „Big Data" könnte den Umweltschutz oder überhaupt die nachhaltige Nutzung von Ressourcen verbessern. Sagen die einen. Die anderen fragen: Kameraüberwachung des gesamten Verkehrs? Sensoren in meiner Wasserleitung? „Smart Meter" (intelligente Zähler) im Stromkasten? Totale Überwachung! Sie finden auch bei dem Thema immer zwei Lager: Für die einen befördert das Teilen aller Informationen mit allen das Glück der Menschheit. Für die anderen ist „Big Data" eine neue Umschreibung für „Big Brother".

Für die Schweden ist das bekanntlich völlig unskandalös: Jeder hat zum Beispiel Zugriff auf die kompletten Steuerdaten aller Bürger des Landes. Schlagen Sie das mal in Deutschland vor. Oder: Wir regulieren die Zufahrt privater Pkw, wenigstens die von Dieselfahrzeugen, zu unseren Innenstädten mit elektronischen Schranken. Autos sind ja längst Computer auf Rädern, die eh ständig Daten senden und empfangen. Nein, nein, ich meine jetzt gar keine Fahrverbote! Eher so: Mit steigenden Schadstoffwerten und abnehmenden Parkplätzen steigt der Preis fürs Fahren im Innenstadtring. Oder in einer Dreißiger-Zone bremsen nicht Sie – Ihr Auto macht das automatisch. Es weiß auch, wann es an einer Schule oder einer

Kita vorbeifährt. Ich höre schon die Begeisterungsschreie beim ADAC.

Was ist mit der Idee der „Smart Governance“: „E-Partizipation“, „Online-Demokratie“ und so weiter? Etwa die Beteiligung von Bürgern an Verwaltungsentscheidungen wie Flächennutzungsplänen, der Verkehrs- und Infrastrukturplanung und anderen Dingen. Oder auch das Wählen und Abstimmen ohne altmodische Wahllokale, Urnen und Stimmzettel. Einfach die Bürgerbeteiligungs-App öffnen, Partei oder Antwort anklicken, Auswahl bestätigen, fertig. Geht doch bei Hotelbuchungen auch. Meine Bedenken zum Thema direkte Demokratie habe ich schon an anderer Stelle formuliert. Wenn wir das künftig alles online machen, werden meine Bedenken leider nicht kleiner.

Denn wenn schon auf physischen Bürgerversammlungen das Problem besteht, dass sich vor allem lautstarke Minderheiten zu Wort melden, dann werden sich – das legen alle bisherigen Erfahrungen mit den sozialen Medien nahe – diese lautstarken Minderheiten bei virtuellen Petitionen, auf staatlich betriebenen Politikblogs und in offiziellen Online-Votings erstens noch viel kräftiger zu Wort melden. Zweitens werden sie sich mithilfe von Fake-Accounts und Troll-Agenturen heftig vermehren. Drittens werden wir darum die Firewalls um und die Sicherheitsanforderungen an derlei Plattformen verstärken müssen, wenn zum Beispiel Berlin nicht ganz fix zehn Millionen Wahlberechtigte haben will. Und viertens wird sich die Bürgergesellschaft eine sehr stürmische Debatte darüber einhandeln, ob „der Staat“, „die Mächtigen“ oder „die Eliten“ nicht „zensieren“, „manipulieren“ und Abstimmungs- oder Wahlergebnisse nach Belieben gar „fälschen“. Viele glauben ja heute nicht mal dem Statistischen Bundesamt und seiner Berechnung der Inflationsrate.

BERLIN IM „WAR OF TALENTS"

Viele Probleme mit der zweiten digitalen Revolution in den Behörden ähneln schlicht den Problemen, die auch Unternehmen mit ihr haben. Es ist ja nicht so, dass in Firmen kurzerhand beschlossen wird, die IT-Struktur zu modernisieren, dann wird ein Investitionsrahmen festgelegt, geschwind ein Pflichtenheft gedichtet, auf dessen Grundlage man ebenso geschwind Aufträge vergibt – und schon im nächsten Quartal laufen die rundum sorglos erneuerten Systeme störungsfrei, Umsätze wie Gewinne gehen durch die Decke. Auch in der Wirtschaft mahlen die IT-Mühlen langsam. Und die Systemadministratoren müssen auch hier laufend Feuerwehr spielen. Warum kommen IT-Projekte in der Verwaltung eigentlich noch mühsamer in Gang?

Im öffentlichen Dienst mögen zwar oft zu wenige Experten sitzen, aber die, die wir haben, wissen mindestens so gut Bescheid wie der Durchschnitts-ITler im Durchschnittsunternehmen. Bloß dass wir aufgrund des Fachkräftemangels eben oft zu viel Geld für externe Berater ausgeben müssen. Und zu wenige eigene Experten haben, die sowohl über genug Zeit als auch über genug Detailwissen verfügen, um deren Ratschläge wieder kritisch zu hinterfragen.

Wenn wir IT-Aufträge nach draußen vergeben, arbeiten wir mit denselben Anbietern zusammen wie die private Wirtschaft. Auch AGs werfen nicht immer mit Millionen um sich, während beim Staat die IT aus der Portokasse bezahlt werden muss. Wir geben da schon auch gutes Geld aus. So wie umgekehrt in Unternehmen Geld für Sinnloses verpulvert oder in undurchsichtigen Strukturen versenkt wird. Ich nenne da jetzt keine Namen.

Dass neue IT-Fahrzeuge in der Verwaltung aber nicht so leicht auf die Straße zu bringen sind, hat ganz überwiegend mit der Größe von Strukturen und den entsprechend komplexeren Anforderungen an die Systeme zu tun. Man muss sich deshalb klarmachen, in was für einer Liga eine Metropole wie Berlin eigentlich spielt. Allein im unmittelbaren Landesdienst haben wir derzeit rund 117.000 Mitarbeiter – tausend weniger als Siemens Deutschland, 15.000 mehr als die Telekom.

So gesehen sind Land und Bezirke eben doch ein Großkonzern. Insgesamt beschäftigt der öffentliche Dienst in Berlin 270.000 Menschen – 40.000 mehr als REWE, 20.000 mehr als alle deutschen Sparkassen zusammen. Natürlich können Sie eine Verwaltung nicht einfach mit einem Industrieunternehmen, einer Telefongesellschaft, einer Supermarktkette oder der Sparkasse vergleichen. Mir geht es nur um die Größenordnungen. Auch beim Thema Geld: Der Berliner Landeshaushalt für das Jahr 2018 hat ein Volumen von 28,6 Milliarden Euro. Nehmen Sie die Summe als eine Art Umsatz – dann stünden wir in der Liste der DAX-Unternehmen auf Rang 16, zwischen dem Medizintechnik-Unternehmen Fresenius und dem Softwareriesen SAP. Die müssen sich in puncto Personal allerdings keine Sorgen machen. Die bekommen in ihrem Bereich immer die besten Köpfe.

Etliche Gründe, warum Fachkräfte, warum gerade technische und informationstechnische Experten lieber bei Unternehmen anheuern als beim Staat, sind seit Langem bekannt. Sie sind auch überhaupt keine speziellen Probleme von Großstädten im Allgemeinen, gar Berlins im Besonderen. Erstens verdient man in der privaten Wirtschaft schlicht besser. Oft *sehr* viel besser. Auch wenn nach dem Platzen diverser Blasen von „New Economy" und Finanzmärkten die Bäume nicht mehr automatisch in den Himmel wachsen. Zweitens ist die Bezahlung im öffentlichen Dienst nicht frei verhandelbar. Mehr noch: Das öffentliche Tarifrecht zäumt das Pferd der Stellenbesetzung ein Stück weit von hinten auf.

Als Erstes stellt eine Behörde, genau wie jedes Unternehmen, fest, dass eine bestimmte Arbeit gemacht werden müsste. Dann wird, wie überall, eine Stellenbeschreibung verfasst und die Stelle bei der übergeordneten Ebene oder Behörde beantragt. So weit so gut. Doch nicht nur, dass das mit der Genehmigung der Stelle beim Staat, vorsichtig formuliert, meist etwas länger dauert. Drei Monate strebt etwa der Berliner Senat für seine Vergabeverfahren an. So lange dauert eine Suche nach geeigneten Fach- und Führungskräften in der gewerblichen Wirtschaft allemal. Nur dass in Berlin leider oft neun Monate vergehen, bis eine Stelle wirklich besetzt werden kann.

Weiter geht es damit, dass im öffentlichen Dienst, ganz gleich ob bei Beamten oder bei Angestellten, die formalen Voraussetzungen für eine Stelle, vor allem der erforderliche Abschluss möglicher Bewerber, zunächst unverrückbar definiert sind. Die schlussendlich irgendwann genehmigte Stelle ist nicht nur mit einer ungefähren Gehaltsvorstellung verbunden, sondern auch einer Tarifgruppe zugeordnet, deren Bezüge beinahe in Stein gemeißelt sind. Da ist zwar vieles in der Vergangenheit schon vereinfacht worden. Aber es gibt halt den einfachen (An- und Ungelernte), den mittleren (zwei- oder dreijährige Berufsausbildung), den gehobenen (Fachhochschule, Bachelor) und den höheren Dienst (wiss. Studium, Master), jeweils mit drei bis fünf „Entgeltgruppen". Ähnlich bei den Beamten, da heißt das „Besoldungsgruppe", und vor den Zahlen 1 bis 16 steht ein „A" statt ein „E". Oder es geht (bei den Spitzenbeamten) von B 1 bis B 11.

Wenn Sie jetzt bei einer zu besetzenden Stelle beschlossen haben, dass das E 11 (gehobener Dienst) ist, dann könnte sich

Konrad Zuse selig bewerben. Entweder ist er – Berufserfahrung von drei Jahren (ergo Stufe 3) vorausgesetzt – mit den 3777,60 Euro brutto zufrieden, die es da derzeit gibt. Oder er braucht sich gar nicht vorzustellen. „Na, für Sie legen wir natürlich tausend drauf" is nich. Und um ihn in eine höhere Entgeltgruppe einstufen zu können (oder um ihn besser gleich zu verbeamten) dürfte das ganze Verfahren von vorne beginnen. Nimmt er die E-11-Stelle, klettert er noch drei Jahre lang bis Stufe 6. Mit den derzeit 4721,77 Euro wäre dann aber endgültig Schicht. Danach müsste er schon auf die Stelle eines Vorgesetzten befördert werden. Weshalb der bei der Einstellung von Herrn Zuse vermutlich nur gelassen bliebe, wenn er in den nächsten Jahren in Rente geht. Weshalb wiederum Herr Zuse gut beraten wäre, sich nur zu bewerben, wenn der Sechzigste seines Chefs zumindest in Sicht ist.

Was den einen die Rückstände des öffentlichen Dienstes bei den Gehältern sowie die begrenzten Karriereperspektiven sind, das sind den anderen die Vorteile einer vergleichsweise hohen Arbeitsplatzsicherheit, sehr geregelte Arbeitszeiten, im Falle der „Trumpfkarte" Verbeamtung schließlich auch die garantierte Pension – deren Niveau im Vergleich zur normalen Rente zudem höher ist. Doch während die Verwaltungen mit diesen Argumenten durchaus für sich werben, sehen die Kritiker auch hier einen Grund vieler Übel: Wer selbst bei miesen Leistungen kaum fürchten müsse, vor die Tür gesetzt zu werden, der werde halt bequem und schiebe Dienst nach Vorschrift. So werde der öffentliche Dienst leider zum Sammellager der „Underperformer".

Dieses Ressentiment ist so unausrottbar wie Diättipps im Frühjahr. Der Punkt ist: Die Grundeinsicht des Beamtenrechts bleibt, bei allem populären Spott, richtig. Wer in Ministerien und Behörden loyale und nicht nur am eigenen wirtschaftlichen Interesse orientierte Mitarbeiter haben will, der darf ihnen nicht ständig mit Entlassung drohen. Mehr als jedes Unternehmen ist der Staat auf eine Kultur der Wertschätzung von Mitarbeitern und ihrer Arbeit angewiesen. Untereinander. Und vonseiten der Bürger.

Das Gegenteil personeller Stabilität, nämlich ein reines *hire and fire*, würde zudem bedeuten, dass der Bürger in Behörden (etwa im Jugendamt) heute den und morgen jenen vorfindet. Stabilität und personelle Kontinutität im öffentlichen Dienst sind also enorm wichtig und für eine funktionierende, verlässliche Demokratie unverzichtbar. In einem Unternehmen kann man Mitarbeiter im mittleren Management, ja sogar die Bosse im Prinzip jederzeit feuern, wenn auch oft mithilfe großzügiger Abfindungen. Im öffentlichen Dienstrecht ist das nicht möglich. Ich würde auch nie dafür plädieren, dass im öffentlichen Dienst so schnell gekündigt werden kann wie in einem Unternehmen. Denn ich finde es richtig, dass sich die öffentliche Hand als Arbeitgeber zu ihrer sozialen Verantwortung bekennt und nicht den Prinzipien des Manchester-Kapitalismus folgt.

„Der Staat", das sind wir alle. Darum sind Steuerzahler auch niemals „Kunden". Sie zahlen für eine möglichst gute Verwaltung unserer *gemeinsamen* Belange und Interessen: Rechtsstaatlichkeit, Bildung, Gesundheitswesen, Infrastruktur. Und für den sozialen Zusammenhalt unserer Gesellschaft, der ohne einen geregelten sozialen Ausgleich kaum zu haben wäre.

Darum sitzen in Behörden auch keine Menschen, die Ihnen irgendetwas verkaufen wollen. Da sitzen Sachwalter öffentlicher Interessen. Ja, auch Jobs im öffentlichen Dienst sind erst mal Arbeit und Einkommen. Aber wer sich entscheidet, für den Geldgeber „Gesellschaft" tätig zu werden, der denkt – ob Sie es glauben oder nicht – fast immer über den Tellerrand des *homo oeconomicus* hinaus. Das gilt übrigens auch für Politiker, Beamte und andere Führungskräfte im öffentlichen Dienst.

Eine leider nicht ganz unproblematische Folge hat die vergleichsweise hohe Arbeitsplatzsicherheit beim Staat schon: Sie führt zu einer überdurchschnittlich homogenen Altersstruktur im öffentlichen Dienst. Und damit auf mittlere bis lange Sicht zunächst zu einer relativen Überalterung des Personals. Und irgendwann zu dramatischen Nachwuchsproblemen.

Derzeit etwa fehlt an vielen Stellen der Berliner Verwaltung fast komplett die Generation der Dreißig- bis Vierzigjährigen. Umgekehrt werden bis 2030 die geburtenstarken Jahrgänge in Rente bzw. Pension gehen – vielerorts mehr als ein Drittel aller Mitarbeiter, rund 30.000 in ganz Berlin. Und weil die Stadt umgekehrt wächst, tut sich da in den nächsten zehn Jahren eine „Beschäftigungslücke" von 50.000 Leuten auf.

Wo bei den Mitarbeitern ganze oder halbe Generationen fehlen, da fehlen auch deren Denkweisen, Meinungen und Erfahrungen, deren Herangehensweise und Lebensgefühl. Gerade bei Themen wie Internet und globale Kommunikation, soziale Medien oder eben auch „Smart City" ist es mehr als fatal, wenn die Generation dreißig plus in der Verwaltung kaum einflussreiche Stimmen sitzen hat. Weil damit auf umfassende Weise die Erfahrung fehlt, mit welchem Tempo, in welchem Umfang und mit welchen Folgen die „zweite digitale Revolution" Wirtschaft und Gesellschaft prägen wird.

Es ist ja leicht darüber zu spotten, dass Angela Merkel noch 2013 das Internet als „Neuland für uns alle" bezeichnet hat. Das macht das eigentliche Problem hinter diesem rhetorischen Fauxpas nicht kleiner: dass es nämlich einen erheblichen Unterschied macht, ob man als Erwachsener gelernt hat, sich in der Welt der vollständig digitalisierten Information und Kommunikation zu bewegen – oder ob man in dieser Welt aufgewachsen ist.

Kontinuität ist eine Kernkompetenz öffentlicher Verwaltung. Etwas mehr Flexibilität wäre dennoch wünschenswert. Beispiel: Ich erinnere mich noch gut an die Diskussionen anlässlich des Skandals um die Neuköllner Rütli-Schule. Schulleiter, mit denen ich damals sprach, haben immer wieder geklagt: Wir müssten die Möglichkeit haben, wenigstens einen Lehrer pro Jahr kündigen zu dürfen. Nicht zu müssen, zu dürfen. Dann würde sich das Gesamtbild bald verändern.

Doch selbst wenn das durchsetzbar wäre – die Crux liegt wie immer im Detail. Denn bei den Lehrern, so wie bei allen anderen Beamten und Mitarbeitern im öffentlichen Dienst, müsste man im Fall möglicher Kündigungen sorgfältig unterscheiden: zwischen denen, die persönliche Probleme haben und nicht mehr können, sowie jenen, die eben gar nicht wollen.

Wenn man flexibler agieren könnte, würde man Stellen an Problemschulen ganz anders besetzen. Klar, dort müssen die mental starken Kräfte hin, und das Kollegium muss entsprechend anders zusammengesetzt sein als an einer Schule ohne besondere Auffälligkeiten. Nur: Wie kriegt man Leistungsträger an eine Problemschule? Selbst wenn sie sich im Einzelfall auf diese Herausforderung einlassen würden – würde man sie andernorts gehen lassen? Leistungsträger will schließlich niemand loswerden. Dieses Problem könnte man höchstens durch ein Austauschverfahren lösen, indem man etwa nach sechs Jahren – wenn ein Schüler-Jahrgang durchs System durchgeschleust wurde – die Lehrer wieder zurücktauscht. Aber so wird Personalpolitik eben nicht betrieben.

Natürlich wäre es wünschenswert, wenn es die schwarzen Schafe im öffentlichen Dienst nicht mehr so leicht hätten. Wenn ein modernes Dienstrecht und moderne Managementstrukturen in den toten Winkeln besser gucken (und kehren) könnten. Ich sehe da leider bislang zu wenig Licht, um die Verwaltung in dieser Hinsicht ganz grundsätzlich zu restrukturieren. Da fehlt es einfach oft an Instrumenten. Und daran könnte man bisweilen auch verzweifeln.

Und trotzdem: Es hat sich in den Ämtern und an den öffentlichen Stellen in der Mentalität und Arbeitshaltung auch bei unverändertem Dienstrecht einiges zum Besseren gewendet. Der Dienstleistungsgedanke hat sich weitgehend herumgesprochen. Die Bürger haben schließlich ein Recht darauf, dass ihre Anliegen schnell, in einer guten Qualität und mit freundlichen Umgangsformen bearbeitet werden.

„BE TALLIN"

Wie wendig Behörden sein können, wie schnell und umfassend sich auch digitale Projekte umsetzen lassen, dafür gibt es in den baltischen Staaten viele gute Beispiele. Als Weltmeister des E-Government gilt seit Langem Estland. Nun ist Estland ein relativ kleines Land, die Hauptstadt Tallin mit rund 430.000 Einwohnern kleiner als Duisburg. Was vor allem entscheidend ist: Estland wurde erst 1991 unabhängig, ist also als Staat quasi ein *digital native*. Dazu passt, dass Mart Laar, der erste Ministerpräsident des Landes, 1992 gerade mal 32 Jahre alt war. Auch dass das estnische Kabinett bereits seit 1999 komplett papierlos arbeitet. Wirklich, die sitzen da alle nur mit Laptops und Tablets in den Sitzungen. Internetzugang ist ein in der Verfassung garantiertes Grundrecht. Selbst im Wald und am Ostseestrand gibt es kostenloses WLAN. 99 Prozent aller staatlichen Informationen und Dienstleistungen stehen online zur Verfügung.

Für Esten gibt es nur noch drei Gründe „aufs Amt" zu gehen: wenn sie heiraten oder wenn sie sich wieder scheiden lassen – oder wenn sie den Erwerb einer Immobilie beurkunden lassen möchten. Was immer sie sonst von einer Behörde wollen, sie loggen sich auf *eesti.ee* ein – und haben dank ihrer elektronischen ID sofort Zugriff auf mehr als 600 E-Government-Dienste. Sie können ihre Steuererklärung abgeben, ihr neugeborenes Kind anmelden oder auch Sozialleistungen beantragen. Und natürlich wählen. Die elektronische Signatur ist für Esten eine Selbstverständlichkeit – weshalb auch knifflige Rechtsgeschäfte problemlos über das Internet abgewickelt werden können. Auf alle persönlichen Daten, die die Esten in die einheitliche zentrale Datenbank des Landes eingegeben haben, kann jeder Bürger und jedes Unternehmen jederzeit zugreifen.

In Deutschland nimmt nur knapp jeder fünfte (!) Internetnutzer die digitalen Angebote von Regierung und Behörden in Anspruch – einer der niedrigsten Werte in der gesamten EU. So landet man dann im *European Digital Progress Report* der EU-Kommission beim Thema E-Government auf Platz 18.

Etwas Erstaunliches habe ich Ende 2016 in Jakarta erlebt, einer unserer Partnerstädte. Das ist mit 9,6 Millionen Einwohnern eine riesige Metropole. Bis zu den Gouverneurswahlen 2012, das darf man ohne Überheblichkeit sagen, war es wohl auch eine der am lausigsten regierten Metropolen Asiens. Jede neue Regierung wäre überfordert gewesen, die zahllosen, über Jahrzehnte aufgestauten Probleme der Stadt zu lösen. Verkehrschaos, Müll, mangelhafte Infrastruktur, ausufernde Kriminalität. Also beschloss man, erst mal den Kenntnisstand über die Probleme zu heben. Dabei machte man sich zwei Dinge zunutze: erstens, dass die Indonesier echte Handyfreaks sind; und zweitens, dass sie sich noch weit lieber über ihre Behörden beschweren als wir.

Man startete eine Initiative namens *Jakarta Smart City* (JSC). Das ist zunächst „nur“ eine Website, zu der die mobile App *Qlue* gehört, die sich jeder Bürger kostenlos auf sein Handy laden kann. Sieht jemand irgendwo ein Schlagloch, eine überschwemmte Straße, einen Müllberg, eine kaputte Laterne oder eine mangelhaft gesicherte Baustelle, macht er ein Foto und tippt eine kurze Beschreibung des Missstands ein. Die Position des Objekts wird automatisch per GPS erfasst und in ein Kartensystem eingetragen, welches man bei Google Maps lizenziert hat. „Crowdsourcing“ heißt das im Internet-Sprech. Eine kleine Ampel in der App teilt in der Folgezeit mit, wie es um die Behebung des gemeldeten Problems steht. Pro Stadtbezirk, sonst würde das System zusammenbrechen. 600.000 Bürger nutzen *Qlue*, drei Viertel von ihnen regelmäßig. Dreizehn weitere Städte des Landes haben das System inzwischen übernommen. Im Hintergrund wird bereits an einer Vernetzung der Verkehrssysteme, der Einrichtungen des Gesundheitswesens und der Wasser- und Stromversorgung gearbeitet.

Da wurde ich nun also von einem Mitarbeiter des Gouverneurs durchs Rathaus geführt. In einem schicken neuen Nebengebäude, der JSC Lounge, sitzen fünfzig junge, allesamt im Ausland ausgebildete IT-Spezialisten, die zum einen an der Weiterentwicklung des Systems arbeiten und zum anderen auf riesigen Monitoren in jeden Winkel der Stadt blicken können.

Jetzt sind Berlins Straßen zwar in einem besseren Zustand als die in Jakarta. Aber Schlagloch-Crowdsourcing wäre schon nicht schlecht. Hätte ich versucht, für so ein Projekt fünfzig

Stellen zu schaffen, den Lachanfall in der Senatsverwaltung für Finanzen in der Klosterstraße hätten Sie mindestens bis zum Spittelmarkt hören können. Dann wären spaßeshalber drei Stellen genehmigt worden, um die Chancen, Risiken und Kosten zu „evaluieren". Jakarta hat sein JSC als „Public Private Partnership" realisiert, hat IBM, Google, mehrere indonesische Firmen sowie Deloitte als Berater ins Boot geholt. Hätten wir das gemacht, wären sie über uns hergefallen: Der Senat wirft gierigen Konzernen unser Steuergeld in den Rachen! Hätten wir es selbst gemacht, dann wäre spätestens das Pflichtenheft für unser Schlagloch-Instagram von 99 Bedenkenträgern in zwei Dutzend Konferenzen zerredet worden. Datenschutz, Datensicherheit, Urheberrechte, Haftungsfragen, Zuständigkeiten – da findet sich immer was. Und selbst wenn ich die fünfzig Stellen gekriegt hätte – ich hätte sie wohl kaum alle besetzen können.

VON HERGEBRACHTEN GRUNDSÄTZEN

Schauen wir uns noch mal die Strukturen an, in denen das Unternehmen Stadt in Deutschland großteils geführt wird. Um den zahllosen Aufgaben, die der Bürger heute zu Recht von der öffentlichen Verwaltung einfordert, gerecht zu werden, bräuchten wir Verwaltungen, die mit dem Tempo des digitalen Wandels mithalten können. Da steht uns leider so manche verkrustete Struktur, auch der eine oder andere der „hergebrachten Grundsätze des Berufsbeamtentums" im Wege, unter deren „Berücksichtigung" laut Artikel 33, Absatz 5 „das Recht des öffentlichen Dienstes (...) zu regeln und fortzuentwickeln" ist. Immerhin wurde dieser Artikel auf meine Initiative hin 2006 ergänzt. Vorher stand da nämlich nichts von „fortentwickeln".

Während man über den „Anspruch auf eine amtsangemessene Amtsbezeichnung“ noch schmunzeln kann, während es für das Prinzip der Unkündbarkeit gute und für das sogenannte „Alimentationsprinzip“ immerhin diskutable Argumente gibt, ist es mit dem „Laufbahnprinzip“, dem „Prinzip der amtsangemessenen Beschäftigung“ und dem „Grundsatz der funktionsgerechten Besoldung“ oft schon so eine Sache. Ursprünglich (heißt: gegen Ende des 18. Jahrhunderts) alles gut gedacht und am Leitbild des Gemeinwohls orientiert. Heute jedoch im Kleinklein von Gesetzen, Verordnungen und höchstrichterlicher Rechtsprechung verholzt und überreguliert.

In der Privatwirtschaft sorgen der technische Wandel, ständige Management-„Revolutionen“ und die Zuckungen der Finanzmärkte fast im Jahresrhythmus dafür, dass den Beschäftigten ihre Qualifikationen, Arbeitsanforderungen und Einkommensgefüge um die Ohren fliegen. Aber ändern Sie mal was an der Struktur und den Definitionen unserer Besoldungsgruppen.

Auch das eigentliche Problem der Beamtenbesoldung versteht man nicht, wenn man von oben draufschaut. Sie haben das sicher schon öfter gelesen: Die Bundeskanzlerin verdient weniger als die meisten Sparkassendirektoren, der Regierende Bürgermeister von Berlin weniger als jeder Abteilungsleiter beim Flughafen. Ich selbst habe in dieses Mimimi vieler Politiker über ihre im Vergleich zu Managern bescheidene Bezahlung nie eingestimmt. Ich finde auch nicht, dass Politiker grundsätzlich zu wenig verdienen. Da bin ich ganz der alte Sozi: Manager verdienen heute sehr oft zu viel, Topmanager meist viel zu viel Geld. Aber das alles ist Symbolpolitik. Die Welt wird weder besser, wenn Minister mindestens eine Million, noch wenn Manager höchstens zwei Millionen im Jahr bekämen. Das Problem ist, dass sich die Struktur sowohl in den Ministerien als auch in den Banken nach unten fortsetzt.

Im höheren Dienst ist der *pay gap* zur privaten Wirtschaft oft gar nicht so breit. Aber im gehobenen und im mittleren Dienst nimmt der Abstand deutlich zu. Im Schnitt liegen die Löhne und Gehälter im öffentlichen Dienst um weniger als 10 Prozent unter denen der Privatwirtschaft. Viele Fachkräfte und Personen in leitenden Stellungen verdienen aber zwischen 20 und 30 Prozent weniger. Es sind genau die, die der Staat in Bereichen wie der Informationstechnik oder dem Projektmanagement dringend braucht.

Umgekehrt ist an der öffentlichen Kritik, dass Beamte gute Pensionen bekommen, für die sie nie im Leben irgendwo Beiträge eingezahlt haben, ja durchaus was dran. Bessere Bezüge, dafür eine weniger üppige Altersversorgung – darüber können Sie mit mir reden.

Als im Bundesrat 1999 mal wieder das Dauerbrennerthema Föderalismusreform auf der Tagesordnung stand, wurde das Beamtenversorgungsgesetz in einem winzigen Punkt geändert. Nämlich diesem: Das Beamtenrecht bestimmt, dass man mit Beginn des 63. Lebensjahres nicht mehr befördert werden darf. Weil die Bezüge „aus dem letzten Amt" die Grundlage für die Berechnung der Pensionsansprüche bilden, ist das eine sinnvolle Regelung. Sonst nämlich würde am Ende jeder Laufbahn nur noch „für die Rente" befördert. 1999 also beschloss der Bundestag, den Beförderungsstopp um ein (!) Jahr vorzuziehen. Das ging unter einigem Gestöhne durchs Parlament. Aber es dauerte natürlich nicht lange, bis dagegen mit kräftiger Unterstützung des Beamtenbundes geklagt wurde. 2004 legte das Verwaltungsgericht Greifswald dem Bundesverfassungsgericht einen „Aussetzungs- und Vorlagebeschluss" vor.

Versteht sich, dass unsere höchsten Richter 2007 urteilten, die neue Frist sei mit den „hergebrachten Grundsätzen des Berufsbeamtentums“ nicht vereinbar. Wenn man schon solche Kleinigkeiten nicht zeitgemäß geregelt bekommt, wie soll das dann bei größeren Fragen gelingen?

NACHWORT

Meine dreizehneinhalbjährige Amtszeit als Regierender Bürgermeister ist für mich wie im Fluge vergangen, die Ereignisse und Herausforderungen folgten praktisch im Stundentakt aufeinander. Der erste Tag im Roten Rathaus scheint mir gestern gewesen zu sein. Zugleich war nach meiner Amtszeit fast nichts mehr so, wie es vorher war. Dreizehneinhalb Jahre kommen beim Tempo Berlins fast einer Epoche gleich: In Berlin haben die großen Entwicklungen moderner Städte aufgrund der besonderen Geschichte dieser Stadt oft später eingesetzt, sich dafür aber umso rasanter vollzogen. Daher wollte ich mit diesem Buch nicht nur etwas über Berlin erzählen, sondern auch einen Beitrag zur politischen Debatte leisten, Anregungen bieten für alle, die über die Zukunft europäischer Städte reden wollen. Denn Berlin steht meiner Meinung nach exemplarisch für die Zukunft prosperierender Metropolen.

Für einige Leser wird das vorliegende Buch möglicherweise nicht spektakulär und provozierend genug sein. Es reflektiert die Erfahrungen eines Regierenden Bürgermeisters a. D. mit dem Abstand von über drei Jahren und bietet damit den Vorteil des Authentischen. Insgesamt dreißig Jahre hauptamtliche Politik haben mir sehr viele Erlebnisse und Erfahrungen geschenkt, haben mir viele Höhen, aber durchaus auch Tiefen beschert. Ich bin aufrichtig dankbar für ein erfülltes und aufregendes Berufsleben. Nicht alle haben das Privileg, ihr Hobby, ihre Leidenschaft zum Beruf machen zu können. Mein Werdegang war weder strategisch geplant noch habe ich an Zäunen gerüttelt.

Meine Maxime war schlicht und ergreifend, immer einen möglichst guten Job zu machen. Alles Weitere hat sich dann von selbst ergeben. Oder eben auch nicht.

Der Entschluss, im Dezember 2014 mein Amt als Regierender Bürgermeister von Berlin aufzugeben, fiel mir nicht gerade leicht. Ich bin nicht für formale Amtszeitbegrenzungen. Meine Erfahrungen haben mir nämlich bestätigt, dass man als Politiker eine gewisse Zeit braucht, um Dinge wirklich verändern zu können. Andererseits kann in einer längeren Amtszeit zu viel Routine auch sehr lähmend wirken.

Ich denke im Nachhinein, dass ich bei der Ankündigung, mein Amt aufzugeben, den richtigen Zeitpunkt erwischt habe. Es gab ja keinen äußeren Anlass dazu. Es war auch keiner meiner politischen Weggefährten eingeweiht. Bloß die deutsche Fußball-Nationalelf machte mir erst einmal einen Strich durch meine Terminplanung. Denn sie wurde Weltmeister, und wir haben sie natürlich gerne am Brandenburger Tor empfangen. An diesem Tag sollte eigentlich die Verkündung des Rücktritts erfolgen. Das ging nun nicht mehr. Also musste ich einen alternativen späteren Termin suchen.

Fast dreieinhalb Jahre nach diesem Schritt finde ich immer noch, Entscheidung und Zeitpunkt der Aufgabe des Amtes waren für mich genau richtig. Zugegeben, die Frage „Wann muss ich gehen?", ist extrem schwierig. Nicht nur in der Politik, sondern auch in anderen Berufen. Horst Seehofer und Angela Merkel sind die jüngsten Beispiele. Viele halten sich eben für unersetzlich.

Natürlich muss man sich schon vorher klarmachen, dass ein Rücktritt mit einem erheblichen Bedeutungsverlust einhergeht. Auch die neu gewonnene Freizeit will erst gelernt sein. Gerade nach einem Politikerleben, das so mit Terminen vollgestopft war, dass selbst die Wochenenden meist verplant waren. Dennoch sind die neue Freiheit und die ungewohnte Freizeit Herausforderungen, die eben auch Politiker letztlich mit Millionen von Rentnern teilen.

Innerlich sitze ich noch längst nicht auf dem Altenteil. Denn bei aller Distanz zur Tagespolitik lässt mich das Thema Politik alles andere als kalt. Im Gegenteil: Gerade in Wahlkampfzeiten fiebere ich mit. Nicht zuletzt die quälende Regierungsbildung nach der Bundestagswahl im September 2017 hat mich als unbeteiligten Ehemaligen herausgefordert. Da kamen unwillkürlich Erinnerungen an die vorletzten Verhandlungen zur Bildung der Großen Koalition wieder hoch. Ich war damals als stellvertretender Parteivorsitzender Mitglied der Verhandlungskommission. Auch damals war der Weg in die Große Koalition nicht gerade leicht. Auch damals schmerzte das Wahlergebnis der SPD.

Es gibt einen entscheidenden Unterschied zwischen den jüngsten Verhandlungen nach der Wahl 2017 und jenen Verhandlungen 2013, bei denen ich mit am Verhandlungstisch saß: Sigmar Gabriel wollte von vorneherein die Regierungsbeteiligung und hat sich nie dagegen ausgesprochen, wie eben jetzt Martin Schulz. Dabei wollten in der SPD auch 2017/18 viele die GroKo. Zum Beispiel jene, die jetzt Karriere in Partei und Fraktion machen oder im Kabinett sitzen. Aber im unmittelbaren zeitlichen Umfeld der Wahl trauten sie sich noch nicht, diese Möglichkeit zu favorisieren. Was natürlich daran liegt, dass die vorherige Große Koalition in der Rückschau zum desaströsen Wahlergebnis meiner Partei geführt zu haben schien. Da stellte sich die Frage: Darf das so weitergehen? Die klare Ansage der gesamten Parteiführung am Wahlsonntag um 18.01 Uhr war für die meisten deshalb erst einmal eine Erlösung. Auch für mich. Denn ich dachte: Alle Achtung, das ist eine klare Ansage und spricht für starke Führung! Wer hätte das gedacht …

Dann aber scheiterten die Jamaika-Sondierungen. Wieder kam die klare Ansage der Parteiführung, dass die SPD in die Opposition geht. Wie es weiterging, ist bekannt. Es wurden Appelle laut, nationale Verantwortung zu übernehmen, es folgte das Gespräch beim Bundespräsidenten. Und plötzlich war alles anders. Da frage ich mich: Gab es eigentlich nie einen Plan B für den Fall eines Scheiterns von Jamaika? Wo war die etablierte Linke der SPD in diesem Prozess? Warum hat sich niemand klar positioniert? So konnte die große Stunde von Kevin Kühnert und den Jusos schlagen. Ich kann mich nicht daran erinnern, dass die Jusos jemals der Parteiführung so viel Angst eingejagt haben. Angst vor dem Parteitag, Angst vor den eigenen Mitgliedern. Die Parteiführung unter Martin Schulz machte die inzwischen sattsam bekannten Fehler. Für ihn persönlich ist die gesamte Entwicklung natürlich eine Katastrophe.

Die Jusos haben am Ende dann doch nicht gewonnen. Aber ihr Engagement lässt für die Zukunft hoffen. Gewonnen haben in diesem Prozess überhaupt diejenigen, die gekämpft haben. Für oder gegen die GroKo. Diese ganzen brisanten Entwicklungen der SPD „von außen“ zu beobachten, war für mich alles andere als einfach. Natürlich ist das ein bisschen so wie bei Günther Jauchs „Wer wird Millionär?“. Auf dem heimischen Sofa kann man die meisten Fragen beantworten. Sitzt man selbst live im Studio, fallen einem im Stress die einfachsten Sachen nicht mehr ein.

Mir ist völlig klar, dass öffentlich vorgetragene „Ratschläge“ von Ehemaligen von der Presse und der Öffentlichkeit meist zu öffentlichen „Schlägen" umgedeutet werden. Wir kennen genügend Beispiele dafür. Für mich galt immer, diesen schlechten Beispielen nicht zu folgen. Deshalb hier nur wenige sachdienliche Hinweise an diejenigen, die es angeht: Erneuerung ist für eine Partei immer notwendig und überlebenswichtig. Es reicht aber nicht aus, nur sein Personal auszutauschen. Es muss vor allem eine inhaltliche Neuorientierung erarbeitet werden. Ohne Diskreditierung der Vergangenheit. Denn die bisherige Programmarbeit war keineswegs die Arbeit von politischen Ignoranten. Allen programmatischen Ausrichtungen ging stets ein breiter Diskussionsprozess voraus. Aber unsere dabei erarbeiteten Antworten erreichen derzeit nur noch ein Fünftel der aktiven Wähler. Da muss meine Partei sich eben schon etwas gründlicher fragen, woran das wohl liegen könnte.

Das eine, das für die Zukunft der SPD entscheidend ist, ist die Bündnisfrage. Die ist nämlich keine Frage tagespolitischer Taktik, sondern eine Frage grundsätzlicher Verortung im politischen Koordinatensystem. Darum gilt es, sie so bald wie möglich zu klären. Es kann nicht noch einmal angehen, dass ein Ja oder Nein zu einer Koalition nach der Wahl über Monate quälend diskutiert wird. Große Koalitionen waren in der Vergangenheit immer mit großen Mehrheiten verbunden. Davon kann derzeit keine Rede mehr sein. Was wir da jetzt haben, ist eher eine Kleine Koalition. Warum aber sollte man ausgerechtet in so einer historisch neuen Situation ein Bündnis der Mitte grundsätzlich ausschließen? Warum hat die SPD sich diese Machtoption selbst fast verbaut? Das heißt ja nicht zwingend, es dann auch zu machen. Auch ein Gang in die Opposition kann richtig sein. Aber wenn man nicht weiß, wohin man will, kann man eben auch nicht vernünftig entscheiden, welchen Zug man am besten nehmen sollte.

Der andere Knackpunkt: Die SPD muss endlich wieder erkennbar klären, wo sie inhaltlich steht. Will sie zukünftig eine linke Volkspartei sein? Oder glaubt sie weiterhin an jene „Neue Mitte", mit deren Stimmen sie vor zwanzig Jahren eine Bundestagswahl klar gewinnen konnte, bei der sich im schärferen politischen Wind unserer Tage aber viele die Ohren zuhalten, wenn wir unverzagt von sozialer Gerechtigkeit sprechen. Der kurzfristige Höhenflug von Martin Schulz und der SPD lag doch ganz offensichtlich in der Hoffnung begründet, dass Martin Schulz die SPD eindeutiger links positioniert. Diese Hoffnung ist enttäuscht worden. Die notwendige Erneuerung ist ein schwieriger Prozess. Hoffentlich können die Jusos und die Neumitglieder ihren Schwung behalten. Meine Partei braucht diesen Schwung dringend.

Nun heißt es zunächst also: noch einmal Große bzw. Kleine Koalition. Die SPD muss sich in dieser Koalition als treibende Kraft zur Lösung der großen sozialen Zukunftsfragen zu erkennen geben. Die Chancen sind da, die Prozesse werden harte Arbeit erfordern. Trotzdem, bitte nicht vergessen: Es darf auch in schwierigen Zeiten in der Politik ab und an gelächelt werden.

BILDNACHWEIS BILDSTRECKE:

ddp images:
Carsten Koall: S. 5 u. // Jens Wolf: S. 6 o. // Fabian Matzerath: S. 9 o., 11 u.

dpa:
Fotoreport/Wolfgang Kumm: S. 2 u., 15 u. // Kay Nietfeld: S. 5 o. // Fotoreport/Kalaene Jens: S. 8 u. // Rainer Jensen: S. 9 u. // Michael Kappeler: S. 13

picture alliance:
ZB/Klaus Franke: S. 2 o.// AP Images/Andreas Altwein: S. 4 u.

ullstein bild:
Thomas Lohnes: S. 7 // XAMAX: S. 8 o. // Frank Ossenbrink: S. 10 // CARO/Dirk Blei: S. 11 o.

Klaus Wowereit:
S. 1, 4 o., 6 u., 14, 16